本书获教育部人文社会科学研究青年基金项目"周邦彦词接受研究"（12YJC751058）资助

暨南中文新知文丛

赵维江 主编

周邦彦及其学术史考论

马莎 著

暨南大学出版社
JINAN UNIVERSITY PRESS

中国·广州

图书在版编目（CIP）数据

周邦彦及其学术史考论/马莎著. —广州：暨南大学出版社，2017. 12
（暨南中文新知文丛）
ISBN 978 - 7 - 5668 - 2282 - 6

Ⅰ. ①周…　Ⅱ. ①马…　Ⅲ. ①周邦彦（1056—1121）—宋词—诗词研究
Ⅳ. ①I207. 23

中国版本图书馆 CIP 数据核字（2017）第 312081 号

周邦彦及其学术史考论
ZHOUBANGYAN JI QI XUESHUSHI KAOLUN
著　者：马　莎

出 版 人：徐义雄
策划编辑：李　艺
责任编辑：王雅琪
责任校对：叶佩欣
责任印制：汤慧君　周一丹

出版发行：暨南大学出版社（510630）
电　　话：总编室（8620）85221601
　　　　　营销部（8620）85225284　85228291　85228292（邮购）
传　　真：（8620）85221583（办公室）　　85223774（营销部）
网　　址：http：//www. jnupress. com
排　　版：广州市天河星辰文化发展部照排中心
印　　刷：佛山市浩文彩色印刷有限公司
开　　本：787mm×960mm　1/16
印　　张：14
字　　数：230 千
版　　次：2017 年 12 月第 1 版
印　　次：2017 年 12 月第 1 次
定　　价：45. 00 元

总　序

赵维江

对于我们所处时代的描述，有一种很流行的说法，叫"知识爆炸"，实际上这一认识并不准确。"知识"和"信息"是两个不同而又相互交集的概念，知识肯定是一种信息，但不能说所有的信息都是知识。在互联网风行的今天，我们确实处在一个"信息爆炸"的时代，但新知识的实质性增长不可能短时间内迅速地膨胀，因为知识的创新需要一个复杂的认知过程，而信息则不一定需要。造成这一误区的另一个原因是大量"伪知识"的存在，由于个人计算机与互联网上"复制"与"粘贴"功能的便捷，难以计数的依靠抄袭、拼凑或翻新而产生的没有任何创新意义的所谓论文、专著被源源不断地炮制出来。由此来看，真正的"知识"在今天远远没有达到"爆炸"的程度。自然科学是这样，社会科学和人文学科同样是如此。

正是在这个意义上，我们将这套丛书命名为"暨南中文新知文丛"。该丛书包括十种学术专著，内容涉及中国语言文学学科的训诂学、语法学、古代文学、现当代文学、少数民族文学、戏剧文学及文化学、民俗学等不同的领域。原创性是这些著作的共同特点，其研究目标皆为目前学术界尚未了解或有待深入探讨的重要课题。其中有些课题十分新颖，为前人所未曾涉足或极少论及；有的课题虽然已有一些零星的研究成果，但本丛书中的著作在系统性和综合性方面无疑仍具开创性。该丛书中无论文集或拼盘式的著作，皆为逻辑严密的学术性理论探讨。与此相关，这套丛书的多数著作体现了强烈的思辨色彩和理性的思考深度。这些思考有的可能显得比较稚嫩，或不够完善和深入，甚至有的观点和材料日后可能被发现是谬误，但这并不影响它们作为"新知"被载入我们这个时代的知识积淀层中。

真理没有终极，科学研究的任务就是不断地发现真理、充实真理和纠正谬误。人文学科相对于自然科学缺少明确的真理量化尺度，所以也更需要不断地探索和创新。说到"新知"，人们往往将之与"旧学"相提并论。当年蔡元培评价胡适说："旧学商量加邃密，新知培养转深沉。"其实，"邃密"了"旧学"，使之有了新品质，"旧学"便也有了"新知"的特性，"加"便是创新的过程。我们讲"新知"，要义在于强调研究的原创性。开创一个未知的领域固然好，但在今天科学研究体系已相当完备的情况下，一些传统学科已很难发现尚未开发的"处女地"，多数时候需要在前人已开垦的土地上深入开掘或进一步扩展。这也无妨，只要你有新的思想、理论和方法，仍然会有新发现、新收获。学术研究成果的价值在于一个"新"字，我们也看到过一些学者，数十年皓首穷经，可谓勤勤恳恳，可能著作等身，但只是在已有材料上做低层次的重复劳动。尽管题目、角度不断地变化，却没有什么新发明，提不出新思想、新观点，这样的成果无论如何也不能称为"新知"，就连"旧学"也称不上，因为"旧学"是前人创造的"新知"。在今天整个社会严重功利化，学术界普遍心浮气躁而成果又相对容易发表的情况下，我们所看到的许多新作实际上没有什么新的思想。真正"新知"的产生需要艰苦的劳作和认真深入的思考，人文学科更是这样，创造的过程是一个反复思考、细心斟酌、不断修订的过程，不仅身子要坐得住冷板凳，更要有精神上"十年磨一剑"的淡定。同时要坚守学术的"新知"品格，还需要抵挡得住各种各样的诱惑。古代的学问家往往要么是在位或致仕的官员，要么家境殷实，他们是有了钱（起码衣食无忧）或做了官才去做学问；而今天情况相反，学者一般是做了学问才有钱，"学而优则仕"（或"仕而学则优"），所以必须"大干快上"，让他们去做"名山事业"，难矣哉！不过难非不能也，只要我们愿意，"箪食瓢饮"也乐在其中。这是我本人对于学术的一点理解，也是对在这套丛书中创造了"新知"的作者们的一点期望。

暨南大学中文系是一个有着八十五年历史和优良学术传统的学系，特别是近三十年来学术研究有了长足的发展，詹伯慧教授开创的汉语方言学和饶芃子教授开创的海外华文文学研究已成为学界"品牌"；蒋述卓教授领军的文艺学目前为国家级重点学科。经过几代人的努力，暨南大学中文系的各个研究领域已得到了整体性的显著发展，去年终于获批为一级学科博士学位授权单位。更令人欣喜的是涌现出了一批年轻的学术"新人"。

当年本人搵食暨南时已年过不惑，可在系里还属少数拥有博士学位的"新人"。转眼十几年过去了，今天中文系的情况已大为改观，教师队伍已经"博士化"。这套丛书的作者基本上都是近几年进入我们这个团队的年轻博士，其中有的是我曾教过的学生，有的是经我手引进来的。他们来自不同的大学，师从不同的导师，从事不同的专业研究，为暨南大学中文系注入了新鲜的血液，带来了不同的学术风格。这套"暨南中文新知文丛"的推出是一个标志，昭示着暨南大学中文系后继有人，可期厚望。来到暨南大学这些年，特别是近五年主持系务后，我把相当多的精力用在了系里的学科建设上，有时为个人的研究工作被耽误而感到苦恼和无奈，不过想到能为中文系的发展做点事也就释然了。虽然自己老之将至，但看到年轻人的成长，心里感到由衷的高兴。今天暨南大学中文系的学术平台为年轻的学者们提供了一个更大的发展空间，当然也带来了更大的压力。这套丛书的出版，既是他们的一个学术总结，更是一个新的起点和动力，相信更多更好的"新知"将在新一代学者们手里创造出来。

　　需要强调的是，这套丛书的顺利出版得到了暨南大学"211 工程"第三期"比较文艺学与海外华文文学"建设项目负责人王列耀教授及我的同事史小军教授等人的大力支持，在此我们表示衷心的感谢！

2012 年 3 月 20 日
于暨南园一叶庐

序 言

彭玉平

　　我以前花了不少时间摩挲王国维的著述。但老实说，这种摩挲并非出于研究的目的，有时就是一种发自内心的把玩而已。但把玩久了，也自然会产生一些想法，我后来因着这不断涌现的想法，情难自已，写了几十篇文章。这大概就是王国维所说的"无目的而自生目的"的读书法了。

　　但在阅读王国维著述的过程中，有一个人倒是让我一直有意识想写点文章的，也就是带着"目的"去阅读的，但最后除了在别的文章中偶有涉及，竟然未能写成专论，这让我很有挫败感。这个人就是周邦彦。我因此感慨，世间万事果然不可勉强，写文章亦是不可勉强者之一。这个教训是深刻的，我至今不敢预揣着题目去读书。好的诗歌是心底自然流淌出来的，好的文章也大约应该是在读书中自然催生出来的。

　　我想写关于周邦彦的文章，原因很简单：王国维怎么批评吴文英、姜夔等南宋词人，以我对他的了解，都不过分，因为吴文英、姜夔是晚清以来群奉的偶像，王国维觉得词之本色与正途应在五代北宋，所以对于清末词坛偏师南宋这种本末倒置的行为当然要严加批评。他严厉到什么程度呢？严厉到情绪失控地骂吴文英等人为"龌龊小生"。我当然不会赞成王国维骂人，但我实在是理解他生气的原因。

　　我不理解的是：王国维为何在对五代北宋词倍加推崇的同时，对一向被视为"结北开南"的周邦彦却颇有微词，除了肯定其创调之才，其余便是基本的否定了，如对其创意能力的怀疑，又如认同周邦彦不少词当不得一个"贞"字等。很显然，王国维要把周邦彦拉下神坛，还给他一个二流的位置而已。

　　但在《人间词话》完成后数年，王国维另撰《清真先生遗事》一书，其判断便几乎完全反了过来。他不仅将周邦彦重新置于一流词人的位置，而且认为清真词与老杜诗是同一个级别的，是"两宋之间，一人而已"。

同一研究对象，不过相隔数年，王国维的评价何以有如此巨大的反差呢？这引发了我的好奇，我因此而起研究之想，就是缘于这简单的好奇之心。

我的文章一直没能完成，但这不妨碍由我的学生来完成。

这便是马莎君撰写的这部《周邦彦及其学术史考论》专著。马莎的本科、硕士、博士阶段，我都忝为她的导师。她的用功不用我多说，我印象最深的便是她异乎寻常的灵性。平时与她商讨学术，她偶发妙论，亦时令我惊喜。我因此希望她在博士阶段可以选择周邦彦及其学术史为研究论题。也不知是她习惯遵循老师的意旨，还是果然对周邦彦别有领悟在先。她居然愉快地接受了这个任务。

我原为她订的计划要更具历史感一些。但几年下来，随着接触材料的增多，她希望能将论文重心放在宋代对周邦彦的接受上，尤其放在三家"和清真词"以及陈元龙注本方面。因为我素知周邦彦研究的不易，而且对三家和词以及陈元龙注本的研究可能尤为不易，所以就同意了她的调整。她后来也以此为论文重心获得了博士学位。

马莎君从博士毕业至今，已经有十年了。我知道她一直在努力拓展相关的研究领域，她除了较大规模地修订原稿，又增补了不少章节，尤其是对晚清民国诸家对清真词的甄选、笺注以及评论，用心特多，以此来彰显周邦彦在这一时期对词学改良与革命所产生的重要影响。这个结尾，我认为是收得非常有力量的。

书中四章，马莎君益人神智的见解真是开卷可见，我就不特为拈出了，读者诸君自可鉴裁。她在文献上下的功夫也相当深，除了订补了不少清真词，更对历史上关于周邦彦的人品之争以及若干生平史实做了新的考论。我觉得她的结论是稳实的，也应该有信心接受学术史的检验。

但老实说，马莎君的这本书，还只是满足了我的部分心愿。我知道她日后如果能再度沉潜于这一领域，完全有能力把周邦彦学术史的链条提升到更加完整和畅达的境界。

我应该可以继续期望她的。

2017 年 12 月 21 日

目　录

绪　论

一、研究意义与研究目的

周邦彦是中国词史上成就最高的名家之一，也是中国词学学术史上最重要的研究对象之一，以其"结北开南"的杰出艺术成就被后人尊为"千古词坛领袖"。诚如龙榆生先生所言："《清真》一集，衣被于乐坛与词坛者，盖近千年，呜呼盛矣！"① 南宋至今，关于周邦彦其人其词的词学研究史已近千年，不但直观地反映了各个时期词学批评基于词体特性本身形成的审美趋势与价值取向，也典型地展示了特定时代的文学理念、词学思想和审美经验，可以借之洞见特定时代的社会需要以及产生这种需要的社会文化背景。

历代词作家、词选家、词学批评家乃至小说家，共同留下了数量惊人的各类文献史料，造就了周邦彦学术史跌宕起伏、曲折多变的样貌，也构成了宽广的研究空间，以至于以笔者一人之力，实难穷尽其中所含的丰富内质。有鉴于此，本书选择了专题式研究模式，尝试在浩繁的相关材料中寻找出确有学术价值的切入点，以实证为基础，以专题为核心，以深入剖析为目标，为周邦彦研究在现有基础上更臻精益略尽绵力。

二、相关研究的文献回顾与总结

若从总体上考察，自宋迄今时近千年，词学界对周邦彦的各种研究层出不穷。但近代以前，关于周邦彦其人其词的研究多为词话一类的古典形态，呈现断金零玉的面貌。进入 20 世纪之后，词学研究日渐具备现代学术意识，系统性与理论性都得到了长足进益，关于周邦彦的研究也随着词学学科的整体建构大势而后出转精。概而言之，这些研究成果可以基本分为三大类：前两类沿继传统词学的关注重点，或探讨清真词的风格特征、艺术技巧、情感取向、思想价值，尤其致力于对其具体作品的微观把握，或悉心考索其生平资料、行迹交游、词集流传、创作时地，为文本解读奠定

---

① 龙榆生：《清真词叙论》，龙榆生：《龙榆生词学论文集》，上海：上海古籍出版社 1997 年版，第 333 页。原载《词学季刊》1934 年 7 月第二卷第四号。

事实基础；第三类则为引入西方文学观念及相关理论，尝试从新角度对古典文学进行考察或诠释。在此，根据搜罗统计，笔者将涉及周邦彦学术史的已有综述性论著①，依时间为段，择其重点评介如次：

（一）20 世纪初至 20 世纪 40 年代

这一时期是词学学科由古典形态向现代形态过渡的阶段，清代中后期以来的周邦彦研究热潮在此期间得以延续，并在研究方法上呈现二水分流之势。一方面，相当一部分跨世纪的国学大家以古典词学的批评方式与研究思路，取得了对后学影响深远的成果。如谭献弟子徐珂的《近词丛话》和其于 1900 年辑成的《复堂词话》、况周颐《蕙风词话》及其续编、蒋兆兰《词说》、夏敬观《忍古楼词话》、陈洵《海绡说词》、陈匪石《声执》及《宋词举》等著作中的相关部分，大多承常州派余绪，着重于评析清真词的艺术技巧、风格特点等，并继续肯定周邦彦千古词宗的词史地位。在传统词话类之外，尚有王国维《清真先生遗事》专注于辨析周邦彦的生平事迹，并据此制成年表，又在"著述"一节详细考索了清真词别集之版本源流。陈思《清真居士年谱》较王氏年表更为详尽，并完成了部分词作的系年工作。杨易霖《周词订律》则致力于传统词学研究中重要的声律领域，"专论清真格律，审音揆谊，析疑匡谬"（邵瑞彭《周词订律序》）。

另一方面，在西方美学理论与学科观念的冲击下，也有学者为周邦彦研究导夫先路。其中，除王国维《人间词话》，尚有见诸杂志报纸的一系列相关论文也不同程度地运用了新文学的理论或语言：如俞平伯发表于《人世间》《中学生月刊》等刊物上的《读词偶得》系列、碧山发表于《中央日报》的《谈谈周美成的词》系列皆以风格技巧论为重点，李文郁《大晟府考略》（《词学季刊》1935 年第 2 期）初步辨析了周邦彦提举大晟

---

① 相关章节涉及周邦彦研究概貌的著作如：刘扬忠编著：《宋词研究之路》，天津：天津教育出版社 1989 年版；钱鸿瑛：《周邦彦研究》，广州：广东人民出版社 1990 年版；张毅主编：《宋代文学研究》，北京：北京出版社 2001 年版；刘扬忠、王兆鹏、刘尊明主编：《词学研究年鉴（1995—1996）》，武汉：武汉出版社 2000 年版。周邦彦研究综述性论文如：罗丽娅：《周邦彦研究述评（1991—2001 年）》，《株洲师范高等专科学校学报》2003 年第 1 期；崔海正、阎立亮：《近年周邦彦词研究述略》，《聊城师范学院学报（哲学社会科学版）》1996 年第 3 期；孙华娟：《二十世纪关于周邦彦词的论争》，《中国诗歌研究》2003 年第 00 期。

府的情况，龙榆生《清真词叙论》以其宽广的词学学术视野和较为全面的论述影响甚著，李敦勤《清真词集版本小考》和《清真词集版本续考》（《中央日报》1948 年 6 月 19 日、7 月 3 日）二文则为清真词的版本研究又增新益。此外，反映西方学科观念的文学史著作，如陆侃如、冯沅君《中国诗史》一书中亦有专章论述周邦彦，并附有简明年表。①

（二）20 世纪 50 年代至 70 年代

新中国成立后相当一段时期内，受政治环境及思想导向所限，学界关于周邦彦的研究较为冷落，对其词作的评价也发生了巨变。除精于音律这一条仍获肯定，清真词几被视为形式主义与宫廷文学的代表。如刘大杰《中国文学发展史》、游国恩等主编的《中国文学史》、中国社会科学院文学研究所中国文学史编写组编的《中国文学史》等通行文学史以及胡云翼《宋词选》等影响一时的选本均持此论，夏承焘《瞿髯论词绝句》更将清真词断为"亡国哀音"。不过，也有少数学者仍具持平之见，如王兰馨《清真词的艺术》（《人文科学杂志》1957 年第 3 期）一文，不唯充分肯定了周邦彦的艺术成就，也对其局限性作了较为公允的分析；吴则虞《清真词版本考辨——附版本源流表及清真集考异》（《西南师范学院学报》1957 年第 1 期）厘清了自宋以降的清真词版本系统，并对要本进行了详细考评，是目前周邦彦研究者公认的清真词版本考证力作；唐圭璋《宋词四考》（江苏文艺出版社 1959 年版）一著中也有关于周邦彦籍贯、生平、词集版本的简要考证。

这一时期港台学者有关周邦彦研究的成果频出，如 1970 年私立辅仁大学中文研究所林振莹的硕士学位论文《周邦彦词韵考》，1972 年香港珠海书院中国文史研究所韦金满的硕士学位论文《周邦彦（美成）词研究》，1972 年台北文史哲出版社出版的叶咏璃《清真词韵考》，1975 年香港的《抖擞》第 11、12 期所载罗忼烈《拥护新法的北宋词人周邦彦》和 1978 年出版的《大公报在港复刊三十周年纪念文集》所载罗忼烈的《周清真词时地考略》，同年台北东大图书有限公司出版的王支洪《清真词研究》等。另外，日、韩、欧美等域外学界也相继出现了关于周邦彦的研究论著，如

---

① 据人民文学出版社 1956 年版《中国诗史·前言》，其书相关部分主要写作于 1925—1930 年，并于 1931 年由大江书铺初次出版。

东京株式会社创文社 1976 年出版的村上哲见的《宋词研究——唐五代北宋篇》一书中有"周美成词论"一章，James R. Hightower 发表于 *Harvard Journal of Asiatic Studies* 的《周邦彦的词》（The Songs of Chou Pang-yen）等。此类论著大都接续传统词学对周邦彦及其词作的评价与关注重点，尤其从词韵方面考察清真词的著作，颇能弥补中国大陆学界视野所不及。

（三）20 世纪 80 年代至 20 世纪末

20 世纪 80 年代以后，随着学术思想的解缚，周邦彦获得了学界的重新认识及评价，大量论著随之涌现。据笔者粗略统计，这一时期关于周邦彦研究的国内外论著多达千种，涉及的主要问题可以大致概括如下：

第一，关于清真词的研究是热点所在，可略分为几类主要论题：①清真词的艺术技巧及风格特征论数量最丰，有代表性者如万云骏《清真词的艺术特征》（《词学·第 1 辑》华东师范大学出版社 1981 年版）、何尊沛《论清真词风格的辩证艺术》［《西华师范大学学报（哲学社会科学版）》1992 年第 1 期］等；其中，关于清真词某一或某类名篇的专论又占多数，典型者如唐圭璋《炼字琢句，运化无痕——读周邦彦词〈满庭芳·夏日〉》（《文史知识》1983 年第 11 期）、蒋哲伦《论周邦彦的羁旅行役词》（《上海师范大学学报》1985 年第 2 期）等。②清真词的思想性及声律研究，前者如谢桃坊《周邦彦词的政治寓意辨析》（《天府新论》1987 年第 6 期），后者如韦金满《论周邦彦词之声律》（《香港浸会学院学报》1980 年第 7 期）可为代表。③清真词与其他名作的比较研究，如罗忼烈《清真词与少陵诗》（《词学·第 4 辑》华东师范大学出版社 1986 年版）、韩经太《清真、白石词的异同与两宋词风的递变》（《文学遗产》1986 年第 3 期）以及张姝、杨丽《论姜白石对周邦彦苏轼词的继承》［《新疆大学学报（哲学社会科学版）》1996 年第 2 期］等。④清真词别集版本及源流考证，如刘乾《王鹏运手校四印斋精抄本〈清真集〉》（《文物》1983 年第 1 期）和饶宗颐《词集考·唐五代宋金元编》（中华书局 1992 年版）一著中的相关部分。⑤清真词的校点与笺注，如吴则虞校点《清真集》（中华书局 1981 年版），罗忼烈笺注《周邦彦清真集笺》（三联书店香港分店 1985 年版），蒋哲伦、刘坎龙选注《周邦彦词选》（人民文学出版社 1993 年版）等堪为代表。⑥运用西方理论审视与研究清真词的章法、笔法及美学价值是这一时期的新趋势，如方大丰《试论周邦彦词的意识流特色》（湘潭大学 1990

年硕士学位论文）、顾伟列《论清真词的抒情结构》（《文学遗产》1987 年第 1 期）等。⑦探讨清真词在词学史上的影响力，包括词论家对清真词的评价与阐释，词作家对清真词艺术的继承与更新，如蒋哲伦《王国维论清真词》（《文学遗产》1996 年第 1 期）一文深入剖析了王国维对清真词的评价，并据此指出王国维论词主张的复杂性；陈水云《清人对清真词的解读》[《湖北民族学院学报（哲学社会科学版)》1995 年第 4 期] 一文总结清人词话对清真词审美意蕴、艺术特点的分析，认为清人对清真词有比较深刻的认识，从而为其确立了极高的词史地位；杨万里《论清真词在宋代的文学效应》[《上海师范大学学报（哲学社会科学版)》1997 年第 1 期] 一文则从宋人对清真词的评价以及有代表性的宋人创作实绩两方面进行考察，认为"清真"乃雅词正宗，其词名始盛于南宋，而宋人学"清真"未得其真。

第二，关于周邦彦其人的研究，主要集中在周邦彦生平行谊及仕履的考证方面，如刘斯奋《周邦彦曾至长安二证》（《学术研究》1980 年第 3 期）、刘永翔《周邦彦家世发覆》[《华东师范大学学报（哲学社会科学版)》1996 年第 3 期]、诸葛忆兵《周邦彦提举大晟府考》（《文学遗产》1997 年第 5 期）以及马成生、赵治中《周邦彦年谱》（《丽水师范专科学校学报》1991 年第 2、3 期）等，均在前人基础上有所突破。

第三，关于周邦彦其人其词的总论性研究，如中国社会科学院刘扬忠 1981 年即以"论周邦彦及其清真词"为题完成硕士学位论文，其后又著成《周邦彦传论》（陕西人民出版社 1991 年版）一书，上编全面研究周邦彦的生平及文学活动，下编为清真词专论，涉及其词的思想性、艺术性、技法、语言和地位评价。上海社会科学院钱鸿瑛《周邦彦研究》（广东人民出版社 1990 年版）一著同是总论周邦彦其人其词及词史地位，并侧重研究了周邦彦的音律之长、审美观及创作个性，以及清真词中的爱情、羁旅和咏物三类作品。

第四，这一时期对周邦彦诗文的研究也颇有创获。早在 20 世纪 30 年代，王国维《清真先生遗事》、唐圭璋《清真先生文集》、赵万里《清真集校辑》中就有关于清真佚诗文的少量辑录，但相关工作几十年来并无进展。罗忼烈于二十世纪七八十年代之交致力于此，1980 年出版了《周邦彦诗文辑存》一书，其后又在其《词学杂俎》《周邦彦清真集笺》中有所补遗，遂为集成。之后，蒋哲伦在《周邦彦选集》（河南大学出版社 1999 年版）一书中以罗氏辑录为基础，对清真诗文加以初步注解，以补罗著重在考辨而诠注较少的遗憾。另，刘扬忠《周邦彦佚文佚诗浅议》（《文学评论丛刊·第 18 辑》）一文评析了周邦彦《汴都赋》的艺术价值，也大致介绍了其诗作的内容。

（四）21 世纪以来

21 世纪的短短十数年间，关于周邦彦研究成果数量已有三百余种，且研究的重点与 20 世纪相比有所更新，尤其体现在清真词研究方面：

第一，除继续在艺术风格、词法技巧、名篇专论等常见主题下产生大量的成果之外，值得关注的有关清真词研究的亮点有：①多角度地运用现代或西方文艺理论的概念与方式解析清真词，有代表性者如日本学者小林春代《清真慢词的网状框架及其解读》［《天津师范大学学报（社会科学版）》2001 年第 6 期］、路成文《论周邦彦的咏物词》（《文学遗产》2004 年第 2 期）、朱长英《文学地理学视域下的〈清真词〉解读》（《齐鲁学刊》2015 年第 3 期）等。②将周邦彦与其他名家进行更为深入细致的比较，如陆松《柳永、周邦彦词异同论》（苏州大学 2016 年硕士学位论文）、程瑜《周邦彦与姜夔词比较研究》（中国海洋大学 2009 年硕士学位论文）、符继成《走向南宋："贺周"词与北宋后期文化》（湖南师范大学 2010 年博士学位论文）、汪鑫《秦观与周邦彦恋情词比较研究》（信阳师范学院 2012 年硕士学位论文）等。③深入讨论清真词的创作主旨及心态，如孙虹等《周邦彦词新论》［《江南大学学报（人文社会科学版）》2003 年第 2 期］，李世忠、段琼慧《党争视域下的周邦彦及其词之政治抒情》［《北京工业大学学报（社会科学版）》2009 年第 3 期］，路成文《人生的炼狱——周邦彦"羁游荆襄"时期经历、创作、心态综考》（《词学》2011 年第 2 期）等。④考证清真词的创作时地，如孙虹《陈思〈清真居士年谱〉庐州、溧水系年词补考兼论罗忼烈〈周清真词时地考略〉中的"溧水之什"》（《文史》2004 年第 4 期），路成文《周邦彦几首寻常妓情词的编年问题》［《聊城大学学报（社会科学版）》2010 年第 4 期］、《清真还京乐"禁烟近"作年新考》（《词学》2010 年第 1 期）和《清真三首"萧娘词"创作时地及相关情事考辨》（《中国韵文学刊》2010 年第 2 期）等。⑤考证清真词的版本、句式等问题，如王亮《大鹤山人校本〈清真集〉刊年订误》(《词学》2011 年第 1 期)、杨传庆《大鹤山人校本〈清真集〉刊年辨误》(《文献》2013 年第 1 期)、王湘华《周邦彦词辨正二则》(《大连大学学报》2011 年第 4 期)等。

第二,引入接受美学理论成为研究清真词的一大热点:①以篇幅较长的学位论文形式研究清真词的接受历史,如宋兵《清真词接受史研究》(中国社会科学院 2001 年硕士学位论文)和杨静《清真词传播与接受研究》(苏州大学 2014 年硕士学位论文)均为通代研究,梳理了自宋至清的清真词接受概貌,涉及创作、选本与理论批评的接受主体;吴思增《清真词在两宋接受视野的历史嬗变》(东北师范大学 2002 年硕士学位论文)和王艳《周邦彦词两宋接受史研究》(西北师范大学 2011 年硕士学位论文)均为断代研究,结合词评家与词作家两方面情况重点分析了清真词在两宋被接受的过程,及其反映的审美视野与词学观念变化;陈福升《柳永、周邦彦词接受史研究》(华东师范大学 2004 年博士学位论文)则以词话与词选为主要研究对象,比较周柳词的接受历程。②从个案层面关注后人对清真词的接受情况,以及清真词对柳永、秦观、杜甫等前人诗词的学习吸纳情况,如张巍、刘虹利《姜夔对周邦彦咏物词的继承和突破》[《沈阳农业大学学报(社会科学版)》2004 年第 1 期]、李锺振《关于柳永和周邦彦咏物词相关性的探讨》(《中国韵文学刊》2009 年第 1 期)、黄桂凤《论周邦彦对杜诗的接受》[《汕头大学学报(人文社会科学版)》2014 年第 3 期]等。

第三,更集中地探讨了清真词的词史影响力:①采用量化统计的方式观照周邦彦的词史地位,如刘尊明、田智会《试论周邦彦词的传播及其词史地位》(《文学遗产》2003 年第 3 期)以宋代至今清真词主要版本及选本的量化统计为依据,分析周邦彦词史地位之由来,并涉及歌伎传唱在清真词传播中所起作用的问题;刘尊明《历代词人次韵周邦彦词的定量分析》通过定量分析确认周邦彦在被历代词人追和次韵的宋代词人中仅次于苏轼,在原作被次韵的词调数量和作品数量两方面更大大领先,其词史地位与苏轼比肩。②进一步聚焦王国维论清真词这一个案,如蒋英豪《论王国维对周邦彦词评价的转变》(《中华文史论丛》2003 年第 74 期)、徐玮《关于王国维论清真词争议的再评价》(《词学》2011 年第 2 期)、彭玉平《王国维的词人批评与晚清词风之关系》[《南京师范大学学报(社会科学版)》2013 年第 6 期]、梅向东《犹疑与错乱：王国维清真词评的复杂文化心态》(《文学遗产》2016 年第 2 期) 等文均能见微知著，或就此话题深入解析王国维词学本身的变化与建构，或借之寻绎晚清民国时期文化转型的轨迹。③解析周邦彦"词中老杜"这一称誉与常州词派的关系，如余意《周邦彦之"词中老杜"与常州词学》(《词学·第 28 辑》) 一文探讨了常州词学语境中的"词中老杜"与常州词派词体观念及其审美理想的建构；闵丰《词中少陵：一种关于常州词学的经典诠释》(《文艺理论研究》2011 年第 3 期) 一文指出，正是通过对清真词的解读与定位，常派词人始能修正刻意寄托所产生的误读之弊，从而使词学批评真正回归文学本位。④通论清真词的词史影响力及其争议，如孙华娟《二十世纪关于周邦彦词的论争》(《中国诗歌研究》2003 年第 00 期)，孙克强、张海涛《清真词在词学史上的影响和意义》(《文艺研究》2015 年第 4 期) 等，均从宏观层面作出了较为完整、全面的回顾。

　　第四，对周邦彦其人的研究也是学界继续关注的话题，其重点包括：①重新审视周邦彦与大晟乐府的关系，如彭国忠《大晟词派质疑》[《上海大学学报 (社会科学版)》2000 年第 3 期]、村越贵代美《周邦彦和大晟乐》(2001 年《首届宋代文学国际研讨会论文集》) 等文。②就周邦彦生平仕履中的一些疑惑提出新见，如薛瑞生《周邦彦两入长安考》(《文学遗产》2002 年第 3 期) 与《周邦彦并未"流落十年"考辨》(《文学遗产》2005 年第 3 期)，路成文《周邦彦出任庐州教授考》[《兰州大学学报 (社会科学版)》2010 年第 2 期] 与《人生的炼狱：周邦彦"羁游荆襄"时期经历、创作、心态综考》(《词学》2011 年第 2 期) 等文；此外，孙虹校注、薛瑞生订补的《清真集校注》(中华书局 2002 年版) 是继罗忼烈《周邦彦清真集笺》之后清真词集整理、笺注的又一力作，其书所附《清真事迹新证》一文就周邦彦生平事迹提出了诸多新论。

　　第五，对周邦彦诗文的研究虽不多见，却也有所推进。如周燕玲、吴华峰《论周邦彦诗的艺术风格》[《社会科学论坛 (学术研究卷)》2009 年第 2 期] 评论了周邦彦诗的几种主要风格，徐筱婷《肃穆与舒缓——〈汴都赋〉之政治立场与宋代市民娱乐》[《辽东学院学报 (社会科学版)》2016 年第 5 期] 一文详细解析了《汴都赋》的具体内容，并据此论析周邦彦的政治倾向和宋代市民的休闲活动风貌。

　　需要说明的是,以上评述的考察重点偏向于有较为显著的学术价值或在相关话题中具有代表性的成果,借鉴意义不大或主要论点重复者则未能胪列。但就整体而言,审视 20 世纪以还的周邦彦其人其词研究,有几处缺憾是难以忽视的:一是自宋至今,无论是在传统词论还是在现代词学理论的视角中,泰半研究都集中在清真词的艺术技巧、风格特征和具体作品鉴赏方面,这固然是词学学术研究的题中应有之义,却也不可避免地呈现出话题过于集中,甚至大量成果低水平重复的现象;二是在借鉴西方文学理论的相关研究中,既有确能上承传统、下启来学的精品,也不乏诸多生套方法而未能合理切入的浅尝辄止;三是关于周邦彦其人其词的研究始终存在争议,其分歧点主要集中在周邦彦的生平仕履和政治立场方面,相关考证结论的不同又直接影响了对周邦彦人品的评价,对其词作的主旨、创作心态乃至价值的解读,而其中仍有不少问题至今悬而未决。简言之,百年来的周邦彦及其学术史研究中大量精彩纷呈的学术力作,解决了周邦彦其人其词研究的诸多基础性问题,提供了可贵的经验和启示,也留下了足够的研究空间,引导后来者自觉地回避泛化或概述式的研究,放弃成果过于集中的论题,而将研究目光投向更需深入之处。

三、研究思路和研究内容

　　如前所述,在周邦彦及其学术史研究中,还留有不少有待深掘或尚存争议的话题。有鉴于此,本文采取专题研究的形式,集中选择了四个具有典型意义的论题,试图将周邦彦研究置于各朝代社会变革的历史大背景下,详尽考察相关行政制度、人文思潮及文学流变,结合史实来追溯现象背后的文化根源与思想内核,以期切实解决周邦彦及其学术史研究中一些悬而未决的具体问题。

　　第一章"周邦彦人品之争及事迹考辨":关于周邦彦其人的研究典型地体现了我国传统文学批评中人品与文品相提并论的规律,在历代论者看来,对清真词的评价切实关乎对其人品的判断;而论者判断其人品,又往往基于周邦彦在北宋新旧党争中的立场。因此,对其人品之争问题及其相关事迹进行辨析,是周邦彦学术史研究的重要基点。本章通过详细考察北宋学制与官制等历史条件,由史部文献而非文学文本入手,对周邦彦的政治态度、仕履浮沉及其与新旧党争之间的关系再行审视，并重新探讨由此引发的人品与作品评价问题，为理解周邦彦其人的政治立场、行为选择和作品主旨提供更为明确可靠的依据。

第二章"南宋三家和清真词研究"：前述关于清真词如何影响词人创作的研究成果往往多关注姜夔、吴文英等宋季名家，而以"遍和清真"闻名于世的方千里、杨泽民、陈允平三家则不为所refer。事实上，南宋三家的创作不仅引领了和清真词这一独具魅力的词文化现象，令追和清真之作绵延千年、不绝如缕，也有助于后世研究者探寻清真词本身的词律词法，并对清真词的校勘工作裨益匪浅。本章研究南宋三家遍和清真之作，探寻当世词人在实际创作中对清真其人其词的借鉴效仿，以及和清真词这一创作形式之于清真词研究的独特价值所在。

第三章"清真词笺释研究"：关于清真词词史地位的研究往往以词评、词选以及笔记、序跋等材料为基础，相对忽视笺释这一重要批评手段所产生的影响力。本章以南宋陈元龙《详注周美成词片玉集》和近人杨铁夫《清真词选笺释》为中心探析南宋至近代的清真词笺释情况，由具有代表性的笺释成果对清真词阐发的异同乃至纷争，寻绎词学观念、审美趣味的历史变迁线索。

第四章"清真词的甄选与晚清民国词学观念的转变"：通过词选这一批评形式探索清真词的词史价值本是过往研究成果中开掘颇深的领域，不过，此前的关注重点往往以清代前中期为限，对于晚清民国这一时期的研究则较多集中在王国维"论清真"的论题上。而这一独特历史时期不仅是传统词学与现代词学的过渡期，也是中西方文学思想及社会思想交融激荡的革新期，对其进行集中观照，不仅是完整建构周邦彦学术史的势所必须，也当有益于见微知著地捕捉这一大变革时期词学思想发展的走向及动因。

本书所据基本文献涉及历代研究者的学术思想、治学方法以及不同时代的学术思潮，包括清真词的评点、选录、校勘、笺释、考辨、系年，以及周邦彦年谱、传记、事迹考证等众多领域，要对浩如烟海的文史材料加以爬罗剔抉，开垦出有一定价值的成果，对于学力、识力都十分有限的笔者而言殊非易事。故此，一些同样深具学术价值的专题未及一一探讨，在已经完成的专题中也不免有不少疏漏及舛误，在此恳盼方家指正。

第一章

周邦彦人品之争及事迹考辨

　　周邦彦是词史上地位极高的大家，历代词家普遍对其作品评价较高，但也不乏异议者，比如：张炎认为周邦彦不免"一为情所役，则失其雅正之音"①，王世贞谓之"能入丽字，不能入雅字"②，曹溶讥云"秽亵不落周柳，词之大家也"③，刘熙载断言"美成词信富艳精工，只是当不得个贞字"④，王国维甚至曾将欧阳修、秦观与周邦彦的区别比作"淑女与倡伎之别"⑤。如果说张炎、王世贞等人的评价还停留在词风雅俗之辨的层面上，则曹溶、刘熙载、王国维数家的议论已隐然有讥讽人格的意味。其中尤可玩味的是王国维对清真词的态度，从《人间词话》中以贬为主，到考证《清真先生遗事》（以下简称《遗事》）之余，认为"先生立身颇有本末"，更誉之为"词中老杜，则非先生不可"⑥，这种变化的主要原因固然有其词学观念的发展，但将清真词与清真居士人品并论的趋向也相当明显。可以说，这些异议不仅缘于二人的词学观念与趣尚不同，也跟人们对周邦彦为人的认识不无相关。

　　新中国成立后，人们对于清真词的评价更多地集中在其思想性方面，并愈加显著地与其作者人品合为一谈，由此引发了不小的争议，余波迄今未平。否定一方或受20世纪中期政治环境的影响，对周邦彦其人其词痛加挞伐；或沿袭《宋史》及宋人笔记之说，以"疏放少检"⑦四字为周邦彦画像，对其词的肯定也不免有限。前者如游国恩在《中国文学史》中表示清真词"迎合那个腐朽王朝里纵情声色的士大夫们的胃口。由于内容的单

---

　　①　张炎：《词源》，唐圭璋编：《词话丛编》，北京：中华书局1996年版，第265页。

　　②　王世贞：《艺苑卮言》，唐圭璋编：《词话丛编》，北京：中华书局1996年版，第385页。

　　③　曹溶：《古今词话序》，唐圭璋编：《词话丛编》，北京：中华书局1996年版，第729页。

　　④　刘熙载著，薛正兴点校：《刘熙载文集》，南京：江苏古籍出版社2001年版，第140页。

　　⑤　王国维著，徐调孚、周振甫注，王幼安校订：《人间词话》，北京：人民文学出版社1960年版，第205页。

　　⑥　王国维：《清真先生遗事》，王国维：《王国维遗书》第7册，上海：上海古籍书店1983年版，第137、139页。

　　⑦　见脱脱等撰：《宋史》卷444《周邦彦传》，北京：中华书局1985年版，第13126页。

薄与无聊”而“只能在艺术技巧上争胜”。① 中国社会科学院文学研究所中国文学史编写组编写的《中国文学史》认为周邦彦是“长期过着放浪生活、在职务上又不得不直接以文艺去奉侍皇帝和贵族的词人”，而其词“不过是把一些寻花问柳的生活用华丽的辞藻装潢起来，加以美化，而且，有时总不免要透露出一些色情的底子来”②。又如谢桃坊《北宋文化低潮时期的周邦彦词》一文认为周邦彦具有“封建士大夫的卑劣意识”，而“品格和意趣的低下正是清真词的根本缺陷”。③ 后者则如刘大杰《中国文学发展史》（1982）与陆侃如、冯沅君《中国诗史》（1999）等，以《宋史》及张端义《贵耳集》、周密《浩然斋雅谈》、王灼《碧鸡漫志》诸书所记为据，认为周邦彦为人放荡，评价其作品时亦不免语带微讽，就连他的博涉书史，也成了会带来不良影响的“流毒”④。上述诸说或见于大学通用教材，或载于国人习见媒体，影响之广可想而知，遂令相当一部分人对周邦彦形成了人品不佳且清真词格调不高的综合印象。

与此相反，吴世昌、刘扬忠、罗忼烈、钱鸿瑛等学者在大力肯定清真词艺术成就之外，延续王国维《遗事》一文考辨史实的思路，对周邦彦的生平事迹精研细究，着重澄清宋人笔记小说凿空造臆之谬，⑤ 认为其辞赋诗文皆可为其政治态度与思想品格辅证，进而断定“邦彦算得上一个立身有本末的正直文人”⑥。经此一番辩诬正名的工作之后，关于周邦彦人品的争论似乎渐趋消歇，学界把注意力更多地转移到了对其作品艺术成就的研究上，在涉及人品时也渐多持平之谈。

---

　　① 游国恩等主编：《中国文学史》第 3 册，北京：人民文学出版社 1963 年版，第 69 页。

　　② 中国社会科学院文学研究所中国文学史编写组编：《中国文学史》第 2 册，北京：人民文学出版社 1979 年版，第 614 页。

　　③ 谢桃坊：《北宋文化低潮时期的周邦彦词》，《光明日报》，1986 年 6 月 3 日。

　　④ 陆侃如、冯沅君：《中国诗史》，天津：百花文艺出版社 1999 年版，第 527 页。原文为“不过他的诗似乎未受他的博极群书的流毒”。

　　⑤ 吴世昌：《周邦彦和他被错解的词》，《文史知识》1986 年第 11 期，第 8 – 15 页；罗忼烈：《宋词本事多不足信——以周邦彦和苏轼词为例》，罗忼烈：《词学杂组》，成都：巴蜀书社 1990 年版，第 183 – 202 页；刘扬忠：《周邦彦传论》，西安：陕西人民出版社 1991 年版；钱鸿瑛：《周邦彦研究》，广州：广东人民出版社 1990 年版。

　　⑥ 刘扬忠：《周邦彦佚文佚诗浅议》，《文学评论》编辑部编：《文学评论丛刊·第 18 辑》，北京：中国社会科学出版社 1983 年版，第 176 页。

然 21 世纪以来，一些学者重提周邦彦人格卑下之说，并同样以考证工作为基础，提出了他比附新党、媚事权贵的新论。这方面的代表性文章有薛瑞生《周邦彦两入长安考》①《周邦彦并未"流落十年"考辨》②，及载于孙虹《清真集校注》③ 中的《清真事迹新证》并《周邦彦词新论》④ 等文，均结合宋代学制与官制对周邦彦的仕途浮沉加以考索，认为其并非新党，仅是"一前节不亏而晚节多瑕之文士"⑤：青年就读太学时期所作名篇《汴都赋》，为"泛泛颂扬之作，并没有明显的政治倾向"；其后沉沦下僚乃官制使然，与党争无关，而晚年稍显达则是媚事权贵的结果，即官运"一系之于新党蔡京集团人物特别是蔡京当国与否"⑥。

纵览众说可见，由于各类宋代笔记及《宋史》本传中关于周邦彦生平事迹的记载颇显淆乱，虽屡经前贤时彦为之钩沉索隐，却仍然聚讼纷纭，并直接影响到了对其人格高下及其作品思想主旨、审美价值的判断。其中论者争议的焦点，是周邦彦在北宋新旧党争中的立场：其一，他是否属于新党；其二，他的态度是支持新法，抑或媚事权贵。简言之，关于周邦彦和清真词的学术研究史典型地体现出了我国传统文学批评中人品与文品相提并论的规律，对清真词的艺术评鉴与对周邦彦的人品判断密不可分。

因此，笔者以为，在周邦彦研究中首先应对其人品之争问题加以关注，正如王国维所言："廓而清之，亦后人之责矣。"⑦ 有鉴于 20 世纪出现的相关争议早有前辈学人为之辨析剔伪，而 21 世纪所见新论尚多有待发之覆，因而在此仅就新论种种作一探讨考辨，以供参考，并期求教于方家。

---

① 薛瑞生：《周邦彦两入长安考》，《文学遗产》2002 年第 3 期。

② 薛瑞生：《周邦彦并未"流落十年"考辨》，《文学遗产》2005 年第 3 期。

③ 周邦彦著，孙虹校注，薛瑞生订补：《清真集校注》，北京：中华书局 2002 年版。此文也可见王水照主编：《新宋学·第 1 辑》，上海：上海辞书出版社 2001 年版。

④ 孙虹、石英、王丽梅：《周邦彦词新论》，《江南大学学报（人文社会科学版）》2003 年第 2 期，第 62 – 70 页。此文也是《清真集校注·前言》的主要部分。

⑤ 孙虹：《清真事迹新证》，周邦彦著，孙虹校注，薛瑞生订补：《清真集校注》，北京：中华书局 2002 年版，第 97 页。

⑥ 孙虹：《清真集校注·前言》，周邦彦著，孙虹校注，薛瑞生订补：《清真集校注》，北京：中华书局 2002 年版，第 10 页。

⑦ 王国维：《清真先生遗事》，王国维：《王国维遗书》第 7 册，上海：上海古籍书店 1983 年版，第 137 页。

第一节 太学入仕与献赋得官

一、太学革新与入仕之途

周邦彦初入仕途的问题涉及他早年就读太学的情况。《遗事》以为元丰二年（1079）诏增太学生舍至八十斋，周邦彦入都为太学生当在此时。然《清真事迹新证》（以下简称《新证》）一文据《续资治通鉴长编》（以下简称《长编》）与《宋会要辑稿》所载，八十斋建成应为是年十二月，提出颁太学《学令》及扩招生员当在元丰三年（1080）之后，故认为周邦彦于元丰二年未入太学；又据《学令》不可久为外舍生的规定，认为周邦彦迟至元丰三、四年间仍未入学，进而推测吕陶著周邦彦之父周原墓志铭中所云"在太学久"实为借口，"或如柳永当年冶游于南北二巷，或为达官显贵之客（原注：此系猜测），故自晦其迹耳"①。《周邦彦词新论》（以下简称《新论》）一文更提出，周邦彦舍进士而选择以三学进身，即可证明其"隽声美名，仅在辞章，并没有经世致用的应务之才"。两文排比史料，致力至深，但细察似有三处失之谨密。

其一，作为王安石熙宁变法的重要举措之一，太学三舍法实创立于熙宁四年（1071），《宋会要辑稿》云：

（熙宁四年）十月十七日，中书门下言："近制，增广太学，益置生员……其生员分三等：以初入学生员为外舍，不限员。自外舍升内舍，内舍升上舍。上舍以百员，内舍以二百员为限。其生员各治一经，从所讲之官讲授。主判官、直讲逐月考试到优等举业，并申纳中书。学正、学录、学谕仍于上舍内逐经选二员充。如学行卓然尤异者，委主判及直讲保明闻

---

① 周邦彦著，孙虹校注，薛瑞生订补：《清真集校注》，北京：中华书局2002年版，第42页。

奏，中书考察，取旨除官。……"从之。①

可知是年十月，太学已广增生员，正式分为上、内、外三舍，外舍人数不限；上舍生中已有备选学官之例，品学兼优者更可经保荐、考察后特恩除官，此即舍选法之肇始。元丰二年的兴学举措，意在进一步置斋限员，并严格规定了三舍递升及选补官员之法，却并非三舍创立与舍选之例的发端。也即是说，《学令》颁布及舍斋扩建与否都不能对周邦彦的入学产生决定性影响，《遗事》或是以此历史事件为坐标对周邦彦的入学时间作一推测，而非视之为入学的必要条件。《新证》则据以断言周邦彦入学必在元丰二年之后，恐非所宜。

其二，周邦彦得命为正时仍为外舍生之说，本于《长编》所载"诏太学外舍生周邦彦为试太学正，寄理县主簿、尉"②，《宋史》并他籍仅云"自太学诸生一命为正"③。熙宁至绍圣年间，选任太学正的规定曾几度变迁：熙宁四年（1071）之法"其正、录、学谕以上舍生为之"④，元祐元年（1086）改为近臣荐举学官法，次年七月八日诏"内外学官，选年三十以上历任人充"，元祐四年六月十八日复诏"今后太学正、录并依熙宁法选上舍生充。上舍阙，选内舍生"⑤；至绍圣元年（1094）三月四日，则"诏今后内外学官，选进士出身及经明行修人充"⑥。可知，自熙宁改革太

---

① 刘琳、刁忠民、舒大刚等校点：《宋会要辑稿·崇儒》1之31，上海：上海古籍出版社2014年版，第2744页；见李焘：《续资治通鉴长编》卷227，熙宁四年十月戊辰，北京：中华书局2004年版，第5529页。

② 李焘：《续资治通鉴长编》卷344，神宗元丰七年三月壬戌，北京：中华书局2004年版，第8266页。

③ 见脱脱等撰：《宋史》卷444《周邦彦传》，北京：中华书局1985年版，第13126页。

④ 见脱脱等撰：《宋史·选举三》，北京：中华书局1985年版，第3660页；参见刘琳、刁忠民、舒大刚等校点：《宋会要辑稿·崇儒》，上海：上海古籍出版社2014年版，第2744页；马端临著，上海师范大学古籍研究所、华东师范大学古籍研究所点校：《文献通考》卷42《学校三》，北京：中华书局2011年版，第1224页。

⑤ 刘琳、刁忠民、舒大刚等校点：《宋会要辑稿·职官》28之11，上海：上海古籍出版社2014年版，第3760页。

⑥ 刘琳、刁忠民、舒大刚等校点：《宋会要辑稿·职官》28之12，上海：上海古籍出版社2014年版，第3761页。

学至元祐更化之前，一直沿用从上舍生中选拔太学正、上舍生阙则由内舍生充的办法，元祐二年至元祐四年间初次罢废此例，后又恢复，至绍圣元年三月四日又罢。设若周邦彦于元丰六年（1083）时仍为外舍生，当无缘于太学正之职。《长编》所载不唯与他籍相异，亦与制度不合，不应以其说为立足点推断周邦彦事迹，乃至猜测其年轻时即放荡冶游或依附权贵。

其三，《新证》又提出："元丰二年颁《学令》之后，三学取士始成常制，然仍重进士。据《宋会要辑稿·职官》28 之 12 载，绍圣元年三月四日尚有'今后内外学官，选进士出身及经明行修人充'之诏，邦彦何以舍进士之途而以三学进身？……臆其是年（元丰五年）当预试而未中，始选三学之途耳。"①《新论》一文更认为此举足以证明周邦彦仅以辞章见长而无经世之才。倘若其论成立，虽与人品无碍，也不免令人怀疑史籍中关于周邦彦博涉书史的记录有夸饰之嫌。但事实上，在熙宁变法之前，恰是承袭了唐代诗赋取士之习的进士科才特重文辞佳否，变法对进士科进行改革的重要内容即彻底罢去诗赋、帖经、墨义，令士子专重经义，此即《建炎以来朝野杂记》（以下简称《朝野杂记》）所云："祖宗以来，但用词赋取士，神宗重经术，遂废之。"②

而太学三舍因是王安石改革选士制度的试验基地，其教育内容自始便致力于经术论策，不重诗赋声律。太学生入学后皆各治一经，须通经书大义，并能议论时务。各级考试亦以王安石《三经新义》为据，《宋史·选举三》叙其所试云："凡私试，孟月经义，仲月论，季月策。凡公试，初场经义，次场论策。"③ 宋代太学生普遍以天下为己任，敢于直言诤谏，至有"无官御史台"之美名④，也当关乎太学教育的风气所向。设若周邦彦果然仅擅辞章而不通时务，则舍进士选三学岂非自曝其短？著名词人万俟

① 周邦彦著，孙虹校注，薛瑞生订补：《清真集校注》，北京：中华书局 2002 年版，第 42 页。

② 李心传撰，徐规点校：《建炎以来朝野杂记·甲集》卷 13《四科》，北京：中华书局 2000 年版，第 261 页。

③ 见脱脱等撰：《宋史·选举三》，北京：中华书局 1985 年版，第 3657 页。参见赵升编，王瑞来点校：《朝野类要》卷 2《私试》与《公试》，北京：中华书局 2007 年版，第 53 页。

④ 罗大经撰，王瑞来点校：《鹤林玉露·丙编》卷 2："太学古诗云：'有发头陀寺，无官御史台。'言其清苦而鲠亮也。"北京：中华书局 1983 年版，第 271 页。

雅言尝与周邦彦同为大晟府属员，他的选择恰有不同，《碧鸡漫志》云："万俟咏雅言，元祐诗赋科老手也。三舍法行，不复进取，放意歌酒，自称大梁词隐。"① 两相对照，三舍取士的倾向和士人选择舍选的举动中包含的自我期许可谓不言而喻。

况且，在周邦彦入学之际，三学取士不仅属于常制，更是"八品以下子弟，若庶人之俊异者"② 求学进身的主要途径，如《宋史·选举一》所云："宋初承唐制，贡举虽广，而莫重于进士、制科，其次则三学选补。"至舍选法严行之后，由于经上舍上等释褐者极为难得，三舍选补作为进身之途愈受宠遇。③《咸淳临安志》谓由上舍上等补官者："或以阶秩监丞而参宾幕，或以初品京秩而官学省，皆异恩也，虽方正、茂异反不及焉。"④《朝野类要》亦云："上舍试中优等者释褐，以分数多者为状元，其名望重于科举状元。"⑤ 是知周邦彦舍进士取三学决非畏难之举，因大比落第才无奈入学之说更无法成立。至于绍圣元年（1094）之诏，仅为选任学官一时之规定，且距离周邦彦的入学已相去近二十年，既不足以影响其当年的选择，亦不能作为今日的论据。

更需强调的是，舍选法始终强调对德行的要求。所谓"艺可以一日而校，行非历岁月不可考"⑥，能够从容培养并考察人才的道德品行，正是舍选法相较于科举取士而言重要的优越性之一，也是王安石教育改革的要旨所在。元丰二年（1079）所颁太学选察升补之法规定"生员入学本贯，若所在州给文据，试而后入"⑦，即入读太学外舍的考试与应科举一样，需持

① 王灼：《碧鸡漫志》，唐圭璋编：《词话丛编》，北京：中华书局 1996 年版，第 87 页。

② 见脱脱等撰：《宋史·选举三》，北京：中华书局 1985 年版，第 3657 页。

③ 刘琳、刁忠民、舒大刚等校点：《宋会要辑稿·职官》28 之 12，绍圣元年三月九日："应上舍生上等中选者，有取旨推恩之例。然择之至精，俟之至久，故其得者亦难。自元丰以来十余年间，上舍生推恩者，林自一名而已。"上海：上海古籍出版社 2014 年版，第 3761 页。

④ 潜说友：《咸淳临安志》卷 11《学校·太学》之《国子录吴仁杰记释褐》（影印本），台北：成文出版社 1970 年版，第 136 页。

⑤ 赵升编，王瑞来点校：《朝野类要》卷 2，北京：中华书局 2007 年版，第 54 页。

⑥ 王应麟：《玉海》卷 112《元丰太学三舍法》，《文渊阁四库全书》本。

⑦ 李焘：《续资治通鉴长编》卷 301，元丰二年十二月乙巳，北京：中华书局 2004 年版，第 7328 页。

有籍贯所在地的证明文书方具资格参加。至元丰四年（1081）更要求学生入学有同县五人以上作保，"如犯第一等罚，不觉举者与同罪"①。如此严选，时人谓为"求十百于千万，然后得入太学"②。待入学之后，诸斋逐月记录学生行、艺，能"帅教不戾规矩"并"治经程文合格"者，于季末经斋长、谕、学录、学正、直讲、主判官考察，再于岁终评定高下，方能外、内、上舍"序而进之"，三舍升补"皆参考所书行艺乃升"③。周邦彦能在学业与德行兼重的太学中脱颖而出，并任"掌行学规"④ 的太学正一职，其年少薄行、不为乡里所重之说恐难尽信。

另者，根据舍选法的升补程序，层层考选的过程自然需时有年。元丰二年（1079）学令规定：外舍生入学后"月一私试，岁一公试"，即一年后才可应公试补内舍生。内舍生两年方能应升上舍试，其试甚至比省试、解试更加严格，"弥封、誊录如贡举法"。其中"行艺与所试之业俱优，为上舍上等，取旨授官"⑤，中等免礼部试，下等免解试。而在内舍学习期间，"连三次不中者，降为外舍"⑥。正如《文献通考》所言："明经而必至于通一艺，试文而必至于历三舍，皆非旦暮可就……其坐学之日，自不

---

① 刘琳、刁忠民、舒大刚等校点：《宋会要辑稿·职官》28 之 10，上海：上海古籍出版社 2014 年版，第 3759 页。

② 潜说友：《咸淳临安志》卷 11《学校·太学》之《国子录吴仁杰记释褐》（影印本），台北：成文出版社 1970 年版，第 136 页。

③ 李焘：《续资治通鉴长编》卷 301，元丰二年十二月乙巳，北京：中华书局 2004 年版，第 7328 页；参见马端临著，上海师范大学古籍研究所、华东师范大学古籍研究所点校：《文献通考》卷 42《学校三·太学》，北京：中华书局 2011 年版，第 1224 页；脱脱等撰：《宋史·选举三》，北京：中华书局 1985 年版，第 3657 页。

④ 刘琳、刁忠民、舒大刚等校点：《宋会要辑稿·职官》28 之 6："学正五人，掌行学规，凡诸生之戾规矩者，待以五等之罚。"上海：上海古籍出版社 2014 年版，第 3755 页。

⑤ 脱脱等撰：《宋史·选举三》，北京：中华书局 1985 年版，第 3657 页。

⑥ 赵升编，王瑞来点校：《朝野类要》卷 2《内舍》，北京：中华书局 2007 年版，第 53 页；参见王应麟：《玉海》卷 112《元丰太学三舍法》，《文渊阁四库全书》本；另，周密撰，吴企明点校：《癸辛杂识》后集《成均旧规》对太学升舍情况有十分详细的记叙，北京：中华书局 1988 年版，第 59－63 页。

容不久。"① 《朝野类要》亦云："如入学六年得为释褐者，谓之'走马上舍'。"② 太学生若在六年内释褐即被视为捷足，能得美称，其不易可知。故此，周邦彦的"在太学久"实在情理之中，入学四年后即因献赋命为学正亦可谓为异恩。楼钥《清真先生文集序》中所谓"声名一日震耀海内"之意，或可就中求之。③

二、歌颂新法与献赋得官

元丰六年（1083）④，宋神宗幸太学，周邦彦随众献《汴都赋》凡七千言，神宗"嗟异之，命近臣读于迩英阁"，遂由诸生擢为学正，其后更"以一赋而得三朝之眷"。⑤ 对于此赋的评价也与周邦彦的人品之争密切相关，有学者认为此赋乃周邦彦支持革新的力证，也有学者认为"他那献赋的行径，便可证明他是个清客式的文人"⑥，或断言其赋乃泛颂新政，"并没有明显的政治倾向"⑦。

可见，是否具有鲜明的政治倾向，正是辨别周邦彦献赋性质的关键。关于这一问题，首先需要明确的是，赋体文学的创作主旨之一，即通过宏辞丽藻来为君王润色鸿业、揄扬功德，"宣上德而尽忠孝"⑧。献赋求进是由来已久的风气，是司马相如、班固、马融、左思、杜甫等汉代以来辞人文士的普遍心理和实际选择，恐未能以今人的标准加以衡量。此类被文士

---

① 马端临著，上海师范大学古籍研究所、华东师范大学古籍研究所点校：《文献通考》卷42《学校考三·太学》，北京：中华书局2011年版，第1222页。

② 赵升编，王瑞来点校：《朝野类要》卷2《上舍》，北京：中华书局2007年版，第54页。

③ 楼钥：《清真先生文集序》，楼钥撰：《攻媿集》卷51（《丛书集成初编》本），北京：中华书局1985年版，第707页。

④ 献赋时间曾有争议，《清真先生遗事》辨之甚详，从是说。

⑤ 楼钥：《清真先生文集序》，楼钥撰：《攻媿集》卷51（《丛书集成初编》本），北京：中华书局1985年版，第707页。

⑥ 陆侃如、冯沅君：《中国诗史》，天津：百花文艺出版社1999年版，第527页。

⑦ 孙虹：《清真集校注·前言》，周邦彦著，孙虹校注，薛瑞生订补：《清真集校注》，北京：中华书局2002年版，第10页。

⑧ 班固：《两都赋序》，萧统编，李善注：《文选》，上海：上海古籍出版社1986年版，第3页。

视为进身之途的赋体创作，向来具有明显的政治功能，也往往寄予作者自身鲜明的政治见解与政治倾向。

　　具体到周邦彦的献赋之举，若要为之寻绎较为可信的思想源头，不妨对当时的文化背景略作考察。罗忼烈《拥护新法的北宋词人周邦彦》（以下简称《拥护新法》）一文提到，周邦彦从童年到成年的时期，恰是王安石亲自主持变法的阶段："他的家乡成为首先推行新法的地区之一。……这是惊天动地的改革精神，对于年青而又'少检'的周邦彦会有一定程度的影响，奠下后来拥护新法的根基。"① 确实，周邦彦少年时代遍览经史之时，王安石的新学正如日中天；周邦彦青年时代就读太学之际，王安石父子编订的《三经新义》又恰是太学生们必修的正统教材。《宋史·选举三》清晰地揭示了《三经新义》成为官学的动因："帝尝谓王安石曰：'今谈经者人人殊，何以一道德？卿所著经，其以颁行，使学者归一。'（熙宁）八年，颁王安石《书》《诗》《周官》于学官，是名《三经新义》。"在神宗支持下，王安石极力在太学推行新学、统一思想以培养"其党"的事实是可以肯定的，是所谓"试文则宗新经，策时务则夸新法"②。实际上，作为熙宁变法的思想基础，新学的影响远不限于太学内部，士人应举也几乎非其不宗，实为当世主流学派。南宋道学家张栻曾批判道："熙宁以来，人才顿衰于前，正以王介甫作坏之故。"③ 这虽为责难之言，亦足以从侧面说明当时新学对青年士子的影响之巨。无论如何，周邦彦亲历改革高潮，目睹时政剧变，又在熙宁变法的储才之地浸染有年，其政治思想受到新学相当程度的引导，应当是合乎情理的。

　　明晰了这一思想背景，再结合当时的政治背景来考虑，便不难界定元丰六年（1083）太学生集体献赋事件的性质——熙宁九年（1076）王安石罢相之后，神宗亲主变法，除继续采取财政方面的措施，在元丰三年至五年（1080—1082）进行了重要的官制改革，更于元丰五年再次发兵西夏，希望能够完成熙宁间恢复汉唐故疆之大业。遗憾的是，这一行动在是年九

---

　　① 罗忼烈：《拥护新法的北宋词人周邦彦》，《抖擞》1975 年第 11、12 期。

　　② 马端临著，上海师范大学古籍研究所、华东师范大学古籍研究所点校：《文献通考》卷 42《学校三·太学》，北京：中华书局 2011 年版，第 1225 页。

　　③ 张栻：《寄周子充尚书》，张栻撰：《张南轩先生文集》卷 1（《丛书集成初编》本），北京：中华书局 1985 年版，第 2 页。

月中旬彻底宣告失败，神宗悒郁成疾，终于元丰八年（1085）初辞世。然则在元丰六年这一有待振兴的微妙时期，太学生们作为变法派着意培养的人才而有集体献赋之举，可以想见，献上的绝不仅是迎合上意的泛颂之作，而应是立场鲜明的变法赞歌。这正是周邦彦能够以此一赋而得三朝之眷的深层原因。南宋理学家叶适尝谓此赋因有识于"一代之制，一方之事"，并能"盛称熙丰（熙宁）兴作，遂特被赏识"①，确为知言。厘清这一点，也就不难解释为何诸籍在记载此事时通常只强调《汴都赋》的"文采可取"或"多古文奇字"，显然，在主题一致的前提下，这是《汴都赋》脱颖而出的优势所在。

至于周邦彦在文采上胜于诸生，不仅是其个人艺术天赋使然，也跟熙宁变法时期科举罢诗赋及太学重经义、轻辞章的教育背景不无关系。哲宗元祐三年（1088），朝臣又议复诗赋取士，左正言丁骘专门提出："近时太学博士及州郡教授，多缘经义而进，不晓章句对偶之学，恐难以教习生员。"② 这虽是为了排除原新党学官而发的攻讦之言，却也不失其实。对于《汴都赋》称颂新法的具体内容，《拥护新法》一文有至为详尽的解析，此处不再敷述。

第二节　党争大势与十年外放

周邦彦于元丰六年（1083）因献赋，由太学生一跃为正；元祐元年（1086）旧党领袖司马光为相，新党人物相继遭到贬谪与放逐。次年春，周邦彦便出都教授庐州，而后客荆州，知溧水，直至十年之后，即绍圣四年（1097），方还京为国子监主簿，其外放和还朝时间均与北宋熙宁至崇宁年间的新旧党升降大势相合。在哲宗元符三年（1100）所作《重进汴都赋表》中，周邦彦自陈"旋遭时变，不能俯仰取容，自触罢废，漂零不

① 叶适：《习学记言序目》卷47，北京：中华书局1977年版，第696页。
② 李焘：《续资治通鉴长编》卷409，元祐三年三月己卯，北京：中华书局2004年版，第9963页。

偶，积年于兹"①，即指这段因党争被逐而至流落十年的经历。

但前述持新论者则认为"周邦彦出教授庐州与知溧水，乃宋代官制及时势所使然……所谓'流落十年'根本不能成立，更与新旧党争无任何关系"②。或以为"若以为邦彦出任远州乃党祸所致，恐昧于宋代官制，亦无史料为之支撑"③。在此基础上，诸论者又进而认定周邦彦早年即无任何明确政治立场，而晚年于新党当政时稍得显达，则是迎合上意、媚事权贵的结果。然而，细察当时官制及时势，恰能证明新旧党争与周邦彦出都一事的因果关系，兹为一一辨正如次：

一、北宋官制与周邦彦外放

关于周邦彦外任庐州教授一事的性质，《周邦彦并未"流落十年"考辨》（以下简称《考辨》）一文认为："邦彦'出教授庐州'，是仕途必经之路，是时势所使然，与新旧党争无关，亦不当以排挤倾轧目之。"其所论的前提依据之一，是北宋官制关于选人的规定：

据宋代官制，考中进士后先为选人，尚未正式进入仕途。而选人除个别特恩者外，一律不能在京任职，必须先到地方去任幕职官。

此处有必要澄清"选人"这一概念：北宋前期文臣的阶官分为京朝官与选人两部分，主要起到了迁转官阶、确定俸禄的作用，区别于代表实任的职事差遣官。幕职州县官原系唐代藩镇幕府职事，北宋前期用以通称选人迁转官阶，元丰改制后亦沿用旧称，直到徽宗崇宁之后始改为承直郎、儒林郎、文林郎等七阶官名。④ 即是说，所谓"京官"并非在京城为官，而是指高于选人而低于朝官的文官阶层；所谓"选人"亦并非"尚未正式

---

① 周邦彦：《重进汴都赋表》，载王明清：《挥麈录·余话》，上海：上海书店出版社 2001 年版，第 229 页。

② 薛瑞生：《周邦彦并未"流落十年"考辨》，《文学遗产》2005 年第 3 期。

③ 孙虹：《清真事迹新证》，周邦彦著，孙虹校注，薛瑞生订补：《清真集校注》，北京：中华书局 2002 年版，第 97 页。

④ 龚延明编著：《宋代官制辞典·选人》，北京：中华书局 1997 年版，第 665 页。

进入仕途"，其与京朝官的区别不在于"在京任职"抑或"到地方去任幕职官"，关键是选人虽然也属文臣，但位卑人众，不经改官程序而成为京朝官，则无望居任要职，因谓之身陷"选海"。如尚书省各部的架阁文字官①、大理寺法直官②等均由选人充任，其就职显然不需离开京城。又如《宋会要辑稿·职官》5 之 13 所载"承奉郎乔方、鄂州司户参军沈锡主尹牧，皆为检讨官"，其中乔方所带阶官为承奉郎，属京官；沈锡所带阶官为鄂州司户参军，属选人。而两人的实任职事都是讲议司尹牧检讨文字，③就职地点都在京中。由此可知，若云"选人除个别特恩者外，一律不能在京任职，必须先到地方去任幕职官"，恐是将"幕职州县官"与"京朝官"等同于"在外地州县就任之官"与"在京在朝就任之官"，这种理解显然不符合北宋官制的实际情况，亦不当引以为论证所据的大前提。

《考辨》又认为，当时具体的学官选拔制度也是造成周邦彦此次出任庐州教授的偶然原因，可以证明其事与党争无关。其论云：

《长编》卷四〇三载，元祐二年七月丁巳，"诏：内外学官，选年三十以上充，从御史中丞胡宗愈请也。"同书卷四〇八载，元祐三年正月庚申，诏："幕职州县官，虽未经考，听举贤良方正能言极谏科。"同书卷四〇九载，元祐三年三月己卯，"左正言丁骘奏：窃睹明诏，欲于后次科举以诗赋取士，天下学者之幸也。然近时太学博士及州郡教授，多缘经义而进，不晓章句对偶之学，恐难以教习生员。臣愚欲乞下两省馆职、寺监长贰、外路监司，各举二人曾由诗赋出身及特奏名入仕者，以充内外教官，盖经义之法行，而老师宿儒久习诗赋，不能为时学者，皆不就科举，直候举数应格，方得恩命。今或举以为教官，当能称职。伏乞二圣早降睿旨，使四方多士，一变妄诞穿凿之风，而趋规矩准绳之学，天下幸甚！"这些都说明，自熙宁四年罢诗赋考试之后，年轻人不习诗赋，以致恢复诗赋考试之

---

① 龚延明编著：《宋代官制辞典·主管尚书省吏部架阁文字》，北京：中华书局1997 年版，第 204、213、225 页。

② 脱脱等撰：《宋史·职官五·大理寺》："法直官二人，以幕府州县官充，改京官则为检法官。"北京：中华书局 1985 年版，第 3899 页。

③ 龚延明编著：《宋代官制辞典·讲议司尹牧检讨文字》，北京：中华书局 1997年版，第 191 页。

后，需要年三十以上以诗赋出身人来充任州郡教官。而周邦彦既不愿或因故未能参加"贤良方正能言极谏科"之制科考试，又年三十以上，且"文采可取"，长于诗赋，自然就成为州郡教授之最佳人选。

对于这段表述所据文献，我们不妨分别加以推敲：首先，文中所录元祐二年（1087）七月丁巳之诏夺漏了"历任人"三字，原文当为："诏：内外学官，选年三十以上历任人充……"盖胡宗愈所请本是有的而发：元丰七年（1084）曾立考试选任中外学官之法①，元祐元年从王岩叟之言罢废试法②，改为由近臣举荐就任，乃至产生"学者初中科，遽专师席"的弊端，故胡宗愈方才进言"请择长吏尝历任者充选"③，试图弥补其弊。其次，元祐三年（1088）正月己卯丁骘之言，乃因熙宁变法时罢废进士科诗赋试，而元祐更化期间意欲恢复之，故建议提前准备，由"两省馆职、寺监长贰、外路监司"推举相关人才担任内外教官，以便有针对性地培养诗赋之才。其所建议的推举对象，一是"曾由诗赋出身及特奏名入仕者"，二是因为此前由经义取士故不曾参加科举的"久习诗赋，不能为时学"的"老师宿儒"——不难发现，周邦彦虽然长于诗赋，但并不符合丁骘建议举充学官者应具备的资历条件：所谓"曾由诗赋出身"，是指熙宁之前进士科考试尚存诗赋试之际经此登科者；而"特奏名入仕者"，是指乡试合格的贡士，若在礼部试中屡遭黜落或殿试落第，可以根据应举试的次数及年龄高下，经各州府保明申礼部，礼部核准后记名特奏，无须再经解试、省试，径赴正奏名殿试之附试，由此取得科举出身的资格，获得入仕机会；④作为特重经义的太学培养出来的学官，周邦彦更不属于久习诗赋、不善经义而在变法时期无法适应考试要求的"老师宿儒"。换言之，胡、丁二人的建议本是就"内外学官"的选任而发，《考辨》却将其理解成了针对"州郡教官"的规定，以至于把周邦彦由太学而外放州学一事视作当

① 谢维新：《古今合璧事类·后集》卷76《教授》，《文渊阁四库全书》本。
② 李焘：《续资治通鉴长编》卷382，元祐元年秋七月丙辰，北京：中华书局2004年版，第9298页。
③ 李焘：《续资治通鉴长编》卷403，元祐二年七月丁巳，北京：中华书局2004年版，第9805页。
④ 龚延明编著：《宋代官制辞典·特奏名》，北京：中华书局1997年版，第635页。

然，这显然是有悖事实的。

最后，文中所引元祐三年（1088）正月庚申之诏是关于制举遴选对象资格的规定。① 制举乃拔擢特殊人才的科目，熙宁之后曾几度罢而又复，对应举者资格的规定也屡有变更。哲宗元祐二年（1087）四月丁未恢复制举时仅设贤良方正一科，并规定令"尚书、侍郎、两省谏议大夫以上、御史中丞、学士、待制各举一人"②，也即是说，想要参加贤良方正科的考试必须要经由符合尚书、侍郎等身份的举主推荐，方能获得应举资格。若依《遗事》等考证，周邦彦出都时间当在元祐二年春，具体是在恢复制举之前抑或之后则不得而知；即使是在此之后，甚至依《考辨》所定在元祐三年，若无举主举荐，也是无法应举的。再者，制举录取人数甚少，应举者也向来不多，恰如叶适论制科云："若夫制科之法，是本无意于得才，而徒立法以困天下之泛然能记诵者耳，此固所谓豪杰特起者轻视而不屑就也。"③ 据此看来，周邦彦不曾参加制举一事并不能说明任何问题。

概而言之，无论北宋官制中对选人的规定，还是《考辨》所引关于学官选拔及诏试制举的三条文献，都与周邦彦的庐州之任无直接联系，也无法据以对其外放的性质作出判断。

二、新旧党太学之争与周邦彦外任

真正有助于辨明周邦彦外任一事性质的，是新旧党先后执政期间太学发生的一系列变革史实。

熙宁之际，太学三舍是王安石培养本系人才的基地。自熙宁八年（1075）在太学颁行《三经新义》以来，王安石在神宗支持下极力在太学推行新学、统一思想以培养其党，被司马光批评为"不当以一家私学，令

---

① 关于宋代制举情况，详见聂崇岐：《宋代制举考略》，聂崇岐：《宋史丛考》，北京：中华书局1980年版。

② 李焘：《续资治通鉴长编》卷399，元祐二年四月丁未，北京：中华书局2004年版，第9730页。

③ 马端临著，上海师范大学古籍研究所、华东师范大学古籍研究所点校：《文献通考》卷33《选举六》，北京：中华书局2011年版，第977页。

天下学官讲解"①；然事实上，司马光本人执政时攻乎异端的情形与此也并无二致，"臣之于安石，犹冰炭之不可同器，若寒暑之不可同时"②。这句著名的宣战口号，抨击的重点便是王安石的"邪术"。当然，双方经世学术之辩与新旧党争的关系并非本文讨论的重点。这里需要强调的是，无论新党抑或旧党咸不免"选用学官，非执政所喜者不与"③，这一现象正是学术政治化的后果：熙宁时尝驱逐学官之非议时政者，而以陆佃、叶涛、曾肇、沈季良等王党中坚担任国子直讲。元祐更化，旧党主政，自必尽取心腹而代之，如相继以张耒为太学录、晁补之为太学正、秦观为太学博士等；④ 在其时诋毁新学之风盛起的情况下，国子司业黄隐甚至"凡生员试卷引用王安石经义者，不问是非，辄加排斥"⑤。而至哲宗绍圣时，新党再度把持太学，"陈瓘为太学博士，薛昂、林自之徒为正、录，皆蔡卞之党也，竞推尊安石而挤元祐，禁戒士人不得习元祐学术"⑥。显然，无论新旧党，在选任太学学官的问题上，皆为同己者取、异己者黜。周邦彦出自太学，又因称颂新法得任，在元丰时自然是合乎新党要求的典型，而到元祐改弦更张之际，也就相应变成了不为旧党所喜的隐患；加之周邦彦其时年少气盛，"不能俯仰取容"，此等不帅教者自必屏之远方，岂能任由其继续留在太学，以异端邪说"荼毒"士子呢？

就周邦彦的外放而言，学术上的党同伐异是深层原因，而旧党对学官选任制度的改革则是客观条件。本来，依照此前的制度规定，周邦彦在担任太学正之后的前途可能有两种，一是升任太学博士，二是出任外州教授，如《长编》卷227熙宁四年十月戊辰所载："（上舍生任学正）其有职事者，授官讫，仍旧管勾，候直讲（按元丰三年改为博士）、教授有阙，

---

① 脱脱等撰：《宋史·选举一》，北京：中华书局1985年版，第3620页。

② 司马光：《奏弹王安石表》，司马光：《司马文正公家传集》卷17，北京：商务印书馆1937年版，第270页。

③ 马端临著，上海师范大学古籍研究所、华东师范大学古籍研究所点校：《文献通考》卷42《学校三·太学》，北京：中华书局2011年版，第1224页。

④ 各见脱脱等撰：《宋史》本传。晁、张之试正字见李焘：《续资治通鉴长编》卷393，元祐元年十二月庚寅，北京：中华书局2004年版，第9552页。

⑤ 李焘：《续资治通鉴长编》卷404，元祐二年八月辛卯，北京：中华书局2004年版，第9835页。

⑥ 徐自明：《宋宰辅编年录》卷10，哲宗绍圣三年，《文渊阁四库全书》本。

次第选充。"而究竟何去何从，还需经过学官考试的定夺，即《宋会要辑稿》所云："元丰七年立法试学官，上等注博士，下等注正、录，愿就教授者听。"① 但是，旧党上台之后"法无巨细悉罢"，元祐元年太皇太后准奏，命程颐等修订学制，② 七月从左司谏王岩叟之言罢去学官试，改以荐举法，"诏尚书、侍郎、左右司郎中、学士、待制、两省、御史台官、国子司业各举二员"③。如此由相对客观的考试改为近臣荐举，无疑为尽快援引同道在学子中培养己方力量打开了方便之门，这显然是旧党改革这项制度的用意所在。如尝因反对新法而不肯参加科举的陈师道，便在改制后得以凭苏轼之荐以布衣身份出任徐州教授。

选任学官罢试用举这一改革自不免造成鱼龙混杂的不良后果，也很快引起了有识之士的警觉。前文所引讵从胡宗愈所请选任长吏历任者充任学官，正是因为"学官自罢试，多出近臣论荐"，以致出现"学者初中科，遽专师席"的现象，故而希图弥补弊端。又，元祐三年（1088）诏"宫学教授阙，选诸尝被举可为学官及中十科中可为师表，或可备讲读者，仍官已升朝、年及四十乃得为之"④，也意在进一步严格学官被举的条件。不过，局部调整始终无法尽革弊端，学官试终于在绍圣元年重新得以施行——当然，这也是新党重新上台后必然会采取的举措。但无论如何，在罢试用举的元祐二年（1087）春，学官的去留全然取决于能否得到近臣荐举，而其时旧党当朝，获得荐举对周邦彦而言显然是不可能的。于是，既得不到有力者的荐举而留任太学，也无法通过学官试来掌握自己的前途，以至于凭周邦彦担任太学学官五年的资历，竟被打发到了设立州学教授一

---

① 刘琳、刁忠民、舒大刚等校点：《宋会要辑稿·崇儒》2之16，上海：上海古籍出版社2014年版，第2770页。

② 脱脱等撰：《宋史》卷165《职官五》："元祐元年……诏给事中孙觉、秘书少监顾临、崇政殿说书程颐、国子监长贰看详修立国子监条例。"北京：中华书局1985年版，第3911页。

③ 李焘：《续资治通鉴长编》卷382，哲宗元祐元年秋七月丙辰朔，北京：中华书局2004年版，第9298页。

④ 马端临著，上海师范大学古籍研究所、华东师范大学古籍研究所点校：《文献通考》卷46《学校七》，北京：中华书局2011年版，第1342页。

职不到一年的庐州，① 连一上州教授之衔都未能得到，其中的贬斥意味不言而喻。

与此同时，元祐时还曾诏令诸州教授磨勘改官须加举主一员，② 意味着此去前程更加渺茫。按宋代选人改官本已十分不易，《朝野类要》云："承直郎以下，选人在任，须俟得本路帅、抚、监司、郡守、举主保奏，堪与改官状五纸，即趋赴春班改官谢恩，则换承务郎以上官序，谓之京官，方有显达。且举主各有格法、限员，故求改官奏状，最为难得。"③ 也即是说，可充举主之官的资格及其能够举荐的人数都受到了严格限制，④ 选人即便自身磨勘资序已够，也往往难以备齐举主。尤其非权要子弟，往往费尽心思方能凑齐改秩所需举状，这一过程甚至可能长达二十余年。而万一碰上举主身故、致仕或因故降职，则其所具举状即告作废，一番辛苦又付诸东流，正所谓"选人用举主磨勘改官，在吏部法最为严密，毫厘之差，辄遂报罢"⑤。因此，"有的选人积累二三十张举状，方得以改官，甚至有在引见前一日，因举主减一员而致终身不得改官者"⑥。可想而知，遽遭贬斥兼之前程愈艰，周邦彦会有"漂零不偶"之感是在情理之中的。辨明了其时学官选拔制度变革背后的意义所在，则岂能认为这只是周邦彦远放州郡的偶然原因呢？

在旧党掌握太学之后，"苏门四学士"之张耒任太学录，秦观任太学博士，晁补之在元祐元年授太学正一职。罗忼烈在《拥护新法的北宋词人

---

① 刘琳、刁忠民、舒大刚等校点：《宋会要辑稿·崇儒》2 之 6，元祐元年十月十二日："诏齐、庐、宿、常、虔、颍、同、怀州，各置教授一员。"上海：上海古籍出版社 2014 年版，第 2764 页。

② 刘琳、刁忠民、舒大刚等校点：《宋会要辑稿·选举》28 之 25，上海：上海古籍出版社 2014 年版，第 5801 页。

③ 赵升编，王瑞来点校：《朝野类要》卷 3《改官》，北京：中华书局 2007 年版，第 70 页。

④ 对于各级官员每年所举官数额的规定称"岁举限额法"，参见曾小华：《宋代荐举制度初探》，《中国史研究》1989 年第 2 期。

⑤ 刘琳、刁忠民、舒大刚等校点：《宋会要辑稿·职官》11 之 33，上海：上海古籍出版社 2014 年版，第 3331 页。

⑥ 苗书梅：《宋代官员选任和管理制度》，开封：河南大学出版社 1996 年版，第 392 页。

周邦彦（下）》一文中推测："晁补之的太学正，也许是顶替周邦彦的遗缺。"① 针对这一推测，《考辨》驳之云：

> 《宋史》本传谓晁为太学正在元祐元年，周邦彦于元祐三年外任，怎么就能是晁顶了周的缺呢？须知宋代之所谓缺，是先有缺而后顶替，即旧官先去，空出缺位来，新官才能顶替的，而绝无新官先来数年后，旧官才去之理。

按宋制原有"待阙"一说，旧官未去而新官先来伺之，在当时实属寻常。北宋中期以来员多阙少的情况益加严重，为解决这一问题，朝廷采取了多种对策，其中的"使阙"一策，便是预使隔年之阙为待选者注拟，即就算某职位目前尚有官员在任，也提前除授待拟者，这在大中祥符三年（1010）之后已经成为常例。② 于是新官参选注拟已毕，而旧官尚未成资卸任，则新官还需等待相当长的时间赴任治事，这便是"待阙"。待阙的时间累月经年乃是常事，元祐元年（1086）六月，监察御史上官均还对当时"既得差遣，待阙须近三年"的状况深表忧虑。③ 故此，在周邦彦尚未卸任的情况下，太学正一职提前出阙注拟实非意外。就时间上而言，这一推测是有其合理性的。这也恰能佐证，周邦彦的外放绝非"偶然"二字可以解释，无论从哪方面来说，这都是新旧党人互相排斥的大势之下必然会有的结果。

三、时势所趋与周邦彦的外放及还朝

为论证周邦彦于元祐二年（1087）外放与旧党当权无关，《考辨》还提出了吕公著、苏轼二人不可能直接排挤周邦彦的种种证据。其实，当时的周邦彦远远谈不上跻身新党中坚，以政治常识推之，也自然不会是旧党

---

① 罗忼烈：《拥护新法的北宋词人周邦彦（下）》，《抖擞》1975 年第 12 期。

② 李焘：《续资治通鉴长编》卷 101，天圣元年闰九月甲午晏殊等言，北京：中华书局 2004 年版，第 2336 页。

③ 李焘：《续资治通鉴长编》卷 380，元祐元年六月戊申，北京：中华书局 2004 年版，第 9237 页。

领袖重点打击的首要对象。就如历代政治运动中受到派系之争牵连的绝大部分并非核心人物一样，他的去京外任，对其个人命运而言固然是一次开始了十年飘零之旅的重大转折，值得今日的研究者予以重视；但在元丰末至元祐初新旧势力交替的大潮中，不过是一朵随势而起又转瞬无闻的小小浪花，无论是正呼风唤雨的旧党执政者，还是已自顾不暇的新党领袖，恐怕都不会多加瞩目。

明乎此，便也可以解答《考辨》为证明周邦彦出任庐州教授与党争无关而提出的另一质疑：

不然，哲宗于元祐八年（1093）九月亲政，邦彦何以不见擢升亦不见内调，直至绍圣二年（1095）十一月始"还为国子主簿"耶？

有意思的是，刘扬忠《周邦彦传论》一书也谈到了绍圣初年周邦彦未能立取贵显的情况，并对此作出了截然相反的诠释：

这个现象说明了什么呢？应该说，这说明了周邦彦为人重气节，不但不愿迎合与之政见不合的旧党，亦复不肯向新党陈情以干进。①

笔者以为，这两种说法都有过度阐释之嫌。实际上，哲宗虽在元祐八年亲政，但恢复新政的打算并非一夜遽成，即便是对宰辅级人物的升降更张也直待次年方才陆续开始：元祐九年（1094）二月任新党李清臣、邓润甫为执政，原旧党左相吕大防于三月罢相，继而苏辙出知汝州，苏轼亦于四月罢官出知英州；四月十二日改元绍圣，随即范纯仁请辞，章惇为相，改革派自此方正式重新执政；绍圣二年九月复行青苗法，三年《常平免役敕令》颁行天下，这才标志着主要新法的恢复。而全面放逐旧党、起用新党的过程，则自绍圣元年（1094）一直持续至元符三年（1100）徽宗即位之前。周邦彦还京在绍圣四年（1097）②，同年二月尚有旧党官员三十人遭

① 刘扬忠：《周邦彦传论》，西安：陕西人民出版社1991年版，第32页。
② 《考辨》认为周邦彦还京时间是绍圣二年（1095），而诸家年谱皆定为绍圣四年，此从众。

贬降，① 自然不能以其未及与吕、范二相及苏氏兄弟同进退，便判定这三十人的被斥与党争无关；当然，也不可推测他们之所以没有在绍圣初年即刻受罪，是迎合了新党的缘故。即是说，这一时期相当一批新旧党外围官员进退的具体时间，恐怕不能作为其政治立场与操守的佐证。

《新证》一文又提出，若云周邦彦支持新法，"徽宗崇宁元年名义上以新旧划正邪，钟世美名列正上之首（其时钟已卒，遂荫其子），何以正党名单却不见邦彦之名？"要解释这一问题，也需先辨明此事的性质与目的。元符三年（1100）徽宗即位之前，向太后听政，曾有复用元祐旧党之举，是年三月并诏求直言，保守派皆视之为政治风向即将逆转的标志，于是纷纷上书斥责绍圣之政，仅有少量改革派官员坚持对新政称颂肯定。崇宁元年（1102）九月继刻立元祐党人碑之后开具的正邪两党名单，正是针对两年前上书官员立场的一次清算。《宋史》卷19《徽宗本纪》崇宁元年九月载："庚子，以元符末上书人钟世美以下四十一人为正等，悉加旌擢；范柔中以下五百余人为邪等，降责有差。"其中列入正党者予以重用，列入邪党者自当贬降。周邦彦不在正党名单之列，自然是因为没有参与元符三年三月上书一事。那么，十几年前便因称颂新法而被任命为太学正的周邦彦，这次为何却不发一词了呢？倘若元丰六年（1083）献赋之举的确表明了周邦彦的政治态度，则为何面对此次考验，他没有像其他四十一名新党官员一样坚定地顶着压力站出来声明立场呢？个中缘由，也许可以从他当时的心理状态方面探求一二。

绍圣四年（1097）周邦彦还京为国子主簿之时，正是新党大行其道之际，且次年六月，② 他便得到了召对崇政殿并蒙哲宗垂问《汴都赋》的机会，可谓登荣捷径，只在眼前。按说任何有求进之心的聪俊之士，都应当慎重把握与君王面论肺腑的良机，以期平步青云。但周邦彦是如何对待此事的呢？《重进汴都赋表》中说哲宗敕其进赋乃是"事超所望，忧过于荣"，这固然是表示诚惶诚恐的谦辞，却也未尝不是发乎内心的感慨。周

---

① 见脱脱等撰：《宋史·本纪十八》，哲宗绍圣四年二月："黜韩维以下三十人轻重有差。"北京：中华书局1985年版。

② 此从《清真先生遗事》所考，即元符元年（1098）。罗忼烈：《重进汴都赋表》附记另有详细分析，见罗忼烈：《周邦彦集笺》，罗忼烈：《周邦彦清真集笺》，香港：三联书店香港分店1985年版，第429－430页，此不敷述。

邦彦任太学正时年方二十八，自不免抱着从此当有一番作为的政治理想，诚如楼钥《清真先生文集序》所谓"公壮年气锐，以布衣自结于明主，又当全盛之时，宜乎立取贵显"。孰料先是"居五岁不迁"，只好"益尽力于辞章"①，继而于元祐二年（1087）春外放，从此偃蹇薄宦、流离播迁，至绍圣四年（1097）还京时，已是四十二岁的中年人了。十余年间，周邦彦阅尽世变，锐气消磨，不仅词风早已由软媚而入沉郁，性情也已然由少年时的"疏隽少检"变为"委顺知命"，甚至以"人望之如木鸡"为喜（楼钥言）。以是揆之，此时的周邦彦，尽管仍持肯定改革的态度，却已不欲置身于风口浪尖，对此次哲宗的召对与索赋恐怕确乎是"忧过于荣"；自然也不可能详备奏状，痛陈政见，以期得君行道、大展宏图，而只能如楼序所云"虽归于班朝，坐视捷径，不一趋焉"。因此，此表一方面重申当年作赋的动机和至今支持新法的政治态度，另一方面亦有一番甚为辛酸的告白：

臣命薄数奇，旋遭时变，不能俯仰取容，自触罢废，漂零不偶，积年于兹。臣孤愤莫伸，大恩未报，每抱旧稿，涕泗横流。不图于今，得望天表，亲奉圣训，命录旧文。退省荒芜，恨其少作，忧惧惶惑，不知所为。②

字里行间，劫后畏祸的形象可谓呼之欲出。大概正因这样的态度，他在召对之后，也没有遽获超擢。③ 王国维《遗事》云"其赋汴都也颇颂新法，然绍圣之中，不因是以求进"，正为此而发。罗忼烈《拥护新法》一文认为，周邦彦在哲宗朝不趋捷径乃是因为"对当时的政治状况和执政失望"，作为一位"有骨气而又向往熙宁、元丰变法的人"不肯成为章惇之徒。然笔者认为，更为直接的原因，或许还是缘于周邦彦此时的萧瑟心

---

① 脱脱等撰：《宋史》卷444《周邦彦传》，北京：中华书局1985年版，第13126页。
② 罗忼烈：《周邦彦集笺》，罗忼烈：《周邦彦清真集笺》，香港：三联书店香港分店1985年版，第427页。
③ 哲宗召对之后，周邦彦任秘书省正字，与国子主簿同品而地位不同，有优待之意，但未能视之为超擢。

境，正所谓"憔悴江南倦客，不堪听、急管繁弦"①。理解了这一点，也就不难解释周邦彦不入正党名单的原因了：曾遭遇时变以至飘零十载的周邦彦，在哲宗召对时尚且战战兢兢、如履薄冰，在数年之后的元符三年（1100）风向有变时，又如何能够奋起昌言呢？

综上所说，北宋熙宁至崇宁年间的新旧党争是一个复杂的历史问题，其显而易见的表现形式之一即新党执政则旧党放逐，旧党当权则新党贬谪，文人政客的仕履浮沉大都受制于新旧权势交替。尽管周邦彦在党争之中一直处于外围，却也与当时各有立场的众多官员一样，不可避免地深受这一历史事件的影响。或许不妨认为，周邦彦有政治理想，却并无突出的政治才干；有历三朝而不改的信念，却也有屈从时势、明哲保身的态度。笔者认为，这也正是周邦彦始终未能进入当朝权力中心的原因：性格与能力决定了他无法成为一个成功的政治家，却也成就了他光耀千载的词坛地位。而若以为其外放及还朝均与党争无关，并进而推断周邦彦既非新党，亦无明确的政治立场，则显属误解。

第三节　绍圣绍述与改官之疑

元祐元年（1086）旧党当权，新法罢废，次年春，以歌颂新法得官的周邦彦不可避免地遭逢了仕途的第一次重大转折，由太学正外放任庐州教授，继而客荆州、知溧水，经历十年飘零；直到绍圣绍述重行新法，周邦彦才于绍圣四年（1097）还京，并蒙哲宗召对，重进《汴都赋》，得授秘书省正字。《新证》《考辨》等文就这一段经历提出对周邦彦改官问题的两点质疑，以为值得非议。

其一，《新证》将周邦彦任庐州教授的时间断为元祐三年（1088），认为其入流成为选人也在此时：

---

① 周邦彦：《满庭芳·夏日溧水无想山作》，唐圭璋编：《全宋词》，北京：中华书局 1965 年版，第 602 页。

若以元祐三年（1088）入流计之，入判司簿尉等（从九品），至元祐七年入初等职官等（正九品），而元祐八年为溧水令（从八品）已高出其等半品，至绍圣三年入令录等（从八品），而绍圣四年还为国子主簿时正好是从八品，均为循资而转，何"漂零不偶""殊为流落"之有耶？

显然，这一论断的前提之一是任州学教授者必为选人。如前节所述，北宋文臣寄禄官分选人与京朝官两类，选人需经改官为京官，否则永沉下僚，无法升任要职。诸路教授之职为庆历四年（1044）初置，其时"本道使者选属部官为教授，三年而代；选于吏员不足，取于乡里宿学有道业者"①，熙宁六年（1073）改为"诸路学官并委中书选京朝官、选人或举人充"②，并无唯选人始任其职的规定。其论的前提之二是周邦彦任太学正时必非选人，然元丰三年（1080）定"太学正、录三年为任，通计六考，听改官，三考与循资"③，正是针对选人任太学正而设的改官规定。可知，将周邦彦任庐州教授视同入流为选人并无确证。

要理解这一问题，首先须知神宗元丰五年（1082）官制改革时，选人阶官未予正名，直至徽宗崇宁二年（1103）定新阶名之前，仍是"（选人）则幕职、令录之属为阶官，而以差遣为职，名实混淆甚矣"④。龚延明《宋代官制总论》一文描述选人之制的复杂情形：

---

①　李焘：《续资治通鉴长编》卷147，庆历四年三月乙亥，北京：中华书局2004年版，第3564页。

②　李焘：《续资治通鉴长编》卷243，熙宁六年三月己未，北京：中华书局2004年版，第5519页。参见刘琳、刁忠民、舒大刚等校点：《宋会要辑稿·崇儒》2之5，上海：上海古籍出版社2014年版，第2189页。熙宁六年，召："诸路学并委中书门下选差京朝官、选人或举充。"

③　李焘：《续资治通鉴长编》卷302，元丰三年二月癸卯，北京：中华书局2004年版，第7353页。

④　脱脱等撰：《宋史·选举四》，北京：中华书局1985年版，第3711页。元丰改制之后，文臣京朝官的俸禄、官品由寄禄官决定，而幕职州县官（选人）又分四等七阶，即选人迁转官阶，但新的选人七阶名称直到徽宗崇宁二年才定下。详见龚延明：《宋代官制总论》，龚延明编著：《宋代官制辞典》，北京：中华书局1997年版，第31－32页；金中枢：《北宋选人七阶试释》，宋史座谈会编：《宋史研究集·第九辑》，台北：中华丛书编审委员会1977年版。

或只作阶官，而别有差遣，若以京西路某县令为阶官，而任河北路转运司勾当公事差遣；以陕西路某军节度判官为阶官，而任某州州学教授差遣。或阶官与职事两者合一，如吴充进士及第初授谷熟县主簿（判司簿尉阶，任主簿职事）、范仲淹进士及第为广德军司理参军（判司簿尉阶，任广德军司理参军职事）。故南宋史家讥为"丛杂可笑"。①

也即是说，要辨指某人职事官与阶官的具体情况，必须依据明确的记载。而身为选人抑或京朝官及其级别迁转都属于阶官品级的问题，并不能据其所任职事官进行推断。② 就周邦彦的个案而言，何时为选人何阶（引文中所云入某等），与其担任太学正、州学教授、溧水令或国子主簿等职不可一一对指。根据各地方志中到任治事的记录，可以判断其庐州教授、溧水县令等职都是实任差遣，相应阶官则无记载。《宋史》本传中也仅有"出庐州教授，知溧水县"一语，别无旁证可求。

在文献依据如此缺乏的情况下，殊难断言周邦彦何时入流为选人、初入为何等及其于选人七阶内的迁转情况如何。而无论选人改京朝官抑或选人四等七阶内迁转，都是就阶官而言。前引《新证》所谓"循资而转"云云，显是混淆了阶官与职事官之别，将二者的品级误为一谈。基于此，《清真集校注·前言》又提出："邦彦绍圣四年（1097）自溧水县令还为国子主簿时已历九考，已够选人改官资序却未改官，显然非因考课不足，而系举主不足。推原举主不足的原因，无非是政绩不著或人品有可訾议处。"③ 如此论断，恐怕难称允当。

其二，选人改官也同样是就寄禄官阶而言，而非改任差遣职事之谓。若非对此有确然了解，也易生误断。如周邦彦在元符元年（1098）蒙哲宗召对，诵《汴都赋》，授秘书省正字。《新证》等文认为其改官即在此时，论证云：

---

① 龚延明：《宋代官制总论》，龚延明编著：《宋代官制辞典》，北京：中华书局1997年版，第32页。

② 关于宋代官品问题，详见龚延明：《论宋代官品制度及其意义》，龚延明：《中国古代职官科举研究》，北京：中华书局2006年版。

③ 周邦彦著，孙虹校注，薛瑞生订补：《清真集校注》，北京：中华书局2002年版，第10页。

其实《宋史·选举四》早已一语道破，即秘书省正字与校书郎虽同为从八品，但却是选人除正字，京官除校书郎。故知此次"哲宗召对"，乃邦彦由选人改官之"召对"，"使诵前赋"仅为"召对"内容之一耳。

按"选人除正字，京官除校书郎"的规定见于《宋史·职官四》，又《宋会要辑稿》载元祐元年十月十六日："诏应试中馆职者，内选人除试正字，改官、请俸等并依太学博士法。"① 若元符元年（1098）时此法依旧施行，周邦彦任秘书正字时理当仍为选人，至迁校书郎方得改官，与除正字即改官之说岂非正相矛盾？其文又提出，召对翌日除官不合程序：

宋制，六品以下官员，均经吏部铨试，始能入选注官，并需待阙赴任，邦彦岂能一诵前赋之翌日即除官耶？且自仁宗嘉祐以后，京朝官（正式进入仕途之官）除官皇帝概不召对，而选人改官却非皇帝亲自召对不可，尚有待次、便殿引见、召对等规矩。……之后，论者沿《宋史》《遗事》《年谱》之误，以为"哲宗召对"乃邦彦独享之荣宠，或以为对新党邦彦久沉下僚之反拨与施恩，其实则为选人改官之例行公事而已，何荣宠、施恩之有？

按"六品以下官员，均经吏部铨试"之说未可一概而论。元丰新制之后，在吏部经办的部注之外，尚有体现朝廷优待之意的堂除，"一经堂除，便是资历，即可扳援，越次差遣"②，磨勘时可以成资为任，意味着升迁速度的加快。故神宗朝后，曾任繁难差遣或立有功绩者多以堂除作为奖掖。③

---

① 刘琳、刁忠民、舒大刚等校点：《宋会要辑稿·职官》18 之 7，上海：上海古籍出版社 2014 年版，第 2758 页。

② 俞文豹撰，张宗祥校订：《吹剑录全编·吹剑四录》，上海：古典文学出版社 1958 年版，第 111 页。

③ 关于堂除问题，详见邓小南：《略谈宋代的"堂除"》，《史学月刊》1990 年第 4 期。

秘书省正字一职因属朝廷储备人才之选，即在堂除之中。① 在改官、关升方面，此职也有优待，如"秘书省官关升，不用举主"②，并且能"到任实历一年，通理前任四考，并自陈，改京官。即未满年，就改一等差遣者，凑及一年，听通理"③。所谓"荣宠、施恩"，即此之谓。

此外，选人改官需经皇帝召对，但"尚有待次、便殿引见、召对等规矩"则不确：除官程序中的召对即常称"引对"或"班引"④，而非除"引对"之外另有"召对"，地点自太宗朝后亦不限于便殿。且在改官引对之外，还有经筵留身、翰苑夜对、百官轮对等各种奏对之制，⑤ 即并不只有选人改官才能得皇帝召对，不应将必要条件视同充分条件。何况，选人引对之后，皇帝所拟改官与否、当改何官等意见通常还需经铨司核定，若召对翌日除职事官不合程序，则改官又如何合乎程序呢？

其实，除官制度虽然严明，皇帝仍可打破限制，"自禁中降下御笔或直旨，付有司施行"⑥；而皇帝特旨除授的依据，往往便是经由召对与官员交流所获的了解。此即高宗所云："臣僚转对，甚有所补，由此擢用者亦多。"⑦ 哲宗时因召对称旨除官之例颇多，以致曾布感喟："上频收揽威柄，侍从、台谏多出中批或面谕，至整亦欲从中批出，三省无复差除右使阙已

---

① 李焘：《续资治通鉴长编》卷330，元丰五年十月己未："诏秘书省正字以上，太常寺博士、丞，并中书省差。"北京：中华书局2004年版，第7950页。堂除的范围几经变更，而始终有正字一职，详见苗书梅：《宋代官员选任和管理制度》，开封：河南大学出版社1996年版。

② 刘琳、刁忠民、舒大刚等校点：《宋会要辑稿·职官》18之10，元祐四年七月四日，上海：上海古籍出版社2014年版，第2759页。

③ 李心传撰，徐规点校：《建炎以来朝野杂记·乙集》卷14《职事官改官法》，北京：中华书局2000年版，第762页。

④ 如脱脱等撰：《宋史》卷303《陈贯传》附《陈安石传》所言："选人将改京官，须次久，临当引对。"北京：中华书局1985年版，第10048页。

⑤ 参见王化雨：《宋朝君主的信息渠道研究》第三章"奏对活动与宋朝君臣交流：以经筵为中心"，北京大学博士学位论文，2008年；朱瑞熙著，白钢主编：《中国政治制度通史·宋代卷》，北京：人民出版社1996年版。

⑥ 赵升编，王瑞来点校：《朝野类要》卷3《中旨》，北京：中华书局2007年版，第68页。

⑦ 李心传撰：《建炎以来系年要录》卷89，绍兴五年五月庚辰，北京：中华书局1988年版，第1480页。

数月矣。"① 前云秘书正字一职本为堂除，"吏部不敢预"②，皇上却尽可取以除授。如与周邦彦同为主簿的谢文瓘，三年不诣执政府，在哲宗召对后即除正字③；邓绾子洵武本为汝阳簿，亦在绍圣中由召对为正字。④ 可证周邦彦此次差除并未违反惯例。

或云仅凭"使诵前赋"，何能受此褒奖？正如周邦彦《重进〈汴都赋〉表》中所言："一代方策，可无述焉？"⑤ 神宗、哲宗均视变法为盛德大业，自然需要高水平的文学作品为之述功德、佐声势、颂气象、壮观瞻。正因如此，神宗时太学诸生献赋者数以百计，周邦彦以是擢为学官，其赋亦传诵天下。哲宗锐意绍述，召对时特地垂问此赋并令重进，不但是要发挥此赋原本的作用，还体现了思述先皇、复行先志之意，更可能如前贤所言："哲宗显然是借这种恩宠来壮大刚刚重新集结起来的新党的阵容。"⑥ 因此，召对诵赋与得授正字之间应当存在因果关系，这也是重行新法的大背景下合乎情理的一次除授。

总之，周邦彦除秘书省正字即改官之说不妨为一种推测，但未能视为定论。《新证》诸文谈及周邦彦仕履时，皆以元符元年改官作为讨论的基础，进而反推其还为国子主簿时未能改官，是因"政绩不著或人品有可訾议处"，则属对当时制度的误解。如前所述，北宋选人用举主磨勘改官的过程异常困难，凑齐举主和举状的限制本就严格，万一碰上举主身故、致仕或因故降职，所具举状即告作废。即便资序已够而举主不足，也断不能作为其人品格不佳的佐证。

在"资序"与"举主"之外，选人的出身及所任差遣的高低、闲剧等都会影响磨勘年限与所改阶官的品级。更有种种"弃法用例，法不能束"的情况，如"有局务减考第，有川远减举官，有用酬赏比类，有因大人特

---

① 事及引文俱见李焘：《续资治通鉴长编》卷494，元符元年正月戊寅，北京：中华书局 2004 年版，第 11740 页。

② 李焘：《续资治通鉴长编》卷370，元祐元年闰二月，北京：中华书局 2004 年版，第 8965 页。

③ 见脱脱等撰：《宋史》卷354，北京：中华书局 1985 年版，第 11159 页。

④ 见脱脱等撰：《宋史》卷329，北京：中华书局 1985 年版，第 10599 页。

⑤ 罗忼烈：《周邦彦清真集笺》，香港：三联书店香港分店 1985 年版，第 428 页。

⑥ 刘扬忠：《周邦彦传论》，西安：陕西人民出版社 1991 年版，第 34 页。

举，有托事到阙不用满任，有约法违碍许先次而改"等。① 加上制度本身
的变迁以及实施过程中的人事影响，要解析某一个案的改官及迁转问题，
自非一言可以尽之。② 就周邦彦的情况而言，何时为选人、处何阶、有无
出身、是否有其他影响磨勘年限的因素等一概不能确知，唯有以客观的态
度承认在其改官及官阶迁转问题上还存在目前无法解决的疑点，有待于进
一步发掘文献作为切实推动研究进展的依据。

　　总结各种记录中关于周邦彦曾任官、职、差遣的记载，可知关于其阶
官的记载甚少，可以确定的多是其职事官及职名的除任。为便辨识，现表
之如次：③

周邦彦历任官、职、差遣表

时间	官（阶官）	职（职名）	差遣（职事官）	祠禄官
元丰六年（1083）			太学正	
元祐二年（1087）			庐州教授	
元祐八年（1093）			知溧水	
绍圣四年（1097）			国子主簿	
元符元年（1098）			秘书省正字	
建中靖国元年（1101）			校书郎	
崇宁三年（1104）			考功员外郎④	
大观元年（1107）			卫尉少卿、宗正少卿兼议礼局检讨	
政和元年（1111）		直龙图阁	知河中府	
			迁卫尉卿	
政和二年（1112）	奉直大夫	直龙图阁	知隆德军府	

---

　　① 脱脱等撰：《宋史·选举四》，北京：中华书局1985年版，第3711页。
　　② 孙虹：《清真事迹新证》，周邦彦著，孙虹校注，薛瑞生订补：《清真集校注》，
北京：中华书局2002年版，第51页。"据《宋史·职官九》并参证他籍"详细列出周
邦彦改官及其后寄禄官迁转情况，恐难尽信。
　　③ 各种官阶品次参见《宋代官制辞典》。
　　④ 此据罗忼烈《清真年表》，因校书郎秩满，迁考功员外郎当在此年。

（续上表）

时间	官（阶官）	职（职名）	差遣（职事官）	祠禄官
政和五年（1115）			知明州	
政和六年（1116）		徽猷阁待制	还京任秘书监，提举大晟府	
重和元年（1118）		徽猷阁待制	知真定府	
宣和元年（1119）		徽猷阁待制	知真定府，改顺昌府①	
宣和二年（1120）		徽猷阁待制	知处州	提举南京鸿庆宫
宣和三年（1121）	通议大夫，赠宣奉大夫		徽猷阁待制	

第四节　疑异事迹二则辨正

除了因制度不明引起的误解，另有一类争议集中在一些堪称周邦彦生平"污点"的事件上，且多属因先入为主的观念造成的误读。最为典型的一例，即《清真集校注·前言》与《新论》二文对清真先生无才却自负这一"人格缺陷"的指责："然邦彦自视甚高，词中屡以'多才多艺'的良相周公旦自许。"② 清真词中确实屡以"周郎"自称，但是，这位清真先生用以自喻的"周郎"并非周公旦，而是周公瑾。《三国志》卷54《周瑜传》云："瑜时年二十四，吴中皆呼为周郎。"又，"瑜少精意于音乐，虽三爵之后，其有阙误，瑜必知之，知之必顾，故时人谣曰：'曲有误，周

---

① 此据罗忼烈《清真年表》，参见王国维：《清真先生遗事》，王国维：《王国维遗书》第7册，上海：上海古籍书店1983年版，第142–145页。

② 周邦彦著，孙虹校注，薛瑞生订补：《清真集校注·前言》，北京：中华书局2002年版，第10页。

郎顾。'"① 清真先生本姓周，以"顾曲"名堂②及以"周郎"自称，正是出自周郎顾曲之典，传达的无非是一份因妙解音律而生的自得之情。如《意难忘》之"知音见说无双，解移宫换羽，未怕周郎"，由庾信《和赵王看伎》"悬知曲不误，无事畏周郎"二句化出；又《六幺令·重阳》之"惆怅周郎已老，莫唱当时曲"，《玉楼春》之"休将宝瑟写幽怀，坐上有人能顾曲"③ 等，典出何处，一望而知。"周郎顾曲"本非僻典，前人笺注亦早有申发，何以仍然有此误读？自非"先入为主"四字无以明之。在以下两桩公案的评判上，也出现了相似的情形。

一、周邦彦献诗蔡京辨正

周邦彦为蔡京献诗贺寿的记载，最早当见于宋代的《西清诗话》。是书题"无为子"撰，相传为蔡京之子蔡絛使门客所作，今已不传，而此事却多经各类笔记、诗话、词话辗转相引，其中有直录其文者，也有加以发挥者。如《苕溪渔隐丛话》曰："《西清诗话》云：周邦彦美成上家公生日诗云：'化行禹贡山川外，人在周公礼乐中。'时称警策。"④ 又如《挥麈录·余话》云："（周邦彦）其后流落不偶，浮沉州县三十余年。蔡元长用事，美成献生日诗，略云：'化行禹贡山川内，人在周公礼乐中。'元长大喜，即以秘书少监召。"⑤ 后者抵牾之处早有王国维《遗事》一文详为辨析，可知将此事与周邦彦的仕履挂钩当属附会；但关于这两句贺诗是否出自周邦彦手笔，则尚无否定性材料。于是，在后世论者笔下，这便成了周邦彦研究中难以回避的一个话题，并在献诗的时间和性质这两点上出现了

---

① 陈寿撰，裴松之注：《三国志》卷54《周瑜传》，北京：中华书局1959年版，第1265页。

② 楼钥：《清真先生文集序》："又性好音律，如古之妙解，'顾曲'名堂，不能自已。"楼钥撰：《攻媿集》卷51（《丛书集成初编》本），北京：中华书局1985年版，第707页。

③ 以上所引清真词并见罗忼烈：《周邦彦清真集笺》，香港：三联书店香港分店1985年版。

④ 胡仔纂集，廖德明校点：《苕溪渔隐丛话·前集》卷25，北京：人民文学出版社1962年版，第173页。

⑤ 王明清：《挥麈录·余话》，上海：上海书店出版社2001年版，第229页。

各种全然不同的判断。

关于献诗的时间，《遗事》认为"必作于崇宁、大观制作礼乐之后"①，盖因徽宗崇宁四年（1105）八月置大晟府，大观元年（1107）正月置议礼局，而蔡京主其事，贺诗始能比之为周公制礼作乐；《新证》一文则认为："至政和六年（1116）礼乐大备，此年正月十七日又恰为蔡京七十岁生日，自当为大庆之时"，故此，"邦彦献蔡京《生日》诗必在政和六年正月京七十岁生日时无疑"，其文又据此推断周邦彦拜秘书监、进徽猷阁待制均在政和七年，是媚事京党的结果，则"《余话》所云当为实情而非偶合"②。而关于献诗的性质，一方认为无伤大雅，不必过于深究，如《周邦彦传论》认为"此二句寿词内容空泛，可移作对任何权相的颂语"，周邦彦献诗的行为"不过是例行礼仪。这最多可以说是他未能免俗，但绝不是什么有损大德的劣迹"③。《遗事》则肯定其诗当有实指，却也将之归为"盖文人脱略，于权势无所趋避"④；另一方则认为这两句诗无疑为周邦彦生平一大污点，是其操行卑下的铁证，如夏承焘《瞿髯论词绝句》讥之云："崇宁礼乐比伊周，江水难湔七字羞。归魄梵村应有愧，钱塘长绕月轮流。"⑤ 而《新论》一文更直斥周邦彦"用颂天子之辞贡谀蔡京，是有过于潘岳远拜路尘、清流为之齿冷的行为"。总结上述争论，不难发现，诸家所言相悖的原因在于对其诗的理解有异，而对其诗理解的争议又集中于下句"人在周公礼乐中"，上句"化行禹贡山川外"却并未引起足够的重视，笔者以为，这恰是解决这一长久纷争的突破口。

首先应该承认的是，尽管诗词以周公、伊尹等称颂丞相本是常例，但此诗"非同寻常"，否则，群臣为蔡京寿诞献诗者当不计其数，这两句诗如何能脱颖而出，被作为称颂蔡京功绩的一条旁证而见载于《西清诗话》，并得"警策"之誉呢？《挥麈录·余话》又何以取之附会，且以"元长大喜"、周邦彦升官为献诗之后的合理结果？而其后众多转述此二句者不乏

---

① 王国维：《王国维遗书》第 7 册，上海：上海古籍书店 1983 年版，第 101 页。

② 孙虹：《清真事迹新证》，周邦彦著，孙虹校注，薛瑞生订补：《清真集校注》，北京：中华书局 2002 年版，第 62 页。

③ 刘扬忠：《周邦彦传论》，西安：陕西人民出版社 1991 年版，第 41 页。

④ 王国维：《王国维遗书》第 7 册，上海：上海古籍书店 1983 年版，第 133 页。

⑤ 夏承焘编著，吴无闻注：《瞿髯论词绝句》，北京：中华书局 1979 年版，第 18 页。

如炬法眼，又如何看不出这两句泛泛之辞并无特加瞩目的价值呢？那么，在下句确有所指的前提下，再从写作技巧的层面上来看，若上句仅为应景虚文，不仅不见得如何高明，也与周邦彦其他传世之作中"下字运意，皆有法度"① 的笔力手腕迥不相侔。其实，若能对"禹贡"二字的含义作一番考察，便不难发现其间的奥妙：《禹贡》为《尚书·夏书》篇名，乃周秦之际的地志之书，也是后世地理专著之滥觞，记叙了大禹"别九州，随山浚川，任土作贡"② 的功业。后世或以"禹贡"代指九州，以其尽属大禹所定贡赋之地也，如杜甫《诸将五首》之"沧海未全归禹贡，蓟门何处尽尧封"，黄庭坚《次韵章禹直魏道辅赠答之诗》之"誓开河源地，画作禹贡州"等皆属此例。所谓"化行禹贡山川内"，有一种可能，是称颂蔡京为相，教化大行于禹贡九州之内；而另外一种可能性极大的含义，则不妨从"任土作贡"方面去推求。孔安国注此四字曰："任其土地所有，定其贡赋之差"，又注"禹贡"为"禹制九州贡法"，《尚书正义》云："贡赋之法其来久矣，治水之后更复改新，言此篇贡法是禹所制，非禹始为贡也。"③ 按蔡京为相后，于崇宁三年（1104）进言复行熙宁变法时的方田均税法，④ 继续王安石在元丰时期没有完成的清丈土地、均定赋税的工作，此句或是喻指其事。倘若这一可能性能够成立，则献诗的时间线索亦寓乎其中：单以下句内容原之，此诗献于大观制礼开始后的任何一年皆有可能；而参以对上句"禹贡"之喻的考虑，则不妨进一步推为大观三年（1109）——蔡京为相期间曾三罢三复，第二次复相是大观元年（1107）正月，至三年六月被罢，而复相同月即设议礼局于尚书省；崇宁三年（1104）复行的方田均税法于五年蔡京初次罢相之后即废行，至蔡京二次为相时期方得再次推行，旋又随蔡京的下台而告终，"大观二年，复诏行

---

① 沈义父：《乐府指迷》，唐圭璋编：《词话丛编》，北京：中华书局1996年版，第277页。

② 《十三经注疏》整理委员会整理：《尚书正义》卷6《禹贡第一》，北京：北京大学出版社1999年版，第132页。

③ 《十三经注疏》整理委员会整理：《尚书正义》卷6《禹贡第一》，北京：北京大学出版社1999年版，第132—133页。

④ 脱脱等撰：《宋史》卷174《食货上》，北京：中华书局1985年版，第4200—4201页。

之，四年罢，其税赋依未方旧则输纳"①。是以，唯有大观三年正月做寿时蔡京在相位，而又制礼、作乐、行赋法三事并备；则两句献诗能尽述蔡京深为重视并引以为豪的"政绩"，且又浑成典丽，是无怪乎"时称警策"而"元长大喜"矣。

　　至于《新证》的推测，虽有一定道理，但仍有疏忽之处：事实上，笼统地说政和六年（1116）"礼乐大备"并不准确。大晟乐实分雅乐与宴乐两类，崇宁四年（1105）八月时，新的雅乐便已修成，并首次于崇祯殿演奏，徽宗赐新乐名《大晟》；大观四年（1110）八月，徽宗亲撰《大晟乐记》，令大中大夫刘昺修编《乐书》，并设立大晟府，可以说，"荐之郊庙"的雅乐，也即大晟乐中最为重要的部分至此已然完备。② 同年二月，议礼局编成《大观新编礼书·吉礼》及《祭服制度》；政和三年（1113）正月，议礼局所修五礼仪注以《政和五礼新仪》为名，四月，议礼局罢局，制礼作乐的具体工作至此告一段落。③ 而"施于宴飨"的宴乐，于政和三年五月诏行天下；越三年，因雅乐部分已有乐书，独宴乐未有记述，复于政和六年（1116）诏刘昺修撰《宴乐新书》；十月，群臣以新律作颂诗，"荐之郊庙，以告功成"④。然而，这也不能算是整个大晟乐修订的彻底结束：宣和元年（1119）四月，蔡攸提举大晟府，还对大晟乐做了部分改动。⑤ 可以说，在整个制礼作乐的过程中，政和六年的里程碑意义未必能及政和三年礼乐同成之际；更为关键的是，蔡京生日既是正月十七日，即便以刘昺乐书修成、十月郊礼庆功作为"礼乐大备"的标志性事件，周邦彦也不可能未卜先知联系两事写成颂辞。那么，在将献诗时间系于政和六年的基础上，进一步将媚京求官视为周邦彦献诗的动机，并将拜秘书监、进徽猷阁待制坐实为献诗的结果，自然也就难以服人了。

---

　　① 脱脱等撰：《宋史》卷174《食货上》，北京：中华书局1985年版，第4201页。

　　② 脱脱等撰：《宋史》卷129《乐志四》，北京：中华书局1985年版，第3001–3012页。

　　③ 刘琳、刁忠民、舒大刚等校点：《宋会要辑稿·职官》5之22《议礼局》，上海：上海古籍出版社2014年版，第3131–3132页。

　　④ 脱脱等撰：《宋史》卷129《乐志四》，北京：中华书局1985年版，第3017–3019页。

　　⑤ 脱脱等撰：《宋史》卷129《乐志四》，北京：中华书局1985年版，第3023–3025页。

而若将周邦彦献诗的时间系于大观三年（1109），则关于献诗性质的疑虑便可迎刃而解：大观元年议礼局置局时，周邦彦即兼为检讨，大观四年更因修礼有功获得"展两官"的褒奖①。则大观三年时，周邦彦身为蔡京治下机构的僚属，随众献诗亦在情理之中，即罗忼烈《周邦彦三题》一文所言，"不过是明哲保身之道"②；其诗所用拟比确属谀颂，但也不算空穴来风，更没有超出一般献颂祝寿诗的分寸。以"文人脱略"一语带过，固有为尊者讳之嫌；以"有过于潘岳远拜路尘、清流为之齿冷"视之，亦未免责其过深——显然，无论从哪种角度理解，这两句诗都找不出"颂天子之辞"的痕迹，即使如笔者所言，上句是将推行方田均税法比作大禹制贡，则大禹定九州贡赋是尧帝时事，③ 此处也断无将蔡京比作天子的可能。

二、刘昺举周邦彦自代考

周邦彦尝为刘昺祖父作埋铭，作为回报，刘昺除户部尚书时荐周邦彦以自代。此事也是其生平事迹中一桩聚讼纷纭的公案，其经过始见北宋庄绰《鸡肋编》卷中：

> 周邦彦待制尝为刘昺之祖作埋铭，以白金数十斤为润笔，不受。刘无以报之，因除户部尚书，荐以自代。后刘缘坐王寀妖言事得罪，美成亦落职，罢知顺昌府，官祠。周笑谓人曰："世有门生累举主者多矣，独邦彦乃为举主所累，亦异事也。"④

王国维《遗事》对这条记载进行了分析，重点辨明其后果，认为周邦彦并未因此受到牵连，亦非如《鸡肋编》所言罢知顺昌府，奉祠：

① 刘琳、刁忠民、舒大刚等校点：《宋会要辑稿·职官》5之22，大观四年十二月二十八日诏，上海：上海古籍出版社2014年版，第3131页。
② 罗忼烈：《周邦彦三题》，《文学评论》1993年第1期。
③ 《十三经注疏》整理委员会整理：《尚书正义》卷6《禹贡第一》，北京：北京大学出版社1999年版，第132页。孔安国注："此尧时事，而在《夏书》之首，禹之王以是功。"又见《史记》卷2《夏本纪》。
④ 庄绰撰，萧鲁阳点校：《鸡肋编》，北京：中华书局1983年版，第70页。

案《挥麈后录》三云："王、刘既诛窜，适郑达夫与蔡元长交恶，郑知蔡之尝荐二人也。忽降旨：'应刘昺所荐，并令吏部具姓名以闻，当议降黜。'宰执既对，左丞薛昂进曰：'刘昺，臣尝荐之矣，今昺所荐尚当坐，而臣荐昺，何以逃罪？'京即进曰（中略），上笑而止，由是不直达夫。即再降旨：'刘昺所荐并不问。'"则先生此时但外转，并未落职，亦未奉祠。季裕所记，但一时之言，故王铚记先生晚年事犹云"以待制、提举南京鸿庆官"也。①

不过，对刘昺举荐周邦彦自代一事本身，王国维则语焉不详，仅在《遗事·年表四》中略叙曰："刘昺迁户部尚书，荐先生自代，不用。"②

今之论者争议不定的则是其事本身的性质：在一些学者眼中，此事是周邦彦为人正直不屈的一个明证，如《周邦彦传论》即认为刘昺荐代而不用，是因周邦彦不肯同流合污，而"不被蔡京集团接受"③。而在另一些学者看来，其事却是周邦彦攀附京党的一大罪状，如《新证》一文以为作埋铭的时间当在刘昺兄弟降官后共同葬祖之时，即大观三年三至四月，并分析道："视邦彦为清流，当无此不义之举；视邦彦为贪财，却又不受'白金数十斤'。其时京党遍布朝野，倾覆之迹未显，邦彦此举岂其政治赌注欤？"④ 由此又推测刘昺举清真自代，乃是"当有援引邦彦入朝之深层政治谋虑。不然，以昺之贪且佞，何以有此之举？且昺深知即使邦彦代己为户部尚书，京仍有美官让昺可作"⑤。

对同一事件的理解何以会出现如此针锋相对的意见？正因诸位论者并未探明"举官自代"这一行为的本质。其实，所谓"举官自代"乃是一种例行公事，是宋代官员选任制度中具有重要作用的荐举保任法之一，其实际意义只在于向朝廷推举贤能，而并非真正建议由被举者代己除官。作为

①　王国维：《王国维遗书》第 7 册，上海：上海古籍书店 1983 年版，第103页。
②　王国维：《王国维遗书》第 7 册，上海：上海古籍书店 1983 年版，第 144 页。
③　刘扬忠：《周邦彦传论》，西安：陕西人民出版社 1991 年版，第 18 页。
④　周邦彦著，孙虹校注，薛瑞生订补：《清真集校注》，北京：中华书局 2002 年版，第 57 页。
⑤　周邦彦著，孙虹校注，薛瑞生订补：《清真集校注》，北京：中华书局 2002 年版，第 59 页。

一项行之已久的荐举机制，举官自代之法在唐朝已经成熟，《唐会要》所载建中元年正月赦文对举主身份、荐举时限、可举员数和被举者的任使等相关内容都有着详细规定：

> 建中元年正月五日赦文：常参官及节度、观察、防御、军使、城使、都知兵马使、诸州刺史、少尹、赤令、畿令，并七品以上清望官，及大理司直评事，授讫三日内，于四方馆上表，让一人以自代。其外官与长吏勾当，附驿闻奏。其表付中书门下，每官阙即以见举多者量而授之。①

北宋真宗咸平四年二月，依秘书丞陈彭年上言、枢密直学士冯拯和陈尧叟等详议复用唐制，《宋会要辑稿·职官》载：

> ……两省御史台官，尚书省六品以上、诸司四品以上。授讫，具表举一人自代，于合门通下，方得入谢。在外者，授讫三日内，具表附驿以闻，仍报御史台。其表并付中书、门下籍名，每阙官，即取举多者以名进拟。所举之人若任用后显有器能、明著绩用，其举主特与旌酬；不如举状者，即依法科罪。如其表不到，委合门、御史台纠督以闻。②

将此条记载与《唐会要》所载赦文对比，可以发现宋初施行的举官自代法根据宋代官品制度的不同而对举主身份有所调整，此外更重要的是补充了意在约束举主的连坐法，以保证荐举的公正性。依照规定，假如被举者的实际表现与举主所进举状中的描述不符，甚或有作奸犯科的行为，则举主要依法连坐。如崇宁五年，工部尚书钱遹遭攻讦被罢，除显谟阁待制、知秀州，不久再次落职，其缘由便是曾荐元祐党人冯澥自代。③ 周邦彦所云"世有门生累举主者多矣"，正为此而发。然不论唐宋，具进举状都是这一制度中不可或缺的程序，并有例行格式规定，以"臣实不如，举

---

① 王溥撰：《唐会要》卷26《举人自代》，北京：中华书局1955年版，第490页。
② 刘琳、刁忠民、舒大刚等校点：《宋会要辑稿·职官》60之17，上海：上海古籍出版社2014年版，第3741页。
③ 刘琳、刁忠民、舒大刚等校点：《宋会要辑稿·职官》60之17，上海：上海古籍出版社2014年版，第3741页。

以自代"或"举以代臣，实允公议"之类结尾。故而在唐宋文集中，此类举官自代状可谓俯拾皆是，可以作为其法规范施行的明证。如王安石《举吕公著自代状》云：

具某官吕公著，冲深而能谋，宽博而有制。其器可以大受，而退然似不能言。故众人知之，有所不尽。如蒙选用，得试其才，必有绩效，不孤圣世。臣实不如，今举自代。①

又如苏轼《举黄庭坚自代状》云：

蒙恩除臣翰林学士，伏见某官黄某，孝友之行，追配古人；瑰玮之文，妙绝当世。举以自代，实允公议。②

不过，真宗之后，举官自代之法曾一度罢废，神宗时经臣僚上言恢复，徽宗朝又几度下诏，对被举者的身份及任用问题重新做了规定。《宋会要辑稿》载：

徽宗崇宁二年三月二日，臣僚上言："爵位相先，儒生之常也。从官初除三日内举自代者，恐英俊沉于下僚耳。若名已闻于朝廷，位将逼于侍从，何以荐为？乞诏：荐自代者，勿以左右史、国子祭酒、大卿监以上人。"从之。
政和元年三月十九日，臣僚言："臣伏睹朝廷虑有英俊之士沉于下僚，谓禁近之臣可以取信，故于除授之初，俾举官一员自代，著于甲令，行之久矣，曾未闻录一人而用之。臣欲乞今后应举自代者，令三省类聚，将上取旨，出自睿断，稍加甄别，取其尤者，特赐进擢。"从之。③

---

① 王安石：《临川文集》卷40《奏状》，《文渊阁四库全书》本。
② 苏轼：《东坡七集·东坡续集》卷9，四川大学古籍所编：《宋集珍本丛刊》第23册，北京：线装书局2004年版，第17页。
③ 刘琳、刁忠民、舒大刚等校点：《宋会要辑稿·职官》60之17，上海：上海古籍出版社2014年版，第3741页。

　　两段文字的含义非常明白：正因举官自代这一惯例的意义本来只在于使被举官员得到一定关注，防止"英俊沉于下僚"，所以崇宁二年（1103）臣僚建议今后举代时不必推荐那些原已名声较大、官职较高的人，以免侵占下层人才声闻于朝的可贵机会。又因在真宗咸平四年（1001）恢复自代法之初，曾规定"每阙官，即取举多者以名进拟"，也即如果被举的次数多便应有机会得到实际职务；但后来实际施行时，并没有人因为被举官自代而得到任用，即所谓"未闻录一人而用之"。故政和元年（1111）臣僚建议：应当在这些被举自代的官员中选拔突出人才，给予真正的超擢机会。所谓"令三省类聚"的程序，即如邓小南《宋代文官选任制度诸层面》所述："这些被举出'自代'的官员，原则上由吏部依类汇聚，年终具状申中书省。在他们到京时，分别由都堂及吏部对其进行审查，决定任使。"①

　　值得注意的是，在举官自代制度中，实际执行与规定不一的情形并不限于被举者的任使问题。尽管举官自代法只规定了举主单方面的连坐之责，刘昺一案却并未依法处理。《宋会要辑稿》载政和八年（1118）八月七日诏云：

　　举官法责其谨举，非其人，则坐之以罪，理所当然。若举者有罪而坐被举之人，审而思之，事属倒置，非法之意。前降举自代责降指挥，可更不施行。已离任者，别与一般差遣。

　　先因刘昺任户部尚书及翰林学士日数举自代之人，其后昺坐罪恶逆，而所举官尽皆及责，至是乃降此诏。②

　　由此可知，与王国维的判断相反，周邦彦等人因被刘昺荐举自代而受牵连一事当属事实，而后，此种处理方式引起了相关检讨，以致特予降诏纠正。不过，这也并非如《挥麈后录》所载乃是左丞薛昂以自身荐昺比拟进谏的结果，而是因为这确实违背了荐举连坐法。究其实，作为宋代荐举

────────────

　　① 邓小南：《宋代文官选任制度诸层面》，石家庄：河北教育出版社1993年版，第143页。
　　② 刘琳、刁忠民、舒大刚等校点：《宋会要辑稿·职官》60之17，上海：上海古籍出版社2014年版，第3741页。

保任制中严守的基本原则之一，连坐法的根本目的是"责其谨举"，即对举主起到约束作用，令其不得徇情舞弊，而不负向朝廷推举贤能的使命。因此，这一法规自宋初确立以来便只追究举主单方面的责任，即所谓"择举主于未用之先，责举主于已用之后"，故被视为"择举主之法"。① 而要求被举者为举主的品行负责，则显然无论于情于理均"事属倒置，非法之意"了。

　　明白了举官自代的性质，便不难对这桩公案作出较为合理的分析：倘若不是认定但凡新党上下所为必属倒行逆施之举，则无论据《鸡肋编》原本的记载，还是以人之常情揆之，刘昺荐周邦彦自代都只是出于感激之情而加以回报，并无所谓"深层政治谋虑"。就当时情况而言，周邦彦正外任知州，借由举官自代这一例行义务令其有可能再获朝廷关注，正是一桩有惠于人、不损于己的顺水人情。再从周邦彦的角度来看，倘若确有攀附之心，则既然"其时京党遍布朝野"，何必独押注于一个前途未卜的降官？再者，若埋铭果然作于大观三年三至四月，则蔡京于大观三年六月罢相，而大观二年王安中等人弹劾刘昺之举即为此前驱，② 何来大观三年三、四月仍"倾覆之迹未显"之说？周邦彦当时在朝任卫尉卿兼议礼局检讨，对朝野上下政治风向如此明显的转变又岂能毫无所觉，而一径趋附呢？

　　要理解周邦彦此举，仍当从"常理"二字着手：刘昺其人擅长文学、颇富才情，任大晟府大司乐，主乐事，撰乐书；周邦彦自大观元年议礼局设置之初即入为检讨官，而刘昺便是议礼局的直接负责人，两人同局修礼三年有余。大观三年三至四月，刘昺落职已近半年，当他托请昔日属下周邦彦为其祖撰埋铭时，或许是因为顾念昔日同袍之泽，或许是因为才人相惜，也或许是因为一贯固守的为人原则，总之，周邦彦没有因其失势落魄而避之不及，反而慨然允之，且不受润笔，显然不应视为"不义之举"。同理，既然举官自代本来就是一种形式，周邦彦不可能真的由此当上户部尚书，则其本人是否愿与京党同流合污也就无从谈起了。

　　沈松勤《北宋文人与党争——中国士大夫群体研究之一》一书对文人

---

① 章如愚编撰：《山堂考索·续集》卷38《官制门·荐举》，北京：中华书局1992年版，第1140页。

② 脱脱等撰：《宋史》卷472《蔡攸传》，北京：中华书局1985年版，第13731页。见"帝将去京，先逐其党刘昺、刘焕等，使御史中丞王安中劾之"。

政治分野下文学批评的党争化现象进行了深刻揭示。周邦彦研究史上至今仍然存在的人品之争可以表明，千载之下，这一现象犹未全然消失。概而述之，在周邦彦与新旧党争关系的判断方面，存在着三种较为典型的看法：其一以王国维《遗事》为代表，认为其与新旧两党均无所涉，而立身颇有本末；这大抵是因为南渡之后直迄清季对新党政治的全盘否定，导致文学批判上对新党文人文学创作的一并废置，所以欲褒扬周邦彦者认为有必要先行为其开脱"罪名"。其二以罗忼烈《拥护新法》、刘扬忠《周邦彦传论》为代表，认为周邦彦确属三朝新党元老，但对前后新党的态度有着鲜明的差异，对京党是严厉指责且坚决不合作的。目前肯定周邦彦人品者多持这种看法，其产生也与 20 世纪以来王安石变法研究的发展息息相关：对王安石及其新法持肯定态度的意见占据主流之后，为周邦彦洗刷污名的重点也就随之转移到了跟京党的关系方面。其三便是本文辨正的重点，即以薛瑞生《新证》、孙虹《新论》为代表，认为周邦彦不在新党之列，而纯是因为汲汲于功名才攀附蔡京，直为一钻营之徒，其仕履播迁也与党争无关。这种观点在学界产生了一定影响，有评论将《新证》誉为"继王国维《清真先生遗事》之后又一篇大有创获的考据力作"，并认为"这对我们了解周邦彦及古代作家人品与词品的背离，是很有价值的"①。

上述三种看法的是非前文已有详细论证，而究其实，不外乎是忠奸之辨。具体而言，对于以文名世的人物，研究者常希望能在研究评价其作品的同时，对于其人格加以明确定性，作出非忠即奸的判断，对李清照改嫁与否、刘克庄"谄媚"贾似道等论题的纠缠即是其例。而周邦彦的忠奸之辨，又关系到复杂的新旧党争，在此不妨重温一下钱穆先生在《中国历代政治得失》中的一段话："现在大家都知道蔡京是个坏人了，在当时连司马温公也认定他是好人。我们专凭此一制度之变动与争执，可见要评定一制度之是非得失利害分量，在当时是并不容易的。而人物之贤奸则更难辨。"② 不苛求古人是知人论世的前提，在此前提之下，笔者认为：周邦彦支持新法的立场历三朝而始终如一，这也是他能够在蔡京当权时得以留任

---

①　王兆鹏、周静情：《〈清真集校注〉订补》，《中国韵文学刊》2005 年第 1 期。

②　钱穆：《中国历代政治得失》，北京：生活·读书·新知三联书店 2006 年版，第 83 页。

朝堂的基础；他对蔡京党人的态度，说是坚决抵制或无耻趋奉都言过其实，更为确切的说法是明哲保身的避祸态度，这是由其坎坷的生平经历以及敏感的文人个性所决定的；至于他的仕履是否受到新旧党争的影响，这一点大概毋庸辩证——要在这一席卷整个南北宋历史的大潮中置身事外，除非避世山林、不问仕进。

值得注意的是，如果说周邦彦仕履方面的具体问题还因文献零落而疑云密布的话，至少献赋、献诗与作埋铭等事的性质究竟如何，平心析之当不难厘清。但是，认为周邦彦品格高洁者与断定其为人卑劣者采取的态度都颇堪玩味：前者时常对此避而不谈或含糊其词，对献诗以"文人脱略"一语带过，而以为刘昺荐代未果是因其不肯同流合污，而"不被蔡京集团接受"①；后者则大费周章、深文罗织，试图挖掘个中深意，加上对宋代学制、官制的种种误解，证成周邦彦行实劣迹斑斑。这两种截然相反的态度反映到对其作品的评价上，也自然形成了"横看成岭侧成峰"的现象：在前者眼中，清真词句句寄托深遥，如《黄鹂绕碧树·双阙笼嘉气》《蝶恋花·咏柳五首》等，矛头直指徽宗君臣；② 相反，在后者笔下，其早期词作"没有任何政治色彩"，后期作品则因为"灵魂需要自救"，而在作品中"成功塑造了一个近乎完美的自我"，以至于"把自己高自标置到了不适当的地步"，相当于"潘岳式的自我创造"。至于《瑞龙吟·章台路》《玉楼春·玉奁收起新妆了》等可以判断写作背景且明显有所寓指的作品，更是出现了针锋相对的两种解读方式：前者由解析其中典故入手，得出其词借香草美人寄托政治感慨的结论；后者虽也同意其中"有明显的政治指代，表现的完全是与当朝权贵不合作的倔强姿态"，甚至"把自己推到了当朝权贵的对立面"，却仍然认定这是"作者创作作品时的人格分裂"，仅仅"表现了人类潜意识中隐然求善的愿望"。③ 这一类现象，不能不说是强分忠奸这一传统习惯的直接产物。

其实，"前言"中提出的一个质疑，或许恰巧能对此有所启发："邦彦恐还有被当时清流所訾议的道德缺陷。不然，何以解释时辈清流无一褒誉

---

① 刘扬忠：《周邦彦传论》，西安：陕西人民出版社1991年版，第18页。

② 罗忼烈：《拥护新法的北宋词人周邦彦（下）》，《抖擞》1975年第12期，其对清真词的政治内涵有详尽解析，此处所举例子见第20－21页。

③ 所引俱见"前言"。

其人格之辞见诸载籍？最著者，邦彦叔父周邠及周邠挚友积极奖掖后进的苏轼，在道德文章方面亦对邦彦不置一词？"① 固然，史籍中确实未见时辈清流对周邦彦人格的褒誉，但不容忽视的另一方面则是，攻讦之辞也同样不见载籍。这正好印证了前述推论：周邦彦既非大儒名士，亦非奸党恶徒，只是一介寻常词客，除辞章之外并不具备招致时辈格外推崇或攻击的影响力。在新旧党争之中他一直处于外围，从来没有获得足以翻云覆雨的地位与机会，却与当时各有立场的众多官员一样，不可避免地深受这一历史事件的影响。他有自己的政治理想，却并无超乎寻常的政治才华；他有贯之一生的坚守，却也有屈从时势、明哲保身的时刻。笔者认为，这也正是清真先生始终未能进入当朝权力中心的原因，性格与能力决定了他无法成为一个成功的政治家，却也成就了他光耀千载的词坛地位。毋庸置疑，他未能以刚节烈士的形象扬名后世，却也不应于千载之后负上骂名。人性是复杂多面的，在没有充分事实能够支撑判断的情况下，以二元对立的方式来总括一个人的人品，自然谈不上慎重与客观。对于周邦彦的研究而言，放弃强辨忠奸的尝试，正视其寻常词人的形象，关注其思想情感的发展变化，而非依据其漫长一生中的一两件小事来作盖棺定论，或利用各种未必经得起推敲的文献记载为佐证，或许才能够真正消除偏颇之见，而更有益于对其作品进行客观研究。

---

① 周邦彦著，孙虹校注，薛瑞生订补：《清真集校注》，北京：中华书局 2002 年版，第 9 页。其实，苏轼对故人子弟未见评价的原因很好理解：立场不同、政见有异、少有直接交往的机会、所赋辞章的路数也截然不同，苏轼又有何义务要为一介晚辈的人品作注呢？

第二章

南宋三家和清真词研究

　　沈雄尝曰：“古者歌必有和，所以继声也。”① 确实，对于词这一深具声歌之美的文学体式而言，继声而和的现象比比皆是，许多名家名篇都曾被人接踵追和，而清真词的和者之众、和词之多更是鲜有人及。北宋时期，已是“每制一词，名流辄为赓和”②。此后历金元明清直至近代，追和清真之作始终在诸多词人别集中屡见不鲜，形成了一种独特的词文化现象。其中，南宋方千里、杨泽民《和清真词》与陈允平《西麓继周集》号称“遍和清真”，在词学批评史上早已引起一定关注，但有关其特色与价值的探讨仍呈断金零玉之貌而未成系统。本章即欲通过对南宋三家和清真词较为完整的考察，来探索词人在实际创作中对周邦彦其人其词的接受状况，以及和清真词的创作方式之于清真词研究的特殊价值。

第一节　三家生平考述

　　方千里名位不彰，生平经历未见史籍，《花庵词选》记其为三衢人，《四库全书总目》（以下简称《总目》）云：“千里，信安人，官舒州签判。李袭《宋艺圃集》尝录其《题真源宫》一诗，其事迹则未之详也。”③ 签判全称为签书判官厅公事，是负责协理郡政的幕职官，宋时例由京官充任，位在诸使判官之上。④ 千里既然曾居此职，可知其宦途虽未闻显达，至少也成功改为京官，没有老死选海。信安属宋衢州，地在今浙江衢州市境；舒州是今安徽安庆市前身，《题真源宫》一诗即当为千里舒州任上之作。真源宫乃宋时道家名观，在诗中所云“南岳”天柱山上。千里著述传世者仅有此诗及《和清真词》一卷。

　　杨泽民为抚州乐安（今属江西）人，事迹同样湮没难考，但其作品多

---

　　① 沈雄：《古今词话》，唐圭璋编：《词话丛编》，北京：中华书局1996年版，第845页。

　　② 沈雄：《古今词话》，唐圭璋编：《词话丛编》，北京：中华书局1996年版，第989页。

　　③ 永瑢等撰：《四库全书总目》卷198，北京：中华书局1965年版，第1811页。

　　④ 王得臣撰：《麈史》卷上《官制》，上海：上海古籍出版社1986年版，第6页。

自道身世，可以从中约莫求之。饶宗颐《词集考》云：

　　泽民，江西乐安人。观其《蕙兰芳》题，知曾为赣州推官。又《六么令》题云："壬寅四月，扶病外邑催租，寄内。"有句云："今岁重更甲子。"是泽民生年为壬寅岁。按南宋有两壬寅，前者为淳熙九年（1182），后者为淳祐二年（1242）。泽民殆生于淳熙，而《六么令》作年为淳祐也。词中宦迹，不出赣浙湘鄂。①

　　按吴则虞曾指出，《直斋书录解题》著录之《清真集》三卷中"《后集》之词，方、杨皆无和，是此书辑刻之年，必早于元龙而后于方、杨"②，而陈元龙所注《详注周美成片玉集》十卷至迟成于南宋嘉定四年（1211）。以此推算，泽民不当生于淳熙并作《六么令》于淳祐，而可能是生于北宋末宣和四年壬寅（1122），并作《六么令》于淳熙九年（1182）。又，推官是位次于本使判官的州、府属官，泽民《蕙兰芳》题下小序原文为："赣州推厅新创池亭、画桥，时宴其中，令小春舞，小春乃吾家小妓也。"③ 是知因推厅新成作宴，泽民携家妓列席，则其身份为推官、判官、签判、书记皆有可能，不必定为推官。此外，泽民和清真词多羁旅游宦之作，即所谓"连年奔逐，旁州外邑"④，其中自叙游踪之句有"在昔曾游遍，过三湘下浙，二水通潇"⑤ 和"今日走江西，空怅望、荆湖北"⑥ 等语，明确提及的地名则有赣州、宁都（《南乡子·宁都登楼》）、兴国

---

　　① 饶宗颐：《词集考·唐五代宋金元编》，北京：中华书局1992年版，第181页。
　　② 吴则虞：《版本考辨》，周邦彦撰，吴则虞校点：《清真集》，北京：中华书局1981年版，第173页。
　　③ 唐圭璋编：《全宋词》，北京：中华书局1965年版，第3009页。
　　④ 《西平乐·圃韭畦蔬》，唐圭璋编：《全宋词》，北京：中华书局1965年版，第3003页。
　　⑤ 《忆旧游·念区区远宦》，唐圭璋编：《全宋词》，北京：中华书局1965年版，第3003页。
　　⑥ 《迎春乐·沉吟暗想狂踪迹》，唐圭璋编：《全宋词》，北京：中华书局1965年版，第3005页。

（《渔家傲·再过兴国》）、桃江① （《齐天乐·临江道中》）、钱塘（《风流子·咏钱塘》）、吴江（《扫花游·素秋渐老》）、吴门（《虞美人·红莲》）、岳阳（《西河·岳阳》），是知其踪迹主要在南宋的两浙西路、荆湖南路和江南西路，若以今日地名来描述，则除赣、浙、湘、鄂四省，还应包括江苏省。与方千里的情况相类，杨泽民之作仅见和清真词九十二首。

陈允平，字君衡，一字衡仲，号西麓，因其先祖自莆田迁至四明，故《西麓继周集》卷首称"莆鄞澹室后人"，今人论著如《全宋词》《词集考》《宋词四考》等均记其籍贯为四明（今浙江宁波），更准确的说法应为四明之鄞县。南宋宁宗时明州升庆元府，鄞县为首邑，县有日月二湖，日湖在城内东南，源出四明山，允平词集《日湖渔唱》即取以为名，其卷首所题"句章"古城在县南六十里，见《延祐四明志》《康熙鄞县志》。②与方、杨二家仅以和清真之作著称的情况不同，陈允平出身世家，才名颇著，又与周密、王沂孙等当世名家交好，因而相关的文献记载也较为详尽。《两宋名贤小集》云：

（允平）鄞县人，才高学博，一时名公卿皆倾倒。试上舍不遇，放情山水，往来吴淞淮泗间，倚声之作，推为特绝，尝著《日湖渔唱》词。元初，以人才征至北都，不受官，放还。③

周密、王沂孙、张炎等集中皆有倡和或怀咏允平之作。清人江昱疏证张炎《解连环·拜陈西麓墓》一词时，引《续甬上耆旧传》叙其事迹云：

陈允平，资政殿大学士陈卓之侄，家居鄞之梅墟，所谓世纶堂者也。学于慈湖先生之门。德祐时，官制置司参议官。入元，以仇家告变，云谋

---

① 按南宋有两桃江，其《齐天乐·临江道中》提及桃江的原句为"贡浦南游，桃江西下"，应指流经今江西赣州地区的贡江与桃江二水，而非今属湖南益阳的桃江镇。

② 马泽修，袁桷纂：《延祐四明志》，中华书局编辑部编：《宋元方志丛刊》，北京：中华书局1990年版；张传保修，陈训正、马瀛纂：《康熙鄞县志》，上海：上海书店出版社1993年版。

③ 陈思编，陈世隆补：《两宋名贤小集》卷315，《文渊阁四库全书》本。

为崖山接应，遭榜掠。后事得脱，被荐，以病免归。①

按允平伯父陈卓并不曾任资政殿大学士，而是于端平二年（1235）三月兼给事中、兼侍读同签书枢密院事，六月签书枢密院事，淳祐十一年（1251）七月薨，赠少师，世纶堂即其以赞书酬金所造②。此谓允平受业于慈湖先生杨简之门，据《延祐四明志》之文及翁《慈湖书院记》所载，咸淳九年（1273）建慈湖书院，允平相与其事。其被仇家陷害一事，始见袁桷《清容居士集》：恭帝德祐元年（1275）冬，谢太后下降诏，允平时为沿海制置司参议官。未几，元军攻至庆元府（今浙江宁波），仇家王某向元军张元帅告发允平图谋为宋军复辟庆元之接应，允平由是被捕，幸得同官袁洪（袁桷之父）救助脱难。③《宋元学案》小传叙此事亦据袁桷所记，而将允平被捕时间断为祥兴元年，即至元十五年（1278）冬，后人皆承是说。④ 但据袁桷原文，此事当在至元十五年之前，或即发生在德祐元年或至元十四年初。

另，江昱疏证所引《续甬上耆旧传》将允平被捕与被荐两事连而叙之。据周密所赋《高阳台·送陈君衡被召》一词及王沂孙和作，允平北赴元都时确在隆冬，疑是脱身囹圄之后即被荐，而越春犹未得归。味周、王二词，颇有见疑之意，如周之"纵英游、叠鼓清笳，骏马名姬"⑤、王之"想如今人在龙庭，初劝金卮"⑥，似即暗讽允平在北都乐不思蜀，抛得江

---

① 张炎撰，江昱疏证：《山中白云词疏证八卷》，《续修四库全书》编纂委员会编：《续修四库全书》，上海：上海古籍出版社 2002 年版。

② 脱脱等撰：《宋史》卷 42、43《理宗本纪》，北京：中华书局 1985 年版，第807－808、844 页。传见《延祐四明志》卷 5。

③ 袁桷：《清容居士集》卷 33《先大夫行述》（《丛书集成初编》本），北京：中华书局 1985 年版，第 568 页。

④ 黄宗羲原著，全祖望补修，陈金生、梁运华点校：《宋元学案》卷 25《龟山学案·参议陈西麓允平先生》，北京：中华书局 1986 年版，第 991 页。

⑤ 周密撰，江昱疏证：《高阳台·送陈君衡被召》，《续修四库全书》编纂委员会编：《续修四库全书》，上海：上海古籍出版社 2002 年版。

⑥ 见王沂孙撰：《高阳台》："陈君衡远游未还，周公瑾有怀人之赋，倚歌和之。"《续修四库全书》编纂委员会编：《续修四库全书》，上海：上海古籍出版社 2002 年版。

南诸友"向山边水际，独抱相思"①。所幸，允平最终不为功名所羁，称病而还，并遁入山中，垒"万叠云楼"，被后人誉为"清风劲节，世尤高之"②。

又，《千顷堂书目》云："（允平）淳熙中尝为余姚令。"③"淳熙"（1174—1189）当为"淳祐"（1241—1252）之误，据《光绪余姚县志》，允平任余姚县令在淳祐三年（1243）。④《宋诗纪事》卷66引方回《桐江集》云："予淳祐中偶去灵隐冷泉，时京尹尽去，楣间诗板，仅存者二，其一有云……此四明陈允平诗，盖许浑体也。"⑤ 亦可为允平任余姚令时间的旁证。

《宋元学案》谓允平"善诗词，与吴文英、翁元龙齐名"⑥，其诗集有《西麓诗稿》一卷，⑦《蜩鸣集》一部（今佚），⑧ 词集则有《日湖渔唱》《西麓继周集》。张炎谓其词"本制平正，亦有佳者"⑨。除和清真之作121首，其西湖十咏、《唐多令·休去采芙蓉》《绛都春·秋千倦倚》《念奴娇·汉江露冷》《月上海棠·游丝弄晚》等，均颇得后世词家称赏。

---

① 见王沂孙撰：《高阳台》："陈君衡远游未还，周公瑾有怀人之赋，倚歌和之。"《续修四库全书》编纂委员会编：《续修四库全书》，上海：上海古籍出版社2002年版。

② 曹庭栋：《宋百家诗存》卷38，《文渊阁四库全书》本。

③ 黄虞稷撰：《千顷堂书目》卷29，上海：上海古籍出版社2001年版，第790页。

④ 孙德祖、邵友濂纂：《光绪余姚县志》卷18《职官表》，《中国地方志集成》，上海：上海书店出版社1993年版。

⑤ 厉鹗辑撰：《宋诗纪事》卷66，上海：上海古籍出版社1983年版，第1665页。

⑥ 黄宗羲原著，全祖望补修，陈金生、梁运华点校：《宋元学案》卷25《龟山学案·参议陈西麓允平先生》，北京：中华书局1986年版，第991页。

⑦ 钱起辑：《江湖小集》，《文渊阁四库全书》本。

⑧ 杨士奇：《文渊阁书目》卷10（《丛书集成初编》本），北京：中华书局1985年版。

⑨ 张炎著，夏承焘校注：《词源注》，北京：人民文学出版社1981年版，第28页。

第二节　三家和词版本述略

一、三家和词的刊刻与传抄

三家和词的刊刻与传抄情况此前未见系统研究，唯饶宗颐《词集考》与唐圭璋《宋词四考》有所论及，然仍有不少可以商榷及补遗之处，现即在二位先生所述基础之上加以补充，并分类梳理，简述如下：

方千里的《和清真词》能够流传至今，并得到相对广泛的关注，明代刻书家毛晋居功至伟。明崇祯毛晋汲古阁刻本《宋六十名家词》中的方千里《和清真词》一卷（以下简称毛本），是现有年代最早、流传最广的刊本，也是《四库全书》及今《全宋词》所收方千里词的底本，《词集考》云：

汲古刻《六十一家》本《和清真词》一卷，九十三首。《四库》录此，《提要》多所订正。有汪氏覆刻，《四部备要》排印。

《全宋词》七一方千里词九十三首。收汲古刻，以毛斧季校本订正七字。①

按《全宋词》订正方千里和词所据除毛晋之子毛扆校本，也部分采信了近人朱居易在毛扆校本基础上所作的《宋六十名家词勘误》，如《少年游·人如秋李》一词即从朱校改正一字。② 除《四部备要》本及清光绪十四年（1888）钱塘汪氏振绮堂覆刊本，毛本《宋六十名家词》尚有广东重刊汲古阁本③、上海国学研究社出版薛恨生点校《国学珍本丛书》本及上

① 饶宗颐：《词集考·唐五代宋金元编》，北京：中华书局1992年版，第180页。
② 唐圭璋编：《全宋词》，北京：中华书局1965年版，第2499页；朱居易：《宋六十名家词勘误》，上海：中华书局1936年版，第19页。
③ 李盛铎藏并编：《木犀轩收藏旧本书目》，林夕主编，煮雨山房辑：《中国著名藏书家书目汇刊·近代卷》第20册，北京：商务印书馆2005年版，第63页。

海杂志公司出版施蛰存校点《中国文学珍本丛书》本等。除毛本的各覆刊本，清代的千里词刊本仅有上海图书馆藏清道光二十五年（1845）武林王氏活字印本《清真倡和集》之《宋三衢方千里和清真词》二卷。此集仍是以毛本为底本，收清真原作与三家和词，为毛本跋语所云《三英集》之后所见第一个将原作与和词合刊者。目前所知的方千里《和清真词》校本，最早为毛扆、陆贻典、黄仪、季锡畴等校勘汲古阁本，次则为清咸丰七年（1857）劳权校抄本，又有吴昌绶校汪氏覆刻《宋名家词》本，均藏国家图书馆。民国时期则有林大椿取毛本精校，与清真原作及杨泽民和作合刊的《清真集二卷补遗一卷校记一卷和清真词二卷》，民国十七年（1928）由商务印书馆铅印行世，同时也分别印行了方、杨两家和词的单行本。此外不知所归而见诸著录的尚有：《和清真词》一卷，见《佳趣堂书目》[①]；汲古阁传抄本一卷，见《八千卷楼书目》[②]；赵氏小山堂藏本一卷，见《小山堂藏书目录备览》[③]。

　　杨泽民的《和清真词》在元、明二朝均未闻刊行。《四库提要总目》卷198方千里《和清真词》提要云："据毛晋跋云，乐安杨泽民亦有《和清真词》，或合为《三英集》行世，然晋所刻六十一家之内无泽民词，或其本已佚欤。"[④] 毛晋辑宋人词集百种，得以付梓者仅六十家，余皆拟刻而未果，泽民和词即在其中，并非已佚。然据此可知，至迟在《四库全书》编纂时，杨和刊本尚未见世，唯《御选历代诗余》《御定词谱》等籍中多见其词附于清真原作及千里和作之后。目前所知最早的杨和全刊本即清道光二十五年（1845）所印《清真倡和集》八卷本，次则为清光绪二十一年（1895）湖南思贤书局刻江标辑《宋元名家词》十五种本，有傅增湘校跋本，为《全宋词》所收；又有郑文焯校跋之清刻本一卷附校记，以及吴昌绶在郑校基础上再行校雠之本。民国时的刊本则有前述林大椿校商务印书

---

　　① 陆漻：《佳趣堂书目》，李万健：《清代私家藏书目录题跋丛刊》第1册，北京：国家图书馆出版社2010年版，第462页。

　　② 丁丙藏，丁仁编：《八千卷楼书目》，林夕主编，煮雨山房辑：《中国著名藏书家书目汇刊·近代卷》第20册，北京：商务印书馆2005年版，第559页。

　　③ 赵昱藏并编：《小山堂藏书目录备览》，林夕主编，煮雨山房辑：《中国著名藏书家书目汇刊·明清卷》第21册，北京：商务印书馆2005年版，第322页。

　　④ 永瑢等撰：《四库全书总目》，北京：中华书局1965年版，第1811页。

馆铅印本。杨泽民《和清真词》的抄本则有：嘉业堂旧藏清赵氏小山堂乌丝栏抄本，咸丰七年（1857）劳权以傅增湘校小山堂抄本及迟云楼抄本为底本的校抄本，又有黄丕烈藏旧抄本，均藏国家图书馆；光绪间彭元瑞知圣道斋辑《汲古阁未刻宋词》抄本，有江标题跋，藏上海图书馆；钱塘丁氏八千卷楼旧藏精抄本，清丁丙跋，藏南京图书馆；结一庐藏抄本，藏台湾"中央图书馆"。另，《宋词四考》与《词集考》俱载泽民《和清真词》，有侯文灿刻《十名家词》本及粟香室覆刊侯本，然据阮元《名家词十卷提要》①及《中国古籍善本书目》，侯刻十家中并无杨泽民词，不知是否二先生所见版本与通行本不同之故。

此外，不知所归而见诸著录的则有：《和清真词》一卷，见《也是园藏书目》②；《和清真词》一卷，见《孝慈堂书目》③；《杨泽民词》一本，见《潜采堂书目》④；知圣道斋藏《宋元人小词》本《和清真词》，见《知圣道斋书目》⑤；清王迪家藏旧抄本，见《清真倡和集》原跋；吴兴丁葆书家旧藏抄本，见《清真倡和集》劳权校跋；都公钟室抄本，见《木犀轩收藏旧本书目》⑥；小山堂抄本《龙川词补和清真词天籁词》合一册，见《振绮堂书目》⑦。

陈允平为三家中词名最著者，其流传下来的和清真词以抄本为主。其中，笔者所见最早者为国家图书馆藏明抄本《陈允平词》一卷，卷首次行题"西麓继周稿"，存词五十首。此外均为清至民国抄本：傅增湘双鉴楼

---

①　阮元等撰：《揅经室外集》卷3（《丛书集成初编》本），北京：中华书局1991年版，第169－170页。

②　钱曾：《也是园藏书目》，中国书店编：《海王邨古籍书目题跋丛刊》第1册，北京：中国书店出版社2008年版，第174页。

③　王闻远：《孝慈堂书目》，《丛书集成续编·第68册·史部》，上海：上海书店出版社1994年版，第905页。

④　朱彝尊：《潜采堂书目四种·竹垞行笈书目》，《丛书集成续编·第168册·集部》，上海：上海书店出版社1994年版，第382页。

⑤　彭元瑞：《知圣道斋书目》卷2《宋末刻词》（《丛书集成初编》本），北京：中华书局1985年版，第35页。

⑥　李盛铎藏并编：《木犀轩收藏旧本书目》，林夕主编，煮雨山房辑：《中国著名藏书家书目汇刊·近代卷》第20册，北京：商务印书馆2005年版，第165页。

⑦　汪宪藏并编：《振绮堂书目》卷2，林夕主编，煮雨山房辑：《中国著名藏书家书目汇刊·明清卷》第21册，北京：商务印书馆2005年版，第528页。

旧藏咸丰七年（1857）劳权手抄校本，吴昌绶、朱孝臧校跋之清光绪吴氏双照楼抄本，朱孝臧所校之清宣统元年（1909）吴氏双照楼抄本，艺风堂旧藏《典雅词》本，朱孝臧校本，以上均藏国家图书馆；清乌丝栏抄《典雅词》十三卷本，宣统二年（1910）吴昌绶题记仁和吴氏诵芬室抄本，读有用书斋旧藏抄本，以上藏台湾"中央图书馆"；清《典雅词》十四卷抄本，丁丙跋汪鱼亭旧藏何梦华抄本，丁丙跋知圣道斋旧藏与《日湖渔唱》合抄本，藏南京图书馆；与《日湖渔唱》合抄，郑文焯、吴昌绶所校之清抄本，藏上海图书馆；皕宋楼旧藏汲古影宋抄本《典雅词》十四卷之《西麓继周集》一卷，藏日本东京静嘉堂文库。①

　　《西麓继周集》的印本直至民国时期才出现，为民国十一年（1922）归安朱孝臧所刊《彊村丛书》本《西麓继周集》，底本为劳权及何梦华传抄本，朱孝臧为撰校记，《全宋词》所收陈允平词即取此本。另有民国十八年（1929）商务印书馆仿宋精印林大椿校刊《西麓继周集》一卷。此外，以"西麓继周集"命名，不知所归而见诸著录的尚有：《西麓继周词》一卷钞白三十七番，见《孝慈堂书目》②；曹寅家藏抄本《西麓继周词》一卷一册，题"宋莆鄮陈允平著"，见《曹栋亭藏书目》③；清江昱抄本，见江昱《山中白云词疏证》之《解连环·拜陈西麓墓》；清新城罗镜泉传曝书亭抄本，见《清真倡和集》劳权校跋；清结一庐藏知不足斋抄汲古阁未刻本，见《结一庐书目》④；知不足斋抄本，见《莲子居词话》⑤；长沙张刻本，见郑文焯校本跋语。

　　另，清江都秦恩复享帚精舍刊《词学丛书》之《日湖渔唱》有《补遗》《续补遗》各一卷。秦氏跋云："又有补遗二十二首，通为一卷，不知

　　① 河田罴：《静嘉堂秘籍志》卷50，贾贵荣辑：《日本藏汉籍善本书志书目集成》第8册，北京：北京图书馆出版社2003年版，第823页。

　　② 曹寅：《孝慈堂书目》，林夕主编，煮雨山房辑：《中国著名藏书家书目汇刊·明清卷》第15册，北京：商务印书馆2005年版，第278页。

　　③ 曹寅：《曹栋亭藏书目》，林夕主编，煮雨山房辑：《中国著名藏书家书目汇刊·明清卷》第15册，北京：商务印书馆2005年版，第278页。

　　④ 朱学勤：《结一庐书目》卷4，林夕主编，煮雨山房辑：《中国著名藏书家书目汇刊·明清卷》第3册，北京：商务印书馆2005年版，第553页。

　　⑤ 吴衡照：《莲子居词话》卷1，唐圭璋编：《词话丛编》，北京：中华书局1996年版，第2406页。

何人所集。余又于诸名家词中搜得长短调七十六首，为《续补遗》一卷，于是西麓著述综括靡遗欤。"实则《补遗》与《续补遗》中所收泰半为陈允平和清真之作，是其和词在《西麓继周集》之外的另一流传系统。前述道光二十五年（1845）王氏印本《清真倡和集》之陈允平和清真词二卷，即于秦刊本《日湖渔唱》中搜出和清真之作，校以汪氏振绮堂藏本而成。秦本有《粤雅堂丛书》《丛书集成初编》覆刊本及《词学丛书》本。《词集考》云："南海伍崇曜《粤雅堂丛书》之《日湖渔唱》覆秦本，《渔唱》《补遗》《续补遗》各列分目。《丛书集成初编》覆此。"① 按道光九年（1829）秦氏所刻享帚精舍本《日湖渔唱》三卷已将《渔唱》《补遗》《续补遗》各列分目，非自《粤雅堂丛书》始，《丛书集成初编》所覆当为秦氏原刻。秦本的传抄本有：吴昌绶跋清咸丰七年（1857）劳权双声阁录新城罗镜泉写本，藏台湾"中央图书馆"；清潘钟瑞校同治十年（1871）刘履芬抄本，藏国家图书馆；清徐氏烟屿楼抄本，清徐时栋批校，藏天一阁。

二、三家和词别集版本举要

综合上节所述，由现已知见的南宋三家和清真词集看来，其刊刻与传抄乃自宋时征兆初开，元代最为寥落，明末渐始复苏，至清代道咸以还方蔚为大观。其传播规律完全契合词学兴衰的整体趋势，也体现了周邦彦本人自清嘉道间常州派出而声誉日隆这一事实对其和词流传造成的影响；而三家和词校本在清代频见的情况，则典型地反映了清人特重朴学的学术风气对当世词坛的影响。是故，各种刊本与校本透露出的具体讯息，不但是清真词研究的重要文献，也是研究当时词界风尚的可贵参证，以下就笔者知见择要条述辨析如次：

1. 明崇祯毛晋汲古阁刻本之方千里《和清真词》

毛晋刻本《宋六十名家词》之方千里《和清真词》是后世千里和词别集的滥觞，自其面世至今，各本千里和词别集无论抄刻皆兆于此，唯校勘不同，字句小异而已。毛刻原本版式为半叶八行十八字，左右双边，白口无鱼尾，版心上镌"和清真词"，下刻"汲古阁"，前有目录，次序与陈云

---

① 饶宗颐：《词集考·唐五代宋金元编》，北京：中华书局1992年版，第240页。

龙《详注周美成片玉集》相同。《词集考》析之云："自第一卷首篇《瑞
龙吟》起，至第八卷末《满路花》止，逐阕和作。其第九、十二卷，及第
八卷之《归去难》《黄鹂绕碧树》两阕，则付阙如。"① 按毛刻方千里和词
有九十三首，江标刻汲古阁未刊本杨泽民和词有九十二首，较千里少《垂
丝钓》一阕，而词目次序悉同；《彊村丛书》之《西麓继周集》则存允平
和词一百二十八阕（内五阕有目无词），与方、杨二家词目迥异。据毛本
《片玉词·跋》，其家藏清真词有《清真集》《美成长短句》及宋刻《片玉
集》三种，前两种皆不满百阕，或即方、杨二家和词所据传本。毛本千里
《和清真词》的校勘颇有疏漏之处，《总目》考其失云：

> 集内调名有稍异者，如《浣溪沙》调，目录与周词相同，而题则误作
> 《浣沙溪》；《荔枝香》，周词作《荔枝香近》，吴文英《梦窗稿》亦同，此
> 集独少近字；《浪淘沙》，周词作《浪淘沙慢》，盖《浪淘沙》制调之始，
> 皇甫松惟七言绝句，李后主始用双调，亦止五十四字。周词至百三十三字
> 之多，故加以"慢"字。此去"慢"字，便非此调。盖皆传刻之讹，非千
> 里之旧。……若《六丑》之分段，以"人间春寂"句属前半阕之末，周词
> 刻本亦同；然证以吴文英此调，当为过变之起句，则两本传刻俱讹也。②

朱居易参考《御选历代诗余》，在毛扆校本基础上进一步订正其误，
而其考订成果未为《全宋词》采信者有四，③ 试为辨之：《瑞鹤仙·看青山
绕郭》之"无风自花落"句，朱校云"自花二字倒"，按清真原句为"晴
风荡无际"，杨泽民此句作"一年自成落"，是知朱校不确；《夜游宫·一
带垂杨蘸水》之"拥青蛾，向红楼"句，朱校云"蛾应作娥，按此亦从
《历代诗余》正"，然此处"青蛾"当为"青蛾眉"之省，诗词中常以此
代称女子，如杜甫《城西陂泛舟》诗有"青蛾皓齿在楼船，横笛短箫悲天
远"④，朱彝尊《折桂令》有"唤十五女青蛾对酒，点两三条红蜡藏钩"⑤，

---

① 饶宗颐：《词集考·唐五代宋金元编》，北京：中华书局1992年版，第180页。
② 永瑢等撰：《四库全书总目》，北京：中华书局1965年版，第1811－1812页。
③ 均见朱居易：《宋六十名家词勘误》，上海：中华书局1936年版，第19－20页。
④ 杜甫著，仇兆鳌注：《杜诗详注》第3册，北京：中华书局1979年版，第177页。
⑤ 朱彝尊撰：《曝书亭词》，广州：广东人民出版社1987年版，第381页。

应从原刻；《解语花·长空淡碧》之"灯火荧煌"句，朱校云"火应作花"，按清真原词及杨、陈二家和作此句第二字均为仄声，朱校不确；《玉烛新·海棠初雨后》之"丹铅低首"句，朱校云"首下应加一空格"，则以清真先生及杨泽民此调句式证之，应以朱校为是。

2. 清道光秦氏刊本陈允平《日湖渔唱》三卷（附《补遗》《续补遗》）

道光九年（1829）江都秦恩复所刊《日湖渔唱》三卷，享帚精舍藏版，十一行二十字，左右双边，单黑鱼尾，版心鱼尾以下镌"日湖渔唱/补遗/续补遗"，下端刻叶数。正文卷端题"句章陈允平君衡"，《日湖渔唱》卷末、《补遗》之前有秦恩复跋。笔者所见为中山大学图书馆藏本，有"岭南大学图书馆藏书"朱文方印。《粤雅堂丛书》覆刊本前有咸丰元年（1851）伍崇曜序，但没有收录秦氏原跋。秦本《补遗》《续补遗》二卷中，除《补遗》之《垂杨·银屏梦觉》和《续补遗》之《瑞鹤仙·燕归帘外卷》两词，余九十六首皆为和清真之作。享帚精舍本秦氏原跋称：

（允平）有《日湖渔唱》一卷，前列慢曲及西湖十咏三十首，后列引、令三十五首，末附寿词九十首，又有《补遗》二十二首，通为一卷，不知何人所集。余又于诸名家词中，搜得长短调七十六首，为《续补遗》一卷。

秦本《日湖渔唱》未出前，《日湖渔唱》有一卷本与二卷本两种。二卷本初见载于《千顷堂书目》。[①] 阮元进呈《日湖渔唱》一卷时作提要曰："《千顷堂书目》载《日湖渔唱》二卷，此作一卷，或为后人所并欤。"[②] 丁丙《善本书室藏书志》更将阮元的猜测坐实："《千顷堂书目》载《日湖渔唱》二卷，此并一卷。"[③] 而朱孝臧辑校《日湖渔唱·跋》则提出：

①　黄虞稷撰：《千顷堂书目》卷29，上海：上海古籍出版社2001年版，第790页。
②　阮元等撰：《揅经室外集》卷1（《丛书集成初编》本），北京：中华书局1991年版，第85页。
③　丁丙：《善本书室藏书志》卷40，《续修四库全书》编纂委员会编：《续修四库全书》第927册，上海：上海古籍出版社2002年版，第675页。

"《千顷堂书目》称二卷，或并《西麓继周集》计之。"① 显然，三人都未曾亲见《日湖渔唱》二卷本。二卷本的情况究竟如何呢？此中消息，或可于朱彝尊《词综》求之：《词综·发凡》亦作《日湖渔唱》二卷，且明言其所据词集"白门则借之周上舍雪客、黄徵士俞邰"②，可知其所寓目之《日湖渔唱》即黄虞稷家藏本；而《词综》所收陈允平《垂杨·银屏梦觉》一词恰在秦恩复所见前人辑成的《补遗》之中，《日湖渔唱》原卷及《西麓继周集》俱不载。又，《彊村丛书》所用《日湖渔唱》底本即吴昌绶校、丁丙旧藏、何梦华所抄一卷本，其本原无《补遗》，而云秦本《补遗》《续补遗》"实皆见《继周集》中，以补《渔唱》，殊失旧观。惟《瑞鹤仙》《垂杨》二首，不知据何本辑入，今依伯宛说附此卷后"③。其所谓"旧观"，显然便是《日湖渔唱》原卷，不仅不附《补遗》，其中也没有见诸《词综》的《垂杨》一阕，与朱彝尊所见当别为一本。综上所述，倘若一卷本为黄虞稷旧藏《日湖渔唱》二卷本合并而成，《垂杨》一阕自在其中，《彊村丛书》不当谓"不知据何本辑入"；而若二卷本即《日湖渔唱》原卷与《西麓继周集》的合称，则《垂杨》一阕当不入《词综》矣。可见，《千顷堂书目》所称《日湖渔唱》二卷本便是附有前人所辑《补遗》一卷的版本，秦恩复即在此本传抄本基础上又辑《续补遗》，刊成三卷本。

　　在道光九年（1829）秦本刊行之前，陈允平和清真词端赖手抄本行世，尽管已有《日湖渔唱》二卷本与《西麓继周集》两个版本并辔而传，影响力仍十分有限。而在秦本刊行之后，尽管其所收并非陈允平和词全貌，仍借刊本流传之便，大大加快了陈允平和词为世人了解的进度。

　　3. 清咸丰劳权手抄校本方千里、杨泽民《和清真词》，陈允平《西麓继周集》

　　劳权（1818—?），字平甫，一字巽卿，自号蟫隐，亦称饮香词隐，家唐栖，籍仁和；父经原，字笙士；兄检，初名金检，字梁甫，一字青主；弟格，字保艾，一字季言。劳经原学有根柢、雅好收书。劳权、劳格兄弟

　　① 陈允平：《日湖渔唱》，朱孝臧辑校：《彊村丛书》，上海：上海书店、江苏广陵古籍刻印社 1989 年版，第 1208 页。
　　② 朱彝尊、汪森编：《词综·发凡》，上海：上海古籍出版社 1978 年版，第 7 页。
　　③ 陈允平：《日湖渔唱》，朱孝臧辑校：《彊村丛书》，上海：上海书店、江苏广陵古籍刻印社 1989 年版，第 1208 页。

均精校雠之学，于古籍之订误摭遗用力颇深，厚泽后人，而劳权尤有功于词学，其同里吴昌绶所作《唐栖劳氏三君传》（以下简称《三君传》）云：

> 巽卿手抄书尤富，兼工倚声，校辑宋元词集数十家，其藏书之所曰学林堂，曰铅椠斋，曰丹铅精舍，曰拂尘扫叶之楼；所居有燕喜堂、木芙蓉馆、秋井草堂、沤喜亭、玉参差馆、双声阁，流风余韵，犹可想见。……壬戌癸亥间，寇氛益炽，唐栖当孔道，不遑宁处。青主与巽卿、季言仓促扁舟至双溪，就友人归安丁葆书僦一室居，所著在行箧间，虽流离迁徙，犹荟萃手写不辍。①

然其著述已多于战乱流离间沦失不彰，幸得吴昌绶"从《皕宋楼善本书室两藏书志》录其手跋十余事，丁未来京师，与武进董京卿康互有采获，并辑季言条记在《读书杂识》外者并存之"②，遂成《劳氏碎金》三卷。

劳权所抄清真词及和词现均藏国家图书馆。据其题跋可知，其抄校清真《片玉集》十卷在咸丰六年（1856）冬至七年（1857）正月，抄方、杨、陈三家和词均紧接其后：《西麓继周集》抄于咸丰七年二月，为传录新城罗镜泉写本，半叶十四行，行二十字，四周单边；杨泽民《和清真词》抄于同年五月，据傅增湘校赵氏小山堂抄本并迟云楼抄本对写，半叶十四行，行二十四字，四周单边；方千里《和清真词》抄于咸丰七年十一月，用汲古阁本，版式同杨和本。在这四种词集之外，先后经劳权手抄并校跋的词别集还有《相山居士词》《养拙堂词》《省斋诗余》《莲社词》《涧泉诗余》《抚掌词》《扣舷集》《眉庵词》等十余种，词总集则有《金奁集》与《遗山乐府》。其中《片玉集》、泽民《和清真词》及《西麓继

---

① 吴昌绶：《唐栖劳氏三君传》，《碑传集补》卷50，《清代碑传全集》，上海：上海古籍出版社1987年版，第1557页。

② 劳经原、劳权、劳格撰，吴昌绶辑：《劳氏碎金》，国家图书馆编：《国家图书馆藏古籍题跋丛刊》第10册，北京：北京图书馆出版社2002年版。

周集》后归傅增湘双鉴楼，① 余由董康、袁思亮等分得之。今则劳氏抄本四家别集均藏国家图书馆。

　　孙庆增《藏书记要》云："底本便于改正，抄本定其字划，于是抄录之书，比之刊刻者更贵且重焉……但要完全校正题跋者，方为珍重。"② 劳氏手抄各本均校对谨严，详加题跋，堪称精抄，故多为后来者取为底本或对勘本，《彊村丛书》本《西麓继周集》便是其中的代表。丁丙《善本书室藏书志》尝云："《继周集》乾隆以前传本甚罕，以文达（阮元谥号）搜罗之博，竟不可得。"③ 可见劳氏传抄之居功至伟。又，向之研究者认为词籍校勘脱离校经校史而成为专门之学始于王鹏运、朱祖谋，实则劳权之专意校词已然导夫先路；王、朱所定正误、校异、补脱、存疑、删复五则校词义例，劳氏所校亦已备其大要（详后）。故此，劳权对于词家校勘之学的贡献，实有重新发掘的必要。

　　4. 清光绪彭元瑞辑本杨泽民《和清真词》

　　毛晋搜集宋词别集百家，有四十家未及梓以行世，其中一部分后归清宗室揆叙之谦牧堂，光绪间又由彭元瑞知圣道斋得之，辑成《汲古阁未刻宋词》，泽民《和清真词》抄本即在其中，今藏上海图书馆，有清人江标题跋。彭元瑞所撰《知圣道斋读书跋》叙其所辑宋人词集云：

　　　　于谦牧堂藏书中，得宋元人词二十二帙，题曰《汲古阁未刻词》，行款字数与已刻六十家词同，每帙钤毛子晋诸印，皆精好。余旧藏李西涯辑南词一部，又《宋元人小词》一部，合此三书，于六十家外，又可得六十二种，安得好事者续镌为后集。④

　　① 傅增湘：《双鉴楼善本书目》卷4《集部》，林夕主编，煮雨山房辑：《中国著名藏书家书目汇刊·近代卷》第28册，北京：商务印书馆2005年版，第258页。原书亦有"双鉴楼珍藏印"。

　　② 孙从添：《藏书纪要》，上海：古典文学出版社1957年版，第38－39页。

　　③ 丁丙：《善本书室藏书志》卷40，《续修四库全书》编纂委员会编：《续修四库全书》第927册，上海：上海古籍出版社2002年版，第675页。

　　④ 彭元瑞：《知圣道斋书目》卷2《宋未刻词》（《丛书集成初编》本），北京：中华书局1985年版，第35页。

光绪二十一年（1895），湖南思贤书局刊行了"好事者"江标所辑《宋元名家词十五种》，其中泽民和词的蓝本即彭氏传抄本。然因彭氏传录旧抄本时原有错脱，江氏授梓前又没有精心校雠，故此本刊行之初并未形成广泛影响，以致近人胡玉缙在光绪末年撰《四库未收书目提要续编》之泽民《和清真词》提要时，尚在呼吁将泽民和词刊出，以便与千里并传。①尽管如此，江标刊本还是在得到傅增湘精校之后被收入《全宋词》，成为今日最易见的泽民和词传本，彭氏辑本奠基之功匪浅。

5. 王氏活字印本《清真倡和集》八卷

清道光二十五年（1845）王迪活字印本，题吉庵居士辑，八卷合四册，每半叶八行，行二十字，四周单边，白口无鱼尾，版心镌"清真倡和集某卷"及叶数。扉页题"道光乙巳秋九月朔次闲赵之琛"，牌记题"道光乙巳夏武林王氏排字校印"，卷首有吉庵居士总序，次为总目，各册别无分目，而俱有吉庵跋语。藏书钤印有"志文室珍藏记""湘潭袁氏沧州藏书"朱文长方印。上海图书馆书目卡片著录为清劳权、劳格校，吴昌绶跋，其中劳权朱文批校书于咸丰六年（1856）四月，书中墨字批校疑即劳格所为，然作年不详；吴昌绶跋语书于宣统元年（1909）闰二月，以宣纸五页另夹于书页之间，历时近百年而纸张完好，墨泽犹鲜。

钱塘吉庵居士王迪，字吉甫，号惠庵，除辑《清真倡和集》之外还于道光二十八年（1848）辑有贺铸《东山乐府》。吴昌绶跋考云："（王迪）尝重辑《东山乐府》，丁氏、陆氏皆有传写本，固当时好事者。"又云："《东山乐府》跋有惠迪、吉斋之称，此书跋则自称吉庵。"据钟振振师《贺铸词集版本考》，惠迪、吉斋为王氏书斋之名。② 王迪与劳氏兄弟颇有来往，劳权《遗山乐府》题跋谓于道光二十四年（1844）抄于王迪处，次年《清真倡和集》付梓，劳氏兄弟可能即获王迪所赠，并在咸丰六年得睹四家词集精抄本之后始据以校对，完成这项工作之后，又一一抄录四家词集。劳格生于嘉庆二十五年（1820），因遭逢战乱于同治三年（1864）忧伤成疾而卒。其生平校书颇富，"凡所援据，多世不经见之本，藉传至今，

① 胡玉缙撰，吴格整理：《续四库提要三种》，上海：上海书店出版社 2002 年版，第 383 页。

② 贺铸撰，钟振振校点：《东山词》，上海：上海古籍出版社 1989 年版，第 498 页。

有功于古书甚钜"①。劳格著述经丁葆书编定，光绪戊寅（1878）刊成《读书杂识》十二卷、《唐郎官石柱题名考》二十四卷、《唐御史台精舍题名考》三卷。据董康《劳氏碎金·跋》，宣统元年（1909）春，有估人携来劳氏兄弟生平撰述百数十种，由诸友分得之，其中《清真倡和集》归于湘潭袁思亮，吴昌绶即在此时寓目是编并题长跋。袁思亮，字伯夔（吴昌绶跋书为"伯揆"），近代藏书家，陈三立弟子，民国时尝出任印铸局局长。

是书四册分别为：《宋钱塘周邦彦清真词二卷》，词一百二十五阕；《宋三衢方千里和清真词二卷》，词九十三阕；《宋乐安杨泽民和清真词二卷》，词九十二阕；《宋四明陈允平和清真词二卷》，词一百二十一阕，四家词总四百三十一阕。其吉庵居士总序略叙编辑始末云：

> 《清真词》者，宋钱塘周美成所著，同时三衢方千里、乐安杨泽民依韵和之，合为《三英集》行世。然原书失传，惟前明毛子晋宋词跋载其事，但毛氏所刻六十家中仅有《清真词》及千里和词，而无泽民和词，其佚不传耶，抑未刊行耶，不可考矣。余家藏有旧抄泽民词，因汇成一帙，以复三英之旧。暇日偶读四明陈西麓《日湖渔唱》，见其中有和清真韵者百余阕，用字叶韵与方、杨同，宋人所未知也。因复取周词及方、杨、陈三家和词重为编次，考订得八卷，手自缮录，付之排印，俾流传于世，爰以《清真倡和集》名之，而记其原起如是。

是序作于清道光二十四年（1844）春分之日。不难看出，编者的初衷本是欲复《三英集》之旧观，而后又偶然发现秦刊本《日湖渔唱》中和清真之作颇夥，因起合刊四家以便流传之意，遂由此造就了和周词中面貌最为独特的一个版本：它不但是唯一已知的四家合刊本，也是现存最早的杨和刊本、陈和独立刊本及清代最早的方和刊本，同时更是极为彰显编者个性的一个版本——其总题、分题乃至各册目次皆由吉庵居士重新写定，可谓独具面目。不过，尽管这原是编者用心所在，但其撰题编目尽出己意，

---

① 劳经原、劳权、劳格撰，吴昌绶辑：《劳氏碎金》，国家图书馆编：《国家图书馆藏古籍题跋丛刊》第 10 册，北京：北京图书馆出版社 2002 年版。

无所依据，故于文献不足为证；且除撰题、编目二项之外，此本校勘亦颇为随意，据各册原跋，其清真原作二卷一百二十五阕乃从汲古阁毛本录出，参校以诸家选本，编者以为"脱句误字差可免矣"，而实不尽然；千里和词九十三阕亦尽取于毛本，因未见别本，仅能"谬误处略以意校正"，遂至错舛汗漫，所在多有；泽民和词的底本为王迪家藏旧抄本，又借得赵氏小山堂抄本对勘，自谓"改正考误又复不少，殊快人意也"，然亦不免妄改之失；允平和词收一百二十一阕，悉从秦刊本《日湖渔唱》录出，同样没有对校别本，而又未能尽从秦本，以意窜易处尤多。凡此种种，引起了吴昌绶的强烈质疑，其跋语云（括号中为双行夹注小字）：

　　此本未经前人称述，快所未睹，而其书实多可议：必清真与三家时代悬隔，和则有之，不能谓之倡也。美成词即用汲古阁本，择西麓所和者存之，而以字数编次，不特未见《清真集》，亦非毛刻面目，削足适履，强使迁就后人，有是理乎？方、杨原编依《清真集》次序，西麓本与毛刻强焕本同。（不称《片玉》者，《片玉》之名乃元人所改，不确。宋时强焕先有此目，其详见叔问校《清真集》中。皆有所据，乃一概重编，漫不加察，必见方、杨相同，而西麓又与毛刻同，当知原本未可妄易，乃中于草堂字数之说，此其陋也。）其中字句更杂用各本，等于无征不信，劳氏每所批抹，殆亦深察其谬。

　　确实，在向以小学见长的清人之中，这般"从心所欲多逾矩"的编者实属罕见。然而，尽管是书实在难称佳椠，却也自有其不可忽视的价值：首先，其于清真和词，尤其杨、陈二家和词的刊刻实有筚路蓝缕之功，集四家之作为一编的形式于读者也颇有裨益，加之王迪所刊与劳氏兄弟所校依据的传本均为世所罕见，正如吴昌绶所言："眼福视吾侪远胜，假令合校以传，岂不甚善？"事实上，以这种形式刊刻清真词及其和作的构思毛晋早已有之，惜乎因循未果，[①] 而这同样也是吴昌绶与朱祖谋的夙愿，其跋语云：

---

　　① 丁丙：《善本书室藏书志》卷40，《续修四库全书》编纂委员会编：《续修四库全书》第927册，上海：上海古籍出版社2002年版，第672页。

往岁在南中，叔问据四印斋影元巾箱本《清真集》详为校录，绥与彊村校方千里和词，复从丁氏善本书室抄得何梦华本《西麓继周集》。及来京师，又校正汲古未刻本杨泽民和词，欲思刊行，以四家合并，难其名称。或谓以周词为主，三家夹注附后，凡脱韵失律处，备记之。此于后学诚有裨，然亦非著书体例也。近伯揆京卿收得道光乙巳武林王氏活字印本《清真倡和集》八卷，则六十载前固有先我为之者。

遗憾的是，此书限于编者水平不曾广泛流传，吴昌绥又因王氏着鞭在先而不复为之，终致清真词及其和词的合刊本形式未能沾溉后学，成为典范。但不可否认，这始终是一次值得借鉴的有益尝试。此外，这一合刊本出现于道光二十五年（1845），无疑也是常州派大畅于词坛，而周济推尊清真之说影响日剧的一个旁证。

次者，是书蓝本的择取情况透露出了关于此前三家和词流传的重要讯息。由此可知，当时清真词及千里和词的传播尚尽赖汲古阁刻本，陈允平的和词已借由秦刊本《日湖渔唱》引起了世人的关注，而王氏家藏抄本杨泽民和词除此本跋语之外未见别籍著录，更是填补了和周词传播史上一处小小的空白。可惜，由于此书未能后出转精，不仅无法接续毛本清真词及千里和词之流风，甚至也不曾对杨、陈二家和词的行世起到明显作用。或许可以说，对于今天的研究者而言，此本最大的意义乃是抛砖引玉式地引出了劳权、吴昌绥等的批校与题跋，为今人保留了足资勘证的名家手笔，正所谓"书籍不论钞刻好歹，凡有校过之书，皆为至宝"①，吴昌绥题跋的价值自不待言，劳氏兄弟的校跋以朱墨二色小字分布于是书各册，部分收入《劳氏碎金》，然甚为简略，笔者所见远富于此，依其内容可以大致归纳为正误、校异、补遗、批注四类，兹各举要，说明如下：②

（1）正误。

第4册7、8二卷为陈允平和词，卷端题"清真倡和集第七卷"，劳权以朱笔抹去后三字，就其上改题"西麓继周集"；次行"宋四明西麓陈允平和清真词"，以朱笔就其上改作"宋莆鄞澹室后人陈允平衡仲"。其余各

---

① 孙从添：《藏书纪要》，上海：古典文学出版社1957年版，第41页。

② 以下所论仅以方、杨、陈三家和词为限，对此本刊清真词的分析暂略。

册也都依此将王迪所拟之题恢复为旧题，并将各词旧本次序一一标注于眉端。吴昌绶对此评价最高，其跋语曰："赖巽卿改正旧题，一一标记，藉可考见。此本足重，惟在是耳。"

（2）校异。

第3卷第7页，方千里《玉楼春》又一首"溶溶水映娟娟秀"，朱笔圈去"又"字，旁批"《木兰花》，毛同"，眉端墨批："《诗余》《玉楼春》。"意指千里此词词牌毛本作《木兰花》，而《御选历代诗余》（以下简称《诗余》）同王本作《玉楼春》，其余词牌有异称者亦如此各加校注。

同卷第11页，方千里《隔浦莲·垂杨烟湿嫩葇》之"敧枕断梦"，旁批："眠，毛同，片玉平声。"谓由清真原作"浮萍破处"可知此句第二字当为平声，应同毛本原刻作"敧眠断梦"。

同卷第13页，方千里《惜余春慢·柳洒鹅黄》词牌下墨批："《花庵》题云《春昼》"；眉端墨批："《花庵》第一首。毛本《过秦楼》。"又，"花鬓雾，毛本同。《花》红"。谓此阕为宋黄昇《花庵词选》所选千里和词之第一首，有小题"春昼"，而在毛本中此阕词牌作《过秦楼》，其中"蜂须雾湿"一句，《花庵》与毛本均作"蜂鬓雾湿"；"似飞花万点"句，《花庵》作"飞红万点"。

第5卷第12页，杨泽民《解蹀躞·一掬金莲微步》之"余甘辛味回苦"，"辛味"旁批"卒难"，眉端批"清真'满怀'，上平"。谓据清真原作声律，此句应作"余甘卒难回苦"。

第6卷第2页，杨泽民《塞翁吟·院宇临池水》之"年年对赏，朝朝披玩，丽质香风"，朱笔抹去"丽质"，于"年年对赏"下增"美质"二字，成"年年对赏美质，朝朝披玩香风"，又，眉端墨批："一本与王本同。"按《诗余》即与王本相同，若以清真原作及方、陈二家和词对照，则应以王本为是。

第7卷第7页，陈允平《秋蕊香》之"晚酌宜城酒软。暖玉潮红娇面"，眉端墨批"《绝妙》《诗余》作'酒暖，玉软嫩红潮面'"，又在正文中以小字一一改正，末端朱批"秦酒暖玉软。秦娇面"，《绝妙》指《绝妙好词》，"秦"指秦恩复刊本《日湖渔唱》。又，"不识愁深恨浅"墨笔改"愁深愁浅"。

同页陈允平《月中行·鬓云斜插映山红》之"花下扑飞虫"，"花下"

朱笔改"意欲";"纤手自引金钟","纤手"墨笔改"纤纤手";"愁在落红中","落红"朱笔改"落花"。

第8卷第3页，陈允平《满江红》一阕校异尤多，王本所刻为：

目断烟江，相思字、难频雁足。从别后、翠眉慵妩，素腰如束。困倚牙床春睡懒，钏金斜映香腮肉。昼渐长、谁与对文枰，翻新局。　　频暗把，归期卜。芳草暗，阑干曲。谢多情海燕，伴愁华屋。明月自圆双蝶梦，彩云难驻孤鸾宿。任画帘、不卷玉钩闲，扬花扑。

劳权校后全词如下：

目断江横，相思字、难凭雁足。从别后、倦歌慵绣，悄无拘束。烟柳翠迷星眼恨，露桃红沁霞腮肉。傍琐窗、终日对文枰，翻新局。　　频暗把，归期卜。芳草恨，西厢曲。谢多情海燕，伴愁华屋。明月自圆双蝶梦，彩云空伴孤鸾宿。任画帘、不卷玉钩闲，扬花扑。

又，本页末端批"秦本刊此"，按王本所收陈允平和词虽尽由秦本录出，此阕却独依《绝妙好词》，与秦本面目大相径庭。周密与陈允平同时，其所见或许更近事实，然朱孝臧刊《西麓继周集》时此词从秦本而未出校记，不知是何考虑。

综合上述校异并据各册卷末劳权校跋可知，其校方千里和词，主要是以毛本原刻及《花庵词选》《绝妙好词》《御选历代诗余》《词综》比勘，并对照清真原作声律作为参考；而校杨、陈二家，则别用吴兴丁葆书家藏旧抄本杨泽民《和清真词》（疑即傅增湘校赵氏小山堂抄本和迟云楼抄本）及新城罗镜泉传抄曝书亭本《西麓继周集》，此二本均未见著录，劳跋有补白之功。

（3）补遗。

第7卷第5页，陈允平《丑奴儿·岁寒时节千林表》之前朱笔补《玉团儿》词牌名，眉端批："毛本云《清真集》不载。"按清真《玉团儿·铅华淡伫新妆束》一词，毛本于词牌下注云"《清真集》不载"，后世或疑是伪作，然允平和词中有此阕存目，尽管全词已佚，也可证明清真确有

《玉团儿》一词，故劳权有意补上此阕词牌，以示提醒。

同卷卷末，朱笔补陈允平《过秦楼》一阕：

倦听蛮砧，初抛纨扇，隔浦乱钟催晚。湘蒲簟冷，楚竹帘稀，窗下乍闻裁剪。倦柳梳烟，枯莲蘸水，芙蓉翠深红浅。对半床灯火，虚堂凄寂，近书思遍。　　夜漏永、玉宇尘收，银河光烂。梦断楚天空远。婆娑月树，缥缈仙香，身在广寒宫殿。无奈离愁乱织，藉酒销磨，倩花排遣。渐江空霜晓，黄芦漠漠，一声来雁。

词牌下注："此词周美成元无此韵，多此一首"，末端朱笔批"秦《选冠子》"，意谓秦本此阕词牌作《选冠子》。

第 8 卷第 1 页，《芳草渡》眉端朱文补陈允平和清真《相思琴调引》一阕：

金谷园林锦绣香。踏青挑菜又相将。凤台人远，离思入三湘。　　花著雨添红粉重，柳随风曳碧丝长。薄情莺燕，春去怎商量。

"莺燕"墨笔改"鸾燕"。

按方、杨二家和作比陈允平少三十余阕，此二阕便在其中，当是三家所见清真词集不同。这里值得注意的是，通行抄本《西麓继周集》俱存陈允平和作一百二十三首，独王本脱此二阕，其中《相思琴调引》或是无心之失，然《过秦楼》则泰半是有意忽略，盖允平《过秦楼》有二，其《翠约蘋香》一阕可以明确为和清真之作，而此阕则不见清真原韵，正因如此，王迪不以和清真词视之，弃而不录。然而，为何劳权执意要与《相思琴调引》一同补于此处呢？笔者以为，考虑到各本《西麓继周集》中均将两阕《过秦楼》并列的情形，此阕也极有可能的确是和清真之作，只是清真原词已不复存在了；劳权虽明言清真无此韵却仍然补上此词，一则是欲遵从旧本本原貌，一则也很可能是由于上述猜测，故有录此存疑，以俟后人访寻清真原作之用意。

（4）批注。

吉庵居士总序略叙编辑始末云："清真词者，宋钱塘周美成所著，同时三衢方千里、乐安杨泽民依韵和之，合为《三英集》行世。"眉端墨批："此本《古今词话》，据《历代诗余》百十六引，再查。"又于"依韵"间补"全"字，于"合为《三英集》"前补"或"字，遂复《诗余》卷116引《古今词话》原文。

总目之《宋钱塘周邦彦清真词二卷》眉端墨批："此据毛本用小词乐断目抄出，不尽从毛原目。"《宋三衢方千里和清真词二卷》眉端墨批："方、杨次第皆同，杨少《垂丝钓》一阕，故较方少一阕耳。"《宋四明陈允平和清真词二卷》眉端墨批："与方、杨与据原词不同，多三十阕。"

第3卷卷首眉端墨笔叙各选本收录千里和词情况云："《齐天（乐）》《塞垣（春）》《丑奴（儿）》《迎春乐》二首，《词综》选四首；《花庵》选《过秦楼》《风流子》《诉衷情》三阕。"

同卷第4页，方千里《一落索·心抵江莲长苦》眉端墨批："《诗余》误作杨泽民。"

第4卷第1页，方千里《塞翁吟·暮色催更鼓》眉端墨批："赵闻礼《阳春白雪》评云：'千里《和清真词》一集可取者仅此耳。'"

同卷第2页，方千里《满江红·为忆仙姿》之"时畏玩，回纹曲"，旁批："当依《西平乐》改'文'。"意谓此句与千里《西平乐》之"空怨忆、吹箫韵曲，旋锦回文"同一枢机，当自后句稍加点窜而来，故可据之改"纹"为"文"。

同卷卷末王迪跋语云："千里事迹更不可考，仅知为吾浙三衢人，其词之传亦云幸矣。"眉端墨批："《宋诗纪事》四十二，方千里，舒州签判，《题真源宫》，《宋艺圃集》。"

第5卷卷首眉端墨笔叙选本收泽民和词云："查《词综》选卅二，《补人》选《满庭芳》一阕。"

同卷第11页，杨泽民《荔枝香·未论离亭话别》眉端墨批："《诗余》误陈允平。"

第6卷卷末朱笔注"《和清真词》终"，眉端墨批云："《词综·发凡》作《续和清真词》一卷，右下似无'续'字。"又，劳权朱文所书跋语云：

泽民即续方千里而作，词调举同，唯少《垂丝钓》一阕，容脱去耳。赵立之于方词颇致不满，而杨又非其从矣。竹垞亦但选其《满庭芳》一

词，余则仅有佳句可拈尔。竹垞得之在后，入选《补人》。（眉端书）泽民
事实俟考，略见《兰蕙芳引》序中。

第 7 卷第 15 页，陈允平《荔枝香近·脸霞香销粉薄》眉端批："《诗
余》误杨泽民。"按《诗余》卷 47 此阕作《荔枝香近》，误将杨、陈二家
和作互置。

第 8 卷陈允平《拜星月慢》《水龙吟》《绮寮怨》三阕均加眉批云：
"《诗余》不注和词。"

同卷卷末原题"清真倡和集第八卷"，下注："王吉甫寄赠托陶乐园致
到。"旁批："吉甫用秦本改易，秦所据选未暇一一校也。"又注"《西麓
继周集》终"，下批云：

> 共百廿八阕，内五阕有调无词，江都秦氏刊《日湖渔唱》，原有补遗
> 二十二阕，秦又续七十六首，并继周集词，唯旧补有《垂杨》一首，续补
> 《瑞鹤仙·燕归帘半卷》一首，此集所无，乃《日唱》逸词也。

此段跋语眉端又将秦刊本《日湖渔唱》较此集多出的十七首并其次序
一一注出，此不赘录。另，因王本词目编次纷乱，每首词俱于书页末端注
明方、杨、陈三家有无和词及各家和词在其原集中的次序如何，但凡入选
《诗余》之词也都于词牌附近或眉端注明此词在《诗余》中的次序。概括
起来，批注所特加重视之处，除恢复通行本原貌，即为和清真词的作者情
况与流传情况，而尤以后者为重。其最典型的表现，便是不厌其烦地补注
三家和词入选著名选本的情形，包括选本编者的评价，却忽略了历代词话
中涉及三家和词的言论。

不言而喻，劳氏兄弟的校跋是其词学观念的自然流露，也直观地表明
了他们对三家和词价值的认识：对字词的勘正是斠律的前提，就三家和清
真词这一个案而言，精勘字词以便斠律的研究方式，不仅是乾嘉以来考据
之风延及词界的表现，亦是对三家和词之于清真词律的参照价值有所认知
的结果；对于词选而非词话异常重视的态度，则反映了有清一代词选频
出、词学批评形式日益多样化的学术背景。而吴昌绶对劳氏兄弟的推崇与
关注，除认为其所造已臻绝异，应当也是伴随着清季词学兴盛而日益强化

的乡邦情结使然，诚如其所言："昌绶自少喜为校订之学，比岁复专意尽探宋金元词人别集，与劳君兄弟辱同志，又同里，恨生差晚，不获奉手请益，循览遗著，有余慕焉。"①

6.《彊村丛书》本《西麓继周集》

朱孝臧校刊《彊村丛书》本收入允平《日湖渔唱》《西麓继周集》各一卷，后者用劳权传录新城罗氏抄本为底本，以何梦华抄本和结一庐抄本对校，对秦刊本《补遗》《续补遗》亦有所参照。据彊村原跋，校对此本时在民国五年（1916），民国六年（1917）初刻本有校无记，民国十一年（1922）三次校补印行本附朱孝臧撰校记一卷。有《四明丛书》覆刊本，收入《丛书集成续编》。

彊村以词学大家刊成此本，精审自不待言，而校勘之外，其所撰跋语亦多有发明，最值得关注的，便是明确分析了《西麓继周集》乃至方、杨二家和词之于清真原作研究的重要参考价值：

> 集中次序与汲古阁刻《片玉词》粗合，惟多在上下卷之前半，亦有同调而未尽和者。窃意当时周词原有此本，后经强焕增辑，故较衡仲所和有溢出者。然衡仲所见，亦非善本，观于《荔枝香》《拜星月》《满路花》《西平乐》诸词可见也。……方、杨所据同为周词分类本，此与迥异，然足以见美成旧本面目，亦可贵已。②

这段话首次作出了方、杨二家与允平所见清真原本不同的判断，并对其各自所见之本的情况有所推测，在清真词版本源流的研究方面无疑有启发后学之效。此外，跋语对允平和词的流传情况亦有所关注，如评价秦本为"颇有臆改，不足深据"，又由《诗余》采录允平和词九十余首的情况，推断康熙时应当已见《西麓继周集》，而丁丙在《善本书室藏书志》中所下乾隆前罕见此集的论断未必可信。但实际上，在朱氏此本刊出前，《西麓继周集》确属世所罕见，不仅常人难以寓目，即便藏书大家也不免与其

---

① 劳经原、劳权、劳格撰，吴昌绶辑：《劳氏碎金》，国家图书馆编：《国家图书馆藏古籍题跋丛刊》第 10 册，北京：北京图书馆出版社 2002 年版。

② 朱孝臧辑校：《彊村丛书》，上海：上海书店、江苏广陵古籍刻印社 1989 年版，第 1226 页。

无缘，如朱彝尊选《词综》时遍搜历代词集却未睹此书，阮元进呈四库未收书时此书亦不在其中。直至《彊村丛书》本刊出，允平和词才真正以单行本的形式得到了词学界的关注，并得以完整收入《全宋词》，成为今人熟知的词学文献。

7. 郑文焯校本杨泽民《和清真词》

笔者所见郑文焯校本为民国朱印本，十一行二十一字，黑口双鱼尾，左右双边。共二十四页，附郑文焯校记一卷六页。其所据底本为江标刊本，以长沙张刻本对校。有海丰吴氏《山左人词》刻本①。

郑文焯校和清真词的特点主要有三：第一，朱孝臧校和清真词采取以别本对勘的常用校雠办法，其《西麓继周集》跋语表明了三家和词之于清真原作研究的价值，然毕竟较为简略，且只停留在版本源流领域；而郑文焯校和清真词则在参照别本的基础上，有意识地将之与清真原作及另两家和词详加对比，从而更为深入具体地揭示了由三家和词还原清真面目的途径。第二，《总目》之千里《和清真词》提要首先揭示了梦窗词在词律方面步武清真的校雠学价值，并引之为判断清真词及和清真词传刻正误的可信依据："若《六丑》之分段，以'人间春寂'句属前半阕之末，周词刊本亦同。然证以吴文英此调，当为过变之起句，则两集传刻俱伪也。"② 郑校继承并进一步深化了这一思路。第三，郑校的内容并不限于对泽民和词本身的勘证，更由此延伸出了词调、声律、版本传刻等更具普遍性意义的词学研究话题。试各举例胪列如次：

（1）以清真原作、另二家和词及梦窗词律对勘。

《风流子》："觞"字韵不误，清真作"愁近清觞"，陈西麓亦和"觞"字韵，足订别本作"商"之误。

《还京乐》："小"字误。清真作"应恨墨盈笺，愁妆照水"，此字宜平。按清真"翼"字句非韵，故方、陈并不和，但是句律宜用入声字"煞"。梦窗是调亦用"翼"字，可证其词并非次清真韵也。

---

① 全国公共图书馆古籍文献编委会编：《历代词人考略》，北京：全国图书馆文献缩微复制中心 2003 年版，第 776 页。

② 永瑢等撰：《四库全书总目》卷 198《和清真词》，北京：中华书局 1965 年版，第 1811 – 1812 页。

《西平乐》此和"沙"字韵失律，按清真原作"遮"字韵。下二句字数、句法是对举，例云"叹事逐孤鸿去尽，身与塘蒲共晚，争知向此征途，伫立尘沙"。梦窗词从同。

（2）据三家和词探原清真原作。

《荔枝香》："香"下宜据宋谱增"近"字。汲古本谓《片玉集》此词下阕结句作"如今谁念凄楚"，今考方千里、陈西麓及此本并和"炬"字韵，可证宋本原作"共翦西窗蜜炬"。

《扫花游》：元巾箱本《清真词》"一叶"句作四字。《草堂诗余》有"想"字，是也。今证此本和作亦作五字，可订元本之伪。"夺"，戈选宋七家本作"问"字，乃以意增者，未足为异证也。

《解连环》：按千里和此调下阕"角"韵下一句作六字，《花庵词选》多一"漫"字，《阳春白雪集》从同此，亦作七字句，足定清真本律，证诸梦窗词亦七字，方和盖误夺一字耳。

《四园竹》：按清真原作"里"字韵，云"秋意浓，闲伫立、庭柯影里"，方和作"银漏声，那更杂、疏疏雨里"，是可证周词"秋意浓"三字为句读。此作则为四字句，非是。陈允平亦同此误。

（3）对词律的研究。

《法曲献仙音》此唐之《法曲》旧谱，遗传唯《献仙音》一曲，故以"法曲"冠首，宋王灼、沈括著录至为郑重，二君皆知乐者。余尝究心于此曲，审知词谱入声律綦严，因取周、吴、史、姜四家词合校，益深信前言不谬。如是曲起句第二字与次句第四字、三句第二字、四五对句与起处同，并宜守入声字律。两宋名家林立，而能不倜此律者，只前所述四家耳。清真、梦窗尤精密可法，凡赋《献仙音》数首，无一阕不同。此律之细密者，世士知之盖寡，即宋人和周词且鲜能合拍者，亦难言之矣！此作结句"怎久"，据张刻作"恁久"是。

（4）清真词及其和作版本的传刻。

又此《荔枝香近》第二，清真原本有脱误，已详余校宋本。但方千里、陈允平和作并如此，可知沿误已久，刻清真词从无一精审详校者。今据元巾箱本此阕上末句"始觉惊鸿去云远"句，视诸刻本多一"云"字，因悟与前一首音谱无异。证以杨和此词，亦作七字，而空其一，此犹是原本之遗空字者，疑是后人见此与清真脱误本不合，遂删去。今存之，犹足证旧谱之一格耳。此刻又并"空"字，而去之益谬。

《蕙兰芳引》：长沙张刻起句作"池亭小，帘幕初下"，句调尤谬。按清真原句作"寒莹晚空，点清镜、断霞孤鹜"，与梦窗是调起句云"空翠染云，楚山迥、故人南北"同例。此本不误。张刻实从彭文勤所藏毛抄本传写耳。

《解语花》：清真词过片处次句作"望千门如昼"，此和忽多"画"字韵，便不协律。疑泽民当时所见本或"昼"字误作"画"，遂以为夹协，率尔次韵。又"喜游"当作"嬉游"，据张刻改订。

《解蹀躞》：按张刻"押出门时"句上是"待"字，又空阙一字，此本有"得"字，无"待"字。盖本作"待得"二字，两本各得其一，恰合成一句耳。

校雠一事，原非明于字学声韵者不能为，而校正词集尤然。郑文焯是与朱孝臧并肩的近代词学大家，其所校泽民和词的可信程度恐为别本望所不及，前举数例足堪明之。遗憾的是，泽民《和清真词》一集收入《全宋词》时，仅采用了傅增湘校本，却忽略了郑校的成果。许多郑校已经辨明的字句声律之错漏，在《全宋词》中仍未得到纠正，如《解蹀躞》仍作"待□押出门时"，并未据郑校补"得"字；又如《渔家傲·再过兴国》之"尊前巾帽时欹仄"句，亦未从郑校据清真原作"长歌屡劝金杯侧"改为"欹侧"等，此不一一枚举。当然，郑校的成果也并非全然湮没不传，其校语所揭示的依据三家和词乃至在词律方面奉祀清真的梦窗、梅溪等南宋词家来研究清真词的可能性，便已为后人吸取并转化为研究成果，如杨易霖《周词订律》即是通过取三家和词一一汇校的方式，在探明周词声律之原貌方面取得了突破性进益。此外，郑文焯本人数校清真及其和词别集之余亦有和清真词二十余首，并与王鹏运、朱孝臧、陈锐诸名家以和清真词唱答，更曾与吴社诸子连句和清真，自谓"歌弦醉墨，陵轹一时，其豪逸不逊陈允平、方千里、杨泽民辈也"①。凡此种种，均可见其倾慕清真之深。

第三节　三家和词的价值与特色

一、研究清真词律的可信参照

清真词在规范词律方面的作用向来为后人乐道，而三家和词正是在声律一道上奉祀清真的典型代表。所谓"方千里和词，一一按谱填腔，不敢稍失尺寸"②，同样的评价也可移用于杨、陈二家。正因如此，三家和词在历代论者心中向来便是研究清真词律的可信参照。在深入探讨这一点之前，不妨先分析一下三家创作和词的词学背景。

词体本色论由李清照《词论》扬波于前，南宋词家推澜于后，重在强调词为倚声而作，声须协律方能合乐而歌，故严守音律始为词之本色。自调谐平仄发展到细剖四声，是词体字声嬗变不可逆转的总体趋势。然由北入南之后，与守律日严的词学理论相对应的，却是词调渐衰的现实。故此，杨缵《作词五要》在强调词律的同时也感叹道："自古作词，能依句者已少，依谱用字者，百无一二。词若歌韵不协，奚取焉？"③ 沈义父《乐府指迷》论词之择腔时亦云："古曲谱多有异同，至一腔有两三字多少者，或句法长短不等者，盖被教师改换。亦有嘌唱一家，多添了字。吾辈只当以古雅为主，如有嘌唱之腔不必作。"④ 由是观之，在南宋词坛，仅有少数

---

① 见郑文焯：《瘦碧词》卷 2《大酺·序》，《大鹤山房全书》，光绪三十年 (1904) 苏州周氏藏刊本。

② 永瑢等撰：《四库全书总目》卷 198《片玉词》，北京：中华书局 1965 年版，第 1811 页。

③ 杨缵：《杨守斋作词五要》，唐圭璋编：《词话丛编》，北京：中华书局 1996 年版，第 268 页。

④ 沈义父：《乐府指迷》，唐圭璋编：《词话丛编》，北京：中华书局 1996 年版，第 283 页。

知音识曲者能够按宫制谱，并视旋律变化协音遣字；而寻常作者多不通宫调，只能依谱填词，以免言顺律舛之失。在这样的词学背景下，作为精于音律、谨守四声的典范，清真词便自然而然被南宋的词学理论家择成了圭臬：杨缵编撰《圈法周美成词》一书标举清真词，沈义父直言作词"必以清真及诸家目前好腔为先可也"。杨缵词学传于张炎、周密，而沈义父的论词以清真为宗则承之于吴文英。清真词法广被南宋声家，已是词学批评史上不争的事实。并且，这不仅是词学理论层面的风潮所向，也是诸多词家在创作中的自觉选择，方、杨、陈三家即是代表，恰如《总目》所云："邦彦妙解声律，为词家之冠，所制诸调，不独音之平仄宜遵，即仄中上、去、入三音亦不容相混，所谓分寸节度，深契微芒，故千里和词，字字奉为标准。"① 三家之外，卢炳、杨无咎、赵必瑑、蒋捷、周密、王沂孙、袁去华、吴潜等皆有和清真词行世，梦窗集中凡与清真同调者均句律不违，凡此种种，皆表明南宋词人"群视周词四声为金科玉律"②。

　　简言之，清真词超群的审音用字之能，是其为南宋词坛所重的主要动因，也是包括三家在内的一干追和者取法的主要方面。毋庸讳言，就创作而言，将清真词视同词谱、字字遵从的弊端是显而易见的。即如吴熊和《唐宋词通论》所论，清真词本身严中有宽，而三家和词"不问是否乐律所需，一一按周词四声死守盲填，这就违反了审音用字的本来目的了"③。不过，对于清真词本身的研究而言，此类和词的弊病恰有其可贵之处：正如《总目》所指出的，千里和词"一一按谱填腔，不敢稍失尺寸"，故能与清真原作对校以勘正流传舛误，例如："其字句互异者，如《荔枝香》第二调前阕'是处池馆春遍'，周词作'但怪灯偏帘卷'。不惟音异……"④《片玉词》提要也以千里和词作为参照进行校正，可视为更详尽的范例：

　　① 永瑢等撰：《四库全书总目》卷198《和清真词》，北京：中华书局1965年版，第1811－1812页。

　　② 蔡嵩云：《柯亭词论》，唐圭璋编：《词话丛编》，北京：中华书局1996年版，第4900页。

　　③ 吴熊和：《唐宋词通论》，杭州：浙江古籍出版社1989年版，第70页。

　　④ 永瑢等撰：《四库全书总目》卷198《和清真词》，北京：中华书局1965年版，第1811－1812页。

　　今以两集互校，如《隔浦莲近拍》"金丸惊落飞鸟"句，毛本注云："按谱，此处宜三字二句"。然千里词作"夷犹终日鱼鸟"，则周词本是"金丸落惊飞鸟"，非三字二句。又《荔枝香近》"两两相依燕新乳"句，止七字。千里词作"深涧斗泻飞泉洒甘乳"句，凡九字。观柳永、吴文英二集，此调亦俱作九字句，不得谓千里为误，则此句尚脱二字。又《玲珑四犯》"细念想梦魂飞乱"句七字。毛本因旧谱误脱"细"字，遂注曰："按谱，宜是六言。"不知千里词正作"顾鬓影、翠云零乱"七字，则此句"细"字非衍文。又《西平乐》"争知向此征途，区区伫立尘沙"二句，共十二字，千里和云"流年迅景，霜风败苇惊沙"，止十字。则此句实误衍二字。至于《兰陵王》尾句"似梦里、泪暗滴"，六仄字成句。观史达祖此句作"欲下处、似认得"，亦止用六仄字，可以互证。毛本乃于"梦"字下增一"魂"字，作七字句，尤为舛误。今并厘正之。①

　　自《总目》首倡之后，以和词校正清真原作的研究方法不唯得到了朱孝臧、郑文焯等词学大家的重视，亦零星散见于晚清各家词话之中，如丁绍仪论《词律》脱字云："至周美成《荔枝香近》云'香泽方熏'，本只四字，柳东大令谓脱'遍'字是韵。考方千里、杨泽民、陈允平和词，均无叶遍字韵者，所言亦殊未确。"②

　　除勘正清真词本身传刻中的舛误，三家和词的另一重要参考价值，便是有助于后人具体了解清真词的审音用字之法。如杜文澜《憩园词话》引千里和词作为依据，论戈载和清真《兰陵王》一调第六句未能协其暗藏短韵；《古今词话》载《古今词谱》谓《红林檎近》调始于清真，并论其句法云："方千里和之，结句则云'岁华休作容易看'。句法当以结句之第六字为仄字"③；又如近人杨易霖所撰《周词订律》亦取三家和词汇校四声，以推求其持律宽严、阴阳相济之原貌。

──────────

　　①　永瑢等撰：《四库全书总目》卷198《片玉词》，北京：中华书局1965年版，第1811页。

　　②　丁绍仪：《听秋声馆词话》，唐圭璋编：《词话丛编》，北京：中华书局1996年版，第2758页。

　　③　沈雄：《古今词话》，唐圭璋编：《词话丛编》，北京：中华书局1996年版，第935页。

不过，随着声律之学的日渐式微，三家和词在清真词律研究方面的价值对于今人而言已经失去吸引力，其艺术特色相应地成了唯一的评价标准，而这一点向来被视为和韵之作的软肋。邹祗谟谈"词不宜和韵"的一段话，殆可代表一般论者的看法：

> 张玉田谓词不宜和韵，盖词语句参错，复格以成韵，支分驱染，欲合得离。能如李长沙所谓善用韵者，虽和犹如自作，乃为妙协。近则龚中丞《绮忏》诸集，半用宋韵。阮亭称其与和杜诸作，同为天才，不可学。其余名手，多喜为此，如和坡公杨花诸阕，各出新意，篇篇可诵。但不可如方千里之和《片玉》，张杞之和《花间》，首首强叶，纵极意求肖，能如新丰鸡犬，尽得故处乎？①

此言殆可代表一般看法，即和韵不可强叶，而需"犹如自作"或"各出新意"，方为佳构。那么，首首强叶、字字不违的三家之作，是否就全然不符合这一艺术标准了呢？笔者认为，倘能取三家之作细细玩味，便可发现其取径清真之处实非仅限于声律一道，而是包括了品格风骨、用字运典、章法结构等诸多方面，并各有艺术特色。

二、三家和词的艺术特色

如前节所述，在声律一道之外，艺术特色向来被视为和韵之作的软肋。

1. 方千里和清真：严守四声，亦趋亦步

千里词因有三首选入《中兴以来绝妙词选》，在和清真词中首先得到世人关注。其《过秦楼·柳洒鹅黄》一首，即被元人陆辅之拈出"翠深香远"四字为"词眼"之模范。② 后又因入选《词综》，并赖毛氏刻本流传

---

① 邹祗谟：《远志斋词衷》，唐圭璋编：《词话丛编》，北京：中华书局1996年版，第652页。

② 陆辅之：《词旨》，唐圭璋编：《词话丛编》，北京：中华书局1996年版，第338页。

之便，引起更多清人的议论。刘体仁云："千里遍和美成词，非不甚工，总是堆炼法，不动宕。"① 冯煦又云："千里和清真，亦趋亦步，可谓谨严。然貌合神离，且有袭迹，非真清真也，其胜处则近屯田。"② 贺裳将千里词誉为"王武子琉璃匕内豚味"③。沈雄亦云："方千里词见汲古阁新刻六十家，《过秦楼》《风流子》是和词之出一头地者。"④ 又，《历代词人考略》云："千里词如花庵所选《过秦楼·柳洒鹅黄》阕，《词综》所选《塞垣春·四远天垂野》阕，并近清真风格。"⑤ 可见，历代持论者对千里和词的整体评价莫衷一是，但达成一致的是：在众多和词中，千里之作摹清真最肖，守四声最严，其中又以黄昇与朱彝尊所选诸阕堪为典范。则其词究竟如何，还请以《过秦楼》为例细审之：

　　柳洒鹅黄，草揉螺黛，院落雨痕才断。蜂须雾湿，燕嘴泥融，陌上细风频扇。多少艳景关心，长苦春光，疾如飞箭。对东风、忍负西园清赏，翠深香远。　　空暗忆、醉走铜驼，闲敲金镫，倦迹素衣尘染。因花瘦觉，为酒情钟，绿鬓几番催变。何况逢迎向人，眉黛供愁，娇波回倩。料相思此际，浓似飞红万点。

　　开篇细写雨洗风梳的初春艳景，却并非眼见，而是追思。春光将尽，清赏不再，才是悔之晚矣的现实。"翠深香远"四字引出多少惆怅。于是感慨陡生，过片以"空"字引入追忆：也曾春衫胜雪，终难免风霜侵染；也曾游遍芳丛，现如今华颜暗与流年换。然所恨不仅如此，"何况"而下才见全篇重点：原来词人辜负的既是春光，也是春心；追思的既是当时年少，也是旧欢如梦。到此吐出末句，入骨深情，殷然在目。全篇以微吟软

---

　　① 刘体仁：《七颂堂词绎》，唐圭璋编：《词话丛编》，北京：中华书局 1996 年版，第 620 页。

　　② 冯煦著，顾学颉校点：《蒿庵论词》，北京：人民文学出版社 1959 年版，第 63 页。

　　③ 贺裳：《皱水轩词筌》，唐圭璋编：《词话丛编》，北京：中华书局 1996 年版，第 705 页。

　　④ 沈雄：《古今词话·词评》，唐圭璋编：《词话丛编》，北京：中华书局 1996 年版，第 1007 页。

　　⑤ 全国公共图书馆古籍文献编委会编：《历代词人考略》，北京：全国图书馆文献缩微复制中心 2003 年版，第 773 页。

语起调，以虚实往复成章，以快然直吐作结，笔笔烘染出深情一片，沉郁中不失柔厚，正是典型的清真风格。而将惜春暮、思远人、叹华年合为一个主题，也最为清真所长。谓此词为和清真词中之"出一头地者"，的是知言。长调之外，千里小令亦颇见清真余绪，如《少年游》云：

东风无力扬轻丝。芳草雨余姿。浅绿还池，轻黄归柳，老去愿春迟。栏干凭暖慵回首，闲把小花枝。怯酒情怀，恼人天气，消瘦有谁知。

此词与前调同样是以由景入情之格写伤春，但韵致迥然有别。前调犹有痛快劲简的情感表达，此词则措语和婉、气韵穆雅，唯余淡淡轻愁和更为深沉的人生感慨。前调是人到中年之时将与青春、爱情作别，"不道离愁正苦"；此词则是年岁迟暮之际已然别无可恨，凡百都空，只是"每到春来，惆怅还依旧"。其"老去愿春迟"一句尤为警策，而全篇情味颇类清真中年以后之作。

此外，《诉衷情》起句"一钩新月淡于霜，杨柳渐分行"被《历代词人考略》誉为"得淡月之神"；《风流子》歇拍"争表为郎憔悴，相见方知"则被评为"作质朴语，亦刻意学清真处"①。他如《一落索·月影娟娟明秀》《扫花游·野亭话别》《塞翁吟·暮色催更鼓》等词亦各有所长。《蝶恋花》咏柳数阕则颇类清真小令中清丽可人、雅俗共赏之作，如"万缕筛金新月透。入夜柔情，还胜朝来秀"，"桄雾梳烟晴色透。照影回风，一段嫣然秀"等，均为咏柳妙句。无论如何，千里一集中堪称佳构者不下十余阕，其艺术成就若与清真本人相较固不足论，但置之南宋一般词人中亦可以无愧矣。

2. 杨泽民和清真：情志相投，心慕手追

毛晋跋方千里《和清真词》云："花庵词客止选千里《过秦楼》《风流子》《诉衷情》三阕，而泽民不载，岂杨劣于方耶？"② 丁丙认为毛晋是

①　全国公共图书馆古籍文献编委会编：《历代词人考略》，北京：全国图书馆文献缩微复制中心2003年版，第773页。

②　方千里：《和清真词》，《文渊阁四库全书》本。

因未见泽民词集，故出此论。① 而胡玉缙为之辩曰："殊弗思晋有泽民书，故欲得三种合刻，其意王（方）、杨初无优劣，深怪《花庵词选》之遗杨，非未见原本也。今观其词，清蔚虽远逊原作，而浏亮实不减千里，可称绛树两歌、黄华二牍。"② 确实，方、杨二家相较，若以得几分清真神韵来衡量，泽民自在千里之下；但若以是否"我手写我口"作为评价标准，则千里犹须让泽民出一头地。饶宗颐评说云："泽民和词，较有个性表现，非如方词止是依样葫芦也。"③ 确实首首和韵的创作方式无异于戴枷起舞，动辄受掣，而泽民和词偏能独具风采，其最鲜明的特色正是"虽和犹如自作"。不难体会，泽民的创作态度是十分严肃真挚的。九十二首和词无一游辞戏语，全是直抒胸臆，试于其中寻一语论其词品，则"竞素朴、都没浮华"④ 或可近之。是故，玩赏此集时，读者将为其真挚所动，专注于摹想泽民其人之音容笑貌、平生经历、所思所感，而相对忽略其是否肖似清真。如《西平乐》一词，就艺术技巧而言并非泽民集中最臻纯熟者，却不啻为其内心世界极为真切的写照：

圃韭畦蔬，嫩鸡野腊，邻酤稚子能赊。罗幕新裁，画楼高耸，松梧柳竹交遮。应便作归休计去，高揖渊明，下视林逋，到此如何，又走风沙。都为啼号累我，思量事、未遂即咨嗟。　　连年奔逐，旁州外邑，舟楫轻扬，鞭□倾斜。仍冒触、烟岚邃险，风雪纵横，每值初寒在路，炎暑登车，空向长途度岁华。消减少年，英豪气宇，潇洒襟怀，似此施为，纵解封侯，宁如便早还家。

因仕途失意而欲寄情山水的历代词作数不胜数，基于这种情绪而诞生的名篇佳作也不胜枚举，如张志和《渔父》之优美出尘、朱敦儒《鹧鸪

---

① 丁丙：《善本书室藏书志》卷 40，《续修四库全书》编纂委员会编：《续修四库全书》第 927 册，上海：上海古籍出版社 2002 年版，第 672 页。

② 胡玉缙：《和清真词提要》，胡玉缙撰，吴格整理：《续四库提要三种》，上海：上海书店出版社 2002 年版，第 383 页。

③ 饶宗颐：《词集考·唐五代宋金元编》，北京：中华书局 1992 年版，第 181 页。

④ 杨泽民：《渡江云》，唐圭璋编：《全宋词》，北京：中华书局 1965 年版，第 3000 页。

天》之激越疏狂、清真《满庭芳》之沉郁顿挫、苏轼《定风波》之忠笃旷达，皆是世人在创作这类题材时常常效法的经典风格。而这首《西平乐》，不客气地说，简直没有多少写作技巧可言：起六句描绘神往而无法实现的理想生活，以下全是大吐苦水，纵笔到底方转回一句呼应开头，与清真长调变幻多端的章法、思沉力厚的风格毫不相似——然不可否认的是，虽无长调应有的蕴藉姿态，这番拙笔直说却自能感人。一气转注之下，区区寒儒的抑郁困厄跃然眼前，竟有清真《玉楼春》一阕似拙实工、情不能已之妙。似此之类，在泽民一集中几居其半。盖其一生微官系缚、尘事相萦，平日里"案牍纷纭，夜深犹看两三卷"，长年是"平川回棹未久，简书还授命，又催程限"①，虽早有"不如归去，任儿辈、功名遂成"的愿望，却不免为家计所累，到老来还需"折腰升斗""扶病奔驰外邑"。② 无力改变现实之余，唯有将这风埃世路、冷暖人情、客里凄清皆打入笔下，以一首首格外真切凄楚的羁旅怀人之词来寄托情思。工拙不论，所贵肝胆真也。不过，同样是传达"不愿封侯，只怕为羁旅"③ 的志趣，其《满庭芳》一词又别有一种情味，词云：

> 春过园林，雨余池沼，嫩荷点点青圆。昼长人静，芳树欲生烟。一径幽通邃竹，松风漱、石齿溅溅。平生志，功名未就，先觅五湖船。 不如，归去好，良田二顷，茅舍三椽。任高歌月下，痛饮花前。果解忘情寄意，又何在、琴抚无弦？烟波客，扁舟过我，相伴白鸥眠。

前调虽然可存，到底情胜于辞，此词则有情辞兼胜之美，且明显有学习清真的痕迹："雨余池沼，嫩荷点点青圆"径从"叶上初阳干宿雨。水

---

① 杨泽民：《齐天乐·临江道中》，唐圭璋编：《全宋词》，北京：中华书局 1965 年版，第 3009 页。

② 杨泽民：《六么令》，唐圭璋编：《全宋词》，北京：中华书局 1965 年版，第 3012 页。

③ 杨泽民：《苏幕遮》，唐圭璋编：《全宋词》，北京：中华书局 1965 年版，第 3007 页。

面清圆，——风荷举"① 化来，结构也与清真原作《满庭芳·风老莺雏》
完全相同，先景后情，以赋笔铺叙成章，就连写景也与原作一样择取了夏
日风物为吟咏对象。不过，此词的客观艺术效果却仍然与清真原作的气质
相去甚远，并无回肠九曲、幽抑沉雄之感，却有几分"世路如今已惯，此
心到处悠然"的澹雅与通脱。不再强调人生之种种不得已、不如意，只将
理想静静说出，至于能否实现，已不复芥蒂于胸。"果解忘情寄意，又何
在、琴抚无弦"一句，道出全词主旨。《词综》仅录此一首，或默许其为
泽民集中最为纯熟婉顺者。

泽民的小令较之长调更为可观：况周颐论其《秋蕊香》之"良人轻逐
利名远。不忆幽花静院"一句云："'幽花静院'，抵多少'盈盈秋水，淡
淡春山'。'良人'句质不涉俗，是泽民学清真处。"② "质不涉俗"四字，
堪为泽民知音。《历代词人考略》则称其《玉楼春·奇容压尽群芳秀》一调
"所谓自然从追琢中出，雅近清真消息"③。此外，其《南乡子·宁都登楼》
《玉楼春·笔端点染相思泪》《诉衷情·侵晨呵手怯清霜》，以及丁绍仪所爱
赏之《玉楼春·奇容压尽群芳秀》④《望江南·寻胜去》《大酺·渐雨回春》
等，都是匀净不俗而真情流露之作。

分析至此，不禁令人稍生疑虑：既然泽民自有胸臆可抒，且艺术个性
相当鲜明，为何偏要选择和韵清真这种不便发挥的创作形式呢？窃以为，
将清真词作为声律典范只是一层，更为重要的原因是：清真擅状羁旅别
思，虽只是倾诉一己情怀，但以其扛鼎的笔力负荷了无数宦游之士共有的
悲哀与无奈，因而能够超越时空，不断引发后来者的共鸣相慕。泽民之和
清真固是为此，泽民而下直迄近代，和韵清真者之所以一灯相传、不绝如
缕，泰半也是因为在情感本质上与清真遥遥相呼，而选择了这样一种寄意
方式。故此，以和韵清真赋别者历来常有，除前举南宋诸家，如元张翥《瑞
龙吟·鳌溪路》、明王屋《满路花·长江八月涛》、清龚鼎孳《蓦山溪·清波

---

① 周邦彦：《苏幕遮》，唐圭璋编：《全宋词》，北京：中华书局 1965 年版，第
2603 页。

② 况周颐：《蕙风词话》卷 2，北京：人民文学出版社 1960 年版，第 46 页。

③ 全国公共图书馆古籍文献编委会编：《历代词人考略》，北京：全国图书馆文献
缩微复制中心 2003 年版，第 776 页。

④ 此调《全宋词》作《木兰花》。

桃叶》及《兰陵王·戍烽直》、沈谦《归去难·向道伊至诚》等尽是其例。遍和清真全集者直至现代仍不乏其人，如曾任教中山大学历史系的朱师辙先生便曾于 1938 年追和毛刻清真全集，并将己作与清真原作、千里和作合刻为《清真词朱方和韵合刊》一集。其自序云："方和所遗《归去难》《黄鹂绕碧树》二阕，颇似为余今日写照：底事有家，欲归未得；绕树三匝，无枝可依。此情此景，似数百年前冥冥中已萌余续和之机者，可谓奇矣！"斯言当可视为诸多和韵清真者共同的心声了。

3. 陈允平和清真：得其雅正，失其沉挚

允平是三家中唯一可称当世作手者，张炎《词源》谓其创作风格"本制平正，亦有佳者"①。"平正"一语，几成千古定评。然而对于这种平正风格的成因，及其是否值得称道，则又有截然相背的两种意见：周济认为允平乃宗法少游而画虎不成，所谓"径平思钝，乡愿之乱德也"②，故而其作"疲软凡庸，无有是处"，堪称"馆阁词"③。而陈廷焯认为："陈西麓词，和平婉雅，词中正轨。……去平正则难见其佳，平正而有佳者，乃真佳也。求之于诗，十九首后，其惟渊明乎。词惟西麓近之。有志于古者，三复西麓词，一切流荡忘反之失，不化而化矣。"又云："西麓词在中仙、梦窗之间。沉郁不及碧山，而时有清超处。超逸不及梦窗，而婉雅犹过之。"对于其代表作《八宝妆》一词，周济点评曰："西麓和平婉丽，最合世好，但无健举之笔，沉挚之思，学之必使生气泪丧，故为后人拈出。"④而陈廷焯则极赞起句"望远秋平"为"起四字便耐人思，却似《日湖渔唱》词境，用作西麓全集赞语，亦无不可"，又云"西麓亦是取法清真，集中和美成者十有二三，想见服膺之意。特面目全别，此所谓脱胎法"⑤。

考虑到允平全和清真这一极有说服力的证据，及其与周密、王沂孙等

---

① 张炎著，夏承焘校注：《词源注》，北京：人民文学出版社 1981 年版，第 28 页。

② 《宋四家词选目录序论》，周济等著：《介存斋论词杂著》，北京：人民文学出版社 1959 年版，第 13 页。

③ 周济等著：《介存斋论词杂著》，北京：人民文学出版社 1959 年版，第 10 页。

④ 周济：《宋四家词选眉批》，唐圭璋编：《词话丛编》，北京：中华书局 1996 年版，第 1657 页。

⑤ 陈廷焯著，杜维沫校点：《白雨斋词话》卷 2，北京：人民文学出版社 1959 年版，第 36 – 37 页。

词家交好倡和的情况，其词法渊源自当以陈廷焯的判断更为接近事实。但周济作为统领一代词坛的大家，其论词原本又是以清真为宗，何以在衡鉴允平词时会出现如此失误呢？笔者认为，允平和清真词的流传情况或是影响其判断的原因之一：尽管允平和词中的佳作在南宋业已传诵一时，周密所选九首中和词即占四首，但在元明而至清初，均以《日湖渔唱》一集更为知名，《西麓继周集》则一直默默无闻。周济《词辨》成于嘉庆十七年（1812），《宋四家词选》成于道光十二年（1832），而道光九年（1829）秦氏《日湖渔唱》三卷本出，允平和清真词全貌方才见知于世，至于《西麓继周集》的正式刊行更是迟至民国十一年（1922）始克其功。周济品藻允平时或即未睹其和清真之作，只能就《日湖渔唱》一集的艺术风格追溯其渊源所自。而客观地说，允平的词风确实与清真颇不相类，即使其和韵清真之作也不例外。这是因为，允平追和清真的方式与方、杨二家都不一样：作为南宋词坛一时之俊，他既无须在声律方面对清真亦步亦趋，也不曾在技巧方面刻意追摹；而本是世宦子弟，并曾身居要职的生平经历，又让他不具有与清真相似的心路历程，词中的情感色彩自然也大异其趣。或者不妨说，他对清真的效仿是有选择性地集中在其雅正典丽的一面，却并不宗法清真词风沉郁顿挫、浑厚劲健的一面，而在常州诸家看来，后者才恰是清真之所以为清真的特殊之处。因此，即使认为其确属取法清真的陈廷焯，也不免需以"脱胎法"的名义来解释两者何以"面目全别"。这或许便是以周济的眼光仍不免看朱成碧的关键所在。再者，少游与清真大体均属和婉醇正一路，其区别在周济看来即"少游意在含蓄，如花初胎，故少重笔。然清真沉痛至极，仍能含蓄"[1]，故就沉挚不足、含蓄有余这一点而言，以允平词风更近少游，亦是情理之中的推测。

换言之，允平和清真词的特点有二：其一即并不尽从清真原作声律，这一点清代诸家早有所觉。陈锐论其《绮寮怨》一阕云："至陈西麓和作，失去'清'字一韵，尤为疏忽。"[2] 李佳谓其《水龙吟》"'草''骤'同

<hr>

① 周济：《词辨·自序》，唐圭璋编：《词话丛编》，北京：中华书局1996年版，第1637页。

② 陈锐：《裹碧斋词话》，唐圭璋编：《词话丛编》，北京：中华书局1996年版，第4203页。

押，皆以土音叶韵，不可为法"。① 谢章铤亦指出其词并不严守四声，"每改上为平"②。其二，尽管在三家之中，允平以其"倚声嫡派"的身份，在和清真词创作的整体艺术水准上要胜出一筹，但其风格与《日湖渔唱》一集基本一致，依胡玉缙所言，两集"无一相复，而词旨清婉，音节亢爽，则大旨相同"③。也即是说，允平无论和词还是原作都面目一致，艺术水准也基本持平，既无精彩绝伦的华章，也无不伦不类的劣作。以致爱者誉为平正而佳，厌者则谓之乡愿而无生气。试以其入选《绝妙好词》的《满江红》一词与清真原作比较如下：

满江红

陈允平

目断江横，相思字、难凭雁足。从别后、倦歌慵绣，悄无拘束。烟柳翠迷星眼恨，露桃红沁霞腮肉。傍琐窗、终日对文枰，翻新局。　　频暗把，归期卜。芳草恨，阑干曲。谢多情海燕，伴愁华屋。明月自圆双蝶梦，彩云空伴孤鸾宿。任画帘、不卷玉钩闲，扬花扑。

满江红

周邦彦

昼日移阴，揽衣起、春帷睡足。临宝鉴、绿云撩乱，未忺妆束。蝶粉蜂黄都褪了，枕痕一线红生肉。背画栏、脉脉悄无言，寻棋局。　　重会面，犹未卜。无限事，萦心曲。想秦筝依旧，尚鸣金屋。芳草连天迷远望，宝香薰被成孤宿。最苦是、蝴蝶满园飞，无人扑。

和作全用清真原意，同样是以典雅的风格描写闺中春思，读来却有似是而非之感。最明显的区别，即允平词只是中规中矩，清真词却有奇秀之

　　① 李佳：《左庵词话》卷上，唐圭璋编：《词话丛编》，北京：中华书局1996年版，第3127页。

　　② 谢章铤：《赌棋山庄词话》，唐圭璋编：《词话丛编》，北京：中华书局1996年版，第3348页。

　　③ 胡玉缙撰，吴格整理：《续四库提要三种》，上海：上海书店出版社2002年版，第383页。

句、灵动之思，如"蝶粉蜂黄都褪了，枕痕一线红生肉"句承起首"春帷睡足"而来，笔法传神，被王世贞誉为"形容睡起之妙，真能动人"①；而允平"烟柳翠迷星眼恨，露桃红沁霞腮肉"句以柳眼桃腮作绘，则是泛滥成灾的手法，毫无过人之处。又如清真下阕以"芳草连天迷远望"对"宝香薰被成孤宿"，俞平伯评其妙处云：

　　凝炼深稳，本篇主句，似写眼前景，仍寓心中情。芳草连天，虽迷望眼，幸此一迷，而远人近状，乃如雾里看花，遽难明了，亦好亦坏，可好可坏，大可希望是好也。此一字虽生出如许希望，而下句"成孤宿"之"成"字，则与此异曲同工，针对而发，乃决定眼前遭遇。无论远望之中，有何幻景，薰香独宿，眼前已命定如此也。盖"迷"者惝恍之词，而"成"者决定之语也。炼字至此，殆邻绝诣。②

　　与之形成对照的是，允平"明月自圆双蝶梦，彩云空伴孤鸾宿"一联工则工矣，却乏深致。究其实，只不过是以优美的字面写了一句大俗话："月圆人不圆。"此种运笔薄厚之别自然会产生全然不同的艺术效果：允平之作是主旨分明的代言体思妇词，虽不至于"老妪能解"，却也无须笺注亦无可申发，可谓言尽于此，别无余韵；清真词却以其如椽之笔造就了意在言外、神味悠远的词境，模糊了思妇情悰与夫子自道的界限，从而引发了读者的无尽联想。如罗忼烈即以洋洋数千字为之作注，认为此词乃是通篇运用寄托手法，"通过春闺孤寂的各种景象，写出作者当时的政治愤慨"③。无论清真立意原本如何，其艺术上的成功是显而易见的。其余允平和作与清真原作之别亦大略如是。

　　简言之，允平之效法清真只限于雅正的皮相，却放过了浑厚的神髓，故而所作虽然纯正，却经不起长吟三复。若深究其因，则允平对清真词法的取舍，除受其本人经历才思所限，无疑也是受了当时尚雅一派所倡词学旨趣的影响。张炎《词源》集中体现了宋季词学的审美理想，以为清真

---

　　①　王世贞：《艺苑卮言》，唐圭璋编：《词话丛编》，北京：中华书局 1996 年版，第 389 页。

　　②　俞平伯：《读词偶得·清真词释》，北京：人民文学出版社 2000 年版，第 123 页。

　　③　罗忼烈：《拥护新法的北宋词人周邦彦（下）》，《抖擞》1975 年第 12 期。

"只当看他浑成处，于软媚中有气魄"，但如《解连环》之"拼今生、对花对酒，为伊泪落"，《风流子》之"最苦梦魂，今宵不到伊行"和"天便教人，霎时厮见何妨"，《意难忘》之"又恐伊，寻消问息，瘦损容光"，《庆春宫》之"许多烦恼，只为当时，一晌留情"等至情至性之笔，在其看来，却是为情所役而有失雅正，"所谓淳厚日变成浇风也"①。张炎定义雅正与否的标准可以代表陈允平、周密、王沂孙等一众词友的共识，远祧清真、近师白石也就成了宋季诸子复雅尊体的一致方向。尽管因为四家词旨相近却又侧重不一，后人对其所宗颇有争议，但对他们尚雅的共同特征还是评价一致的。故此，陈允平虽然服膺清真，却不能取其峭拔出奇之处，更不愿效其以俚言艳情入词，且又受限于襟抱学力，无法达到清真以健笔写柔情、于柔婉蕴气魄的境界，以致貌合神离，后人难辨了。

　　总而言之，无论是千里之亦步亦趋、杨泽民之情志相投还是陈允平之择其一端，三种对周邦彦其人其词的追慕态度都能在后世找到相似的回应。可以说，就周邦彦及清真词研究这一主题而言，南宋三家的和清真词无疑具有无可替代的探讨价值：一方面为清真词规范词律之功提供了最为直观的样本，可供了解其审音用字之法，并借以勘正清真词本身传刻中的舛误；另一方面则可俾研究南宋词家在实际创作中效习清真词的具体方式；而由各家效清真的异同，亦可见出清真词风与当时词坛审美理想主流的交汇与碰撞。最后，关于和词这一创作方式的意义所在，任二北先生《词学研究法》有一段十分精到的评论，不妨引为结语：

　　周邦彦一集出，后人全部属和者，于宋代知有方千里、杨泽民、陈允平三家；后来之为全部和晏、和姜等集者，亦常有之。张炎《词源》论学词，早有"精加玩味，象而为之"之语。盖凡事模仿先于创造，学者于名集精读之余，得其真境，体会之，推广之，自觉胸中有许多词，须笔之于纸，有欲罢不能之势矣。前人之言，初学作词，以为联句与和韵，同是习练之法；惟联句难得其人，不如和韵。今人犹或不免于勉强酬应之弊，不如和古人为妙。和古人不必和其全集，亦不必和其题、韵，习其法而用其境，以自抒情志之所郁，是亦和也。研究专家词集者，兼尽此功，庶乎可以断手而告全业之底成矣。②

---

① 张炎著，夏承焘校注：《词源注》，北京：人民文学出版社 1981 年版，第 29 页。
② 任二北：《词学研究法》，北京：商务印书馆 1935 年版，第 72 页。

第三章

清真词笺释研究

　　文学批评的产生必然依存于某种特定的文学现象，词之笺释亦然。唐五代及北宋前期之词多语出天然，不假典实，毋庸笺释而歌者自知。北宋中期以后，苏轼变革词风，"指出向上一路，新天下耳目"①，遂为词体引入了诗体所能涵括的广阔境界，而运用典故这一早已成熟的诗体创作手法，也渐为词家习用。如贺铸便颇自得于"笔端驱使李商隐、温庭筠，常奔命不暇"②，黄庭坚更因语尚故实而为易安所讥。在尝试这种创作技巧的先行者中，尤以周邦彦恃其天才将词中用典之法发扬光大，影响了其后的南宋词坛对辞章之美的追求。白石、梦窗一干宋季名家寄托深远、措辞沉晦的创作特点正是瓣香清真而来。若要探究周邦彦超越黄、贺二家的成功之处，便是其词既能含蓄地汲取"以诗为词"的新思路，又能在取径诗法的同时不失本色，从而为文人词的雅化开辟了可资遵循的有效途径。要言之，善用典故是词体创作走向成熟的标志之一，而"借字用意，言言俱有来历"③的清真词不啻为这一发展过程中的关键。这正是清真词向有"结北开南"之誉的重要原因之一。

　　创作既然日趋尚典，便自然需要通过笺释来扫除阅读中的理解障碍。傅干《注坡词》、曹鸿《注琴趣外篇》、曹杓《注清真词》④等一众宋人笺注宋词别集以及何士信《增修笺注妙选群英草堂诗余》等宋笺总集，即是在这一情况下应运而生的。而在众多宋人词集中，清真词因博涉百家之书，难以骤然索解，尤为识者所重，为之笺、注、说、释者，自宋至今，更替不绝，试为梳理如下：

　　宋代是诗歌注释学的成熟时期，词之笺释虽处于发轫阶段，却得以效用诗歌注释的方法与体例，获得了不少成果。以清真词为例，除今已不传的曹杓《注清真词》之外，另有三种见诸著录：一为毛晋家藏宋刊《片玉

---

　　①　王灼：《碧鸡漫志》，唐圭璋编：《词话丛编》，北京：中华书局1996年版，第85页。
　　②　周密撰，邓子勉校点：《浩然斋雅谈》，沈阳：辽宁教育出版社2000年版，第40页。
　　③　刘肃：《详注周美成词片玉集十卷·序》，阮元辑：《宛委别藏》117册，南京：江苏古籍出版社1988年版。
　　④　陈振孙撰：《直斋书录解题》卷21："《注清真词》二卷，曹杓季中注，自称一壶居士。"北京：中华书局1985年版，第599页。

集》二卷，收词一百八十余阕，强焕为序。毛晋《宋六十名家词》本《片玉词·跋》云："余见评注庞杂，一一削去。"① 可知此本原有详注，但真面目已难还原；② 二为沈义父《乐府指迷》提及的《周词集解》，罗忼烈认为："张炎、沈义父虽已入元，然其所举，当是宋末已有者。"③ 沈氏对之评价云"学者看词，当以《周词集解》为冠"④，料应精审过人，惜乎也已散佚；三为陈元龙《详注周美成词片玉集》十卷，收词一百二十七首，刘肃为序。此本广为流传，影响深远，是目前所知宋笺清真词的唯一完本，也是宋人笺宋词的可贵代表。

元明二朝词坛相对沉寂，词集的笺释工作也相应较为冷落。据笔者所知，这一时期并无对清真词集的完整笺注，只有钱允治、陈仁锡笺释《类选笺释草堂诗余》和明吴从先汇编《新刻李于麟先生批评注释草堂诗余隽》等笺注本词总集保存了对部分清真词的笺释成果，但也相当有限，且多承陈注而来。此外，明末毛晋所刻《宋六十名家词》之《片玉词》保存了部分宋人旧注，毛氏本人所加则多为校语。此本有益于后人了解清真词集在元明时期的刊刻流传，但并不以笺释取胜，无法借之探寻当世词学理论的影响。

清代直迄民国，学术大昌，词坛由复兴而臻极盛，词集笺释也随之进入了相对繁荣的阶段，如江昱疏证之周密《蘋州渔笛谱》、张炎《山中白云词》，刘继增之《南唐二主词笺》，查为仁和厉鹗之《绝妙好词笺》等都是这一时期的杰出成果。不过，或是由于陈元龙《详注周美成词片玉集》和毛晋刻本《片玉词》的广为传播，有清一代反而并无词家对清真词

---

① 周邦彦：《片玉词》，毛晋刻：《宋六十名家词》，《续修四库全书》编纂委员会编：《续修四库全书》，上海：上海古籍出版社2002年版。

② 《四库全书总目·提要》认为此本或即《直斋书录解题》所载《清真集》二卷："陈振孙《书录解题》载其词《清真集》二卷后集一卷，此编名曰《片玉》，据毛晋跋称为宋时刊本。所题原作二卷，其补遗一卷，则晋据各选本成之。疑旧本二卷即所谓《清真集》，晋所掇拾乃其后集所载也。"见永瑢等撰：《四库全书总目》卷198，北京：中华书局1965年版，第1811页。

③ 罗忼烈：《长短句书录》，罗忼烈：《周邦彦清真集笺·附录》，香港：三联书店香港分店1985年版，第490页。

④ 沈义父：《乐府指迷》，唐圭璋编：《词话丛编》，北京：中华书局1996年版，第277页。

集再行笺释。直至民国时期，方有杨铁夫《清真词选笺释》面世，虽曰选释，实则几近全笺，弥足珍贵。

到了现当代，词学界对清真词的笺注层出不穷，其中，有代表性者如张曦《片玉词校笺》①、罗忼烈《周邦彦清真集笺》、孙虹《清真集校注》等为全笺；钱鸿瑛《周邦彦词赏析》、刘斯奋《周邦彦词选》、刘扬忠《周邦彦选集》、蒋哲伦《周邦彦选集》、汪纪泽《清真词选释》、吴世昌《〈片玉词〉（36 首）笺注》等皆为选注。

第一节　陈元龙《详注周美成词片玉集》考论

如前所述，清真词博涉百家之书，难于骤然索解，而笺释者的工作不仅为阅读者提供了方便，也直观地展现了当世的词学审美理想，是清真词研究中不可或缺的重要一环。其中，陈元龙《详注周美成词片玉集》是清真词笺释史上影响最为深远的注本，是反映南宋清真词传播情况的可贵文献，同时也为后世注家对清真词再行笺释奠定了基础，迄今仍是欲为清真作笺者无法不加参考的重要成果，理当予以深入研究。

一、陈注本的流传及相关问题

在元、明、清三朝，陈注本屡经翻刻、传抄或改编，各本异同不一，既留下了可资研究的历史变迁轨迹，也带来了一些纷争，以致历代论者对其作注时间、所据蓝本、对蓝本体例的变动以及各本之间的关系等问题众说纷纭，难以确指。为讨论之便，以下先依时间先后将其重要版本和相关问题条述辨析如次：

1. 黄丕烈士礼居所藏宋刻本

南宋嘉定四年（1211）刻本，十行十七字，细黑口，四周双边，卷首次行题"庐陵陈元龙少章集注"，三行题"建安蔡庆之宗甫校正"。扉页有

---

① 张曦：《片玉词校笺》，台北：文津出版社 1972 年版。

黄丕烈题诗，第三卷末有李盛铎跋、袁克文和黄氏诗并跋以及吴观岱绘黄荛圃小像，全书末页有黄丕烈、袁克文跋。各卷钤有黄丕烈"士礼居""荛夫""丕烈""佞宋"，汪士钟"汪印士钟""阆源真赏"，袁克文"百宋书藏""寒云鉴藏之玺"等藏书印。此本现藏国家图书馆，《续修四库全书》本《详注周美成词片玉集》即据之影印。据黄跋，此本原为陆绍曾所藏，于嘉庆十四年（1809）七月归于士礼居，此前未见著录，亦无藏书印。跋中提及此本有汲古阁抄本十卷，无注，证实了吴则虞关于汲古阁藏明抄《片玉集》十卷似即本于陈注本的推测。[①] 黄氏收得此本之后，曾予补缀，不仅以绢面线装，并据汲古阁抄本校补了原书脱落的第十卷第六页及尾页。之后，此书经汪士钟插架，并著录于《艺芸书舍宋元本书目》。袁克文得后，于民国六年（1917）令其妻梅真影抄汲古阁藏另一宋本第十卷第六页附后，其跋语所谓"别一宋本"，即颇致争议的覆刻本。

2. 汲古阁所藏覆刻本

陈注本一度被指为元人注本，便是因汲古阁所藏覆刻本引起的误解。此本与前本版式字体略同，介乎宋元之间，在毛扆所编《汲古阁珍藏秘本书目》中被著录为"元板《片玉词》二本"[②]，其《片玉词·跋》也将之称为元刻。[③] 此说从者颇众，并进而影响了后人对黄氏所藏陈注本的判断。如朱学勤《结一庐书目》将覆刻本著录为元刊本，王国维则认为陈注本是元刻清真词别集之仅存者，郑文焯甚至据此作出了陈元龙为元人的推测，[④] 吴昌绶《清真倡和集·跋》又承继郑说，将覆刻本连同初刻本均断为元刻。

与此不同，袁克文在所撰提要中作出了两本均为宋椠的判断，并略述

---

① 吴则虞：《版本考辨》，周邦彦撰，吴则虞校点：《清真集》，北京：中华书局1981年版，第179页。按明人所抄《片玉词》十卷有毛氏藏印，《木犀轩收藏旧本书目》卷1著录为《宋元词钞》本。

② 毛扆编：《汲古阁珍藏秘本书目》，贾贵荣、王冠辑：《宋元版书目题跋辑刊》第1册，北京：北京图书馆出版社2003年版，第46页。

③ 毛扆：《片玉词·跋》，河田罴：《静嘉堂秘籍志》卷50，贾贵荣辑：《日本藏汉籍善本书志书目集成》第8册，北京：北京图书馆出版社2003年版，第823页。

④ 王国维：《清真先生遗事·著述二》，王国维：《王国维遗书》第11册，上海：上海古籍书店1983年版；郑文焯：《清真词校后录要》，罗忼烈：《周邦彦清真集笺·附录》，香港：三联书店香港分店1985年版，第496页。

其区别如下：

> 《片玉集》，宋麻沙刊之最精者。另藏一宋刊，为汲古故物，行格俱同，惟序较此缺"少章名元龙，时嘉定辛未抄腊"十二字；下题"庐陵刘肃必钦"序与此同。注中间有异同，盖覆刻此本也。装冷金白绢衣，犹莪翁之旧。①

朱孝臧刊《彊村丛书》时，《片玉集》便以汲古阁藏覆刻本为蓝本，据黄莪圃藏本校勘。他将两本比较之后，也认为两者均为宋刻，其跋云：

> 尝见士礼居别藏本，与兹本悉同，惟卷五注中有异。又，序尾有"嘉定辛未"云云，今已据补，其为宋刻无疑。兹本虽削"嘉定辛未"字，词中伪脱较少，注亦加详，卷五注尤多增改，其为少章手订覆刻亦无疑。②

按士礼居所藏陈注本刊印时间在南宋嘉定四年（1211）应无疑问，不过，汲古阁所藏覆刻本是否即经过"少章手订"的宋刻则仍不妨存疑。在袁克文之后，李盛铎亦曾经眼黄氏藏本，并于题跋中首次对校正者蔡庆之有所考述，为初刻本的刊行时间提供了更有力的证据："南宋建阳蔡氏校刊书籍最多，如蔡琪之《汉书》，蔡梦弼之《史记》《草堂诗笺》，其字体与此绝相似，《汉书》亦有嘉定年月，盖同时之精刊也。"③ 但在提及覆刻本时，李氏仅以"摹印稍后"四字称述，并未断言刊刻时间，其态度耐人寻味。唐圭璋《宋词四考》亦明确将嘉定刊本与汲古阁所藏覆刻本区别看待，将后者著录为元刊本，④ 笔者认为这一判断较为可信。盖两本之间的种种差别恐即刊行时间跨度较大所致，后本很可能是元人对南宋旧板加以修改增订而成的重修本甚或递修本，故而一为两册、一为三册，且后者笺

---

① 袁克文：《寒云手写所藏宋本提要二十九种》，贾贵荣、王冠辑：《宋元版书目题跋辑刊》第 3 册，北京：北京图书馆出版社 2003 年版，第 140 页。

② 周邦彦撰，朱孝臧校刊：《片玉集》，上海：上海图书馆藏 1920 年版。

③ 李盛铎跋见陈元龙：《详注周美成词片玉集》，《续修四库全书》编纂委员会编：《续修四库全书》，上海：上海古籍出版社 2002 年版。

④ 唐圭璋：《宋词四考》，南京：江苏古籍出版社 1985 年版，第 94 页。

注加详。其版式的差别除字体稍有不同，① 嘉定本仅目录一至四卷为左右双边，其余皆为四周双边，而汲古阁藏本则全为左右双边。更重要的是，倘若后本确经少章手订，则难以解释前本尾页《虞美人·疏篱曲径田家小》中所存双行小字夹注为何不见于后本，以及序中为何挖去可以说明少章之名及刘肃作序时间的重要字样。此外，建阳在宋代已有"图书之府"之美誉，入元之后仍为著名坊刻中心，蔡梦弼东塾、蔡琪一经堂俱为一代刻书名坊；其后人取旧刻书板加以修补重刊实属寻常，而部分原板漫漶泯灭之处无法强补，则更在情理之中。不过，这毕竟属于推测，不敢妄下结论，姑附见于此，以俟确实证据的发掘。

3. 元巾箱本《清真集》二卷

吴则虞考证此本即从陈注本出，只是分卷编次不同。王鹏运《四印斋所刻词》刊本《清真集》二卷则又从此本而来，取孙驾航所藏陈注本参校，并据其集中所无而见于毛刻《宋六十名家词》本者五十四阕理为《集外词》一卷，但原注俱已删去。② 按孙驾航所藏本即汲古阁藏覆刊本，王氏在其跋中称之为元刻，而阮元《四库未收书提要》中称之为宋本，《宛委别藏》本及陶湘《景刊宋金元明本词五十种》本《详注周美成词片玉集》十卷俱从此出。

4. 明毛晋汲古阁所刻《宋六十名家词》本《片玉词》二卷补遗一卷

此本流传最广，其笺注杂取各家旧注而成，陈注仅居其一。清丁丙《西泠词萃》本又继毛刻而起，并嘱许增加以校订。

5. 清劳权手抄校本《片玉集》十卷拾遗一卷

据劳权题跋，此本于清咸丰六年（1856）抄录自汪氏振绮堂旧藏本，十四行二十字，黑格，四周单边。此本原注泰半不存，曾为傅增湘双鉴楼收藏，③ 现归国家图书馆。

---

① 南宋刻本为三册，见黄氏跋；另，据第三卷末袁克文跋云："旧藏片玉集注与此行格略同，字体较肥，皆单阕，曾历毛子晋、宋兰挥、孙驾航诸家。"

② 王鹏运辑：《清真集·跋》，王鹏运主编：《四印斋所刻词》，上海：上海古籍出版社1989年版。然吴则虞在《版本考辨》中谓王鹏运所辑《集外词》乃元巾箱本所无而见诸毛刻者，又云王氏校刻"弃宋从元，舍刻从抄"，或是未见此跋而致误解。

③ 傅增湘：《双鉴楼善本书目》第4卷，林夕主编，煮雨山房辑：《中国著名藏书家书目汇刊·近代卷》第28册，北京：商务印书馆2005年版，第258页。

总结陈注本因支裔纷纶而致的各种问题，争议最大的便是陈元龙集注的时间，这显然是因陈元龙、刘肃二人姓名不彰之故。陈元龙虽是清真词笺释史上影响深远的一位注家，然而其生平经历难以钩稽，唯一可以确信的记载便是刘肃序所云："章江陈少章，家世以学问文章为庐陵望族"，此外付诸阙如。其注最迟成于南宋嘉定四年（1211），然细品刘肃序中之意，其本人与陈元龙并无直接交往，仅是以同里后学的身份受托为序，则陈注的时间恐怕还可推前。关于陈注时间的上限，吴则虞指出陈振孙所录《清真词》三卷的"《后集》之词，方、杨皆无和，是此书辑刻之年，必早于元龙而后于方、杨"①。杨泽民在淳熙九年（1182）时已届六十，陈元龙进行集注最早也应在此之后。笔者遍索史籍方志，于《咸淳临安志》中检得宁宗庆元二年（1196）进士登科表中有名为陈元龙者，② 这一记录恰在淳熙九年之后十四年、嘉定四年之前十五年，未知是否为同一人，权且录此存疑。

其次为论者关注的重点，是陈注本所据底本及其对底本的变动。陈注本收词一百二十七首，在《清真先生遗事·著述二》中，王国维怀疑其底本可能即是"直斋著录之《清真词》三卷"③，吴则虞认同是说，并进一步分析："注本之一至八卷，疑即此之前二卷，九、十两卷，即此之后一卷。"不过，关于陈注本对底本的更张则意见不一：在排纂体例方面，王国维认为其本已非《清真词》旧貌，郑文焯则指出陈注本前八卷的春景、夏景、秋景、冬景、单题分类次第与千里和词悉同，盖"依据旧格，附注以行，非创体也"④；吴则虞从郑说，认为此本佳胜处之一即是保存了旧本分类编纂的体例。在题名方面，郑文焯认为"片玉"之名为此本所改题；但因毛晋《片玉词》跋中提及强焕序本《片玉集》，故而戈载、王国维认为"片玉"之名始于强焕溧水刻本，然王国维持论的依据是毛晋未见陈注

①　吴则虞：《版本考辨》，周邦彦撰，吴则虞校点：《清真集》，北京：中华书局1981年版，第173页。

②　潜说友：《国朝进士表·中兴右科进士表》，潜说友纂修：《咸淳临安志》卷61，台北：成文出版社1970年版。

③　王国维：《王国维遗书》第7册，上海：上海古籍书店1983年版，第124页。

④　罗忼烈：《清真词校后录要》，罗忼烈：《周邦彦清真集笺》，香港：三联书店香港分店1985年版，第499页。

本，无法据之改题，显属误解。①

此外，论者对于陈元龙所见旧注应属何人所为的问题亦稍有异议。刘肃序云陈氏乃"病旧注之简略，遂详而疏之"，朱孝臧认为"所云旧注，疑即曹注"（跋语），吴则虞却指出"美成词注者不止一家，曹杓而外有其人"②，自当以后说为是。

二、陈注本的价值

在可信材料面世之前，上述疑团恐难尽释，但这并不妨碍我们对陈注本价值的探讨。如前所述，宋代注清真词者颇众，独有陈注本完整流传至今，成为后代窥见宋人笺宋词的重要依据，其中固然有各种偶然因素在起作用，但其本身的价值亦可见一斑。不过，由于相关研究的缺乏，今人对陈注本未见佳誉。如近年仅见的清真词全笺本《清真集校注》便认为："陈元龙被周词的表象蒙蔽，对魏晋特别是六朝的诗作不多注目。"③ 据此又认为，正是陈注本误导了后来者，使他们认为清真词仅檃栝唐诗。然而，详细考察陈注本，其说似亦可商。

清真词对唐诗的巧妙檃栝是首先引起南宋词坛重视的运典特点：张炎谓之"采唐诗融化如己者，乃其所长"④，陈振孙谓之"多用唐人诗檃栝入律，浑然天成"⑤，刘克庄谓之"美成颇偷古句，温、李诸人困于掎摭"⑥，

①　戈说见《宋七家词选·清真词跋》，罗忼烈：《周邦彦清真集笺·附录》，香港：三联书店香港分店 1985 年版，第 495 页；王国维：《清真先生遗事·著述二》，王国维：《王国维遗书》第 11 册，上海：上海古籍书店 1983 年版，第 124 页。

②　吴则虞：《版本考辨》，周邦彦撰，吴则虞校点：《清真集》，北京：中华书局 1981 年版，第 174 页。

③　周邦彦著，孙虹校注，薛瑞生订补：《清真集校注·前言》，北京：中华书局 2002 年版，第 26 页。

④　张炎著，夏承焘校注：《词源注》，北京：人民文学出版社 1981 年版，第 30 页。

⑤　陈振孙撰：《直斋书录解题》卷 21，北京：中华书局 1985 年版，第 585 页。

⑥　刘克庄：《跋刘叔安感秋八词》，陈良运主编：《中国历代词学论著选》，南昌：百花洲文艺出版社 1998 年版，第 166 页。

周密谓之"周美成长短句纯用唐人诗句"①，沈义父谓之"下字运意，皆有法度，往往自唐宋诸贤诗句中来"② 等，皆可显示出时人对清真词的普遍阅读印象。然据笔者所见，陈注中出现的唐五代诗人与唐以前诗文作者同样为五十余位，关于唐诗的征引虽近乎半数之多，但唐以前诗文的征引亦非寥寥，而是将近全部集注的四分之一。换言之，根据陈注，清真词所用典故可以划分为两大类，即唐诗与"非唐诗"，两者各居其半。可以说，陈注首先值得称道的一点，便是未受时代所拘，不仅没有囿于"周词的表象"，更超越了南宋词坛对清真词檃栝唐诗的普遍评价，并在征引其所用典故的出处时，别具只眼地加重了汉魏六朝诗文的分量。

　　陈注的另一显著价值是加重了专属于词体注释的内容分量。其中关于词牌的注释包括宫调、源流、名解三类内容，如《解蹀躞》注宫调"商调"，注名解云："古诗曰：'白马黄金鞍，蹀躞柳城前。''蹀躞'，缓行貌。"《西河》注宫调"大石"，注源流云："唐大历初，尝有乐工，自撰歌，即古曲《长命西河女》也。加减节奏，颇有新声。"似此类的大量例子，无疑是南宋词坛在词体探源考调方面有所成就的可贵实证：其一，对宫调的标注能够显示两宋词乐运用宫调的实际情况，更是后来者研究宫调的可信依据。其二，对词牌名的考释以及对词调源流的探寻俱是南宋词学研究的热点，《碧鸡漫志》《拙轩词话》《能改斋漫录》诸籍均有相关内容，陈注无疑也是可资参考的珍贵文献。最重要的是，周邦彦本以创调之才名世，陈元龙去其不远，对其所创词调如《解连环》《六丑》《解蹀躞》《瑞龙吟》等宫调名解的笺注正是不可多得的原始文献，因而影响直下千年。如民国时期，林大椿编选《词式》一集，其中关于词牌宫调、名解、源流的说明便直接引录自陈注本。③

　　此外，陈注还在揭示清真词法方面有着突出表现。受"以诗为词"的风尚影响，檃栝词这一独特的创作方式曾在宋代盛行一时。时人创作檃栝词的常见动机，正如吴承学师所云首先是"出自对于作品的极端欣赏之情

① 周密：《浩然斋雅谈》，唐圭璋编：《词话丛编》，北京：中华书局 1996 年版，第 40 页。

② 沈义父：《乐府指迷》，唐圭璋编：《词话丛编》，北京：中华书局 1996 年版，第 277 页。

③ 参见林大椿编：《词式》，北京：商务印书馆 1934 年版。

而产生檃栝的兴趣",进而"通过对名作临摹改编获得与原创者思想情感的共鸣"。① 清真词的檃栝并不全篇檃栝名章,而是择取断金零玉加以变化,融入己作;其檃栝对象也并不限于大家之制,而是广泛采纳无名之作。也即是说,清真词的檃栝并非出于向名家致敬的意愿,只是纯然视为一种创作技巧,借以增加作品的深度,从而令知其然者能够获得更加丰富的阅读快感,也不致令不知其然者受困于阅读障碍。这是清真词在效行"以诗为词"之法的同时也能保存词体本色的原因之一。陈注即揭示了这一重要特点。如《琐窗寒》之"桐花半亩,静锁一庭愁雨。洒空阶、更阑未休"句,注云:

> ……《渔隐诗话》:嘉祐中,有渔人于江心网得片石,有绝句:"雨滴空阶晓,无心换夕香。井桐花落尽,一半在银床。"

按此为宋胡仔《苕溪渔隐丛话》前集卷七引《冷斋夜话》所载许彦周语,清真词檃栝此诗以写寒食节宦旅无聊情态,与前后文气韵贯通,几近泯然无痕。

清真词法贵在能使事运典如同己出,相较而言,檃栝犹不免留下可资追寻的线索,而借字则完全可能做到如盐入水,去留无踪,令读者浑然不察。笺注者欲准确注出其渊源,必须凭借深厚的学养与敏锐的艺术感悟力,难如系风捕影。如《玉楼春》"今日独寻黄叶路"句,罗忼烈《周邦彦清真集笺》不注,然读者若将"黄叶路"三字视为纯粹写景,则不免情味顿减。蒋哲伦《周邦彦选集》则注之以范仲淹《苏幕遮》"碧云天,黄叶地"②,然范词的情感指向为征人怀乡,清真词却明为离人愁思,两者貌合神离。反观少章所注:

> 《谈苑》云:"僧惟凤《秋日送人》诗云:'去路正黄叶,别君堪白头。'"

---

① 吴承学:《论宋代檃栝词》,《文学遗产》2000年第4期。
② 周邦彦著,蒋哲伦选注:《周邦彦选集》,开封:河南大学出版社1999年版,第78页。

此出《诗话总龟》前集卷十二引《谈苑》所载诗僧之作。清真词全阕抒写离情，"独寻黄叶路"这一行为表象所蕴藏的情感内涵，正与"别君堪白头"的愁思相合。显然，古今三位注家中，唯陈元龙的征引准确地扣住了这一主题，是真知清真心眼所在者。又如《拜星月慢》之"笑相遇，似觉琼枝玉树"句，刘扬忠《周邦彦词选评》与蒋哲伦所注均先指出"琼枝玉树"乃比喻姿容体态之美，然后引注其字面渊源，而两者同样仅注"玉树"，不注"琼枝"。① 陈注则云：

> 《古离别》："愿一见颜色，不异琼树枝。"晋谢玄云："芝兰玉树，生于庭阶。"

江淹《古离别》诗正是将女子颜色之好譬作"琼树枝"，与清真词所用"琼枝"一喻的含义吻合，所注堪称允当。"琼枝""玉树"分别出注，始可免于顾此失彼之憾。如两例所示，与少章相较，今之注家也未必全能后出转精，则陈注在当日之迥出时辈，亦可窥见一斑矣。

三、陈注本的缺憾与启示

作为词集笺释兴起之初的成果，陈注本的价值固然难掩，然缺憾也毋庸讳言。首先，训诂字词与训释名物在宋代诗歌注释中极受重视，但陈注中两者都不多见。如果说，陈注在释典方面的成就能够表明其对诗文注释经验的成功借鉴，这两方面内容的单薄则无疑显示了当时词体注释与诗文注释之间的差距。此外，陈注在字词注释方面存在不少"衍注"，不仅无益于作品解读，有时反而会使后人在理解清真词方面产生误解。如《塞垣春》之"念多材浑衰减"，陈注引《尚书·金縢》注云："周公多材多艺。"孙虹《清真集校注》在引毕陈注后，加按语云："此自许为多才多艺的周公旦。"② 又进

---

① 刘扬忠撰：《周邦彦词选评》，上海：上海古籍出版社2003年版，第166页；周邦彦著，蒋哲伦选注：《周邦彦选集》，开封：河南大学出版社1999年版，第108页。

② 周邦彦著，孙虹校注，薛瑞生订补：《清真集校注》，北京：中华书局2002年版，第88页。

而在前言中断言："然邦彦自视甚高，词中屡以'多材多艺'的良相周公旦自许。"① 盖陈注仅仅意在点明"多材多艺"一词的语源，孰料却引致误解，正是"救世之意，反足以误世"了。任二北尝谓："词之注释，必不能泛，泛则毋宁其缺也。"② 其论可供古今注家引以自警。

其次，孟子提出的"以意逆志"与"知人论世"向来被视为诗文注释之纲要所在。所谓"以意逆志"，前提是"不以文害辞，不以辞害志"③，即要求注家重点关注作品的主旨而非典故、名物、字词等语言工具，进而以自身的思想去体会并探索作者的情志。故此，注家直接对题旨或句意进行阐释、申发乃至串讲，在诗歌注释中亦颇为常见。所谓"知人论世"，即要求注家对作品的创作背景、作者的生平经历以及相关时事、典制、名物等予以考释发明。如傅干《注坡词》在这两方面便颇有创获，今日研究者甚而能根据其提供的材料进行辨伪、编年等工作。但遗憾的是，陈元龙去周邦彦年代不远，本有条件进行更近客观的考证，却单重典故，而不曾考索其生平经历、交游倡和、创作时地之类有助于作品理解的背景情况，也绝少涉及旨意、情志、时事等，即所谓"释而不笺，明义有限，是其浅者也"④。

最后，由前文所举各例已可见出，陈注在体例方面存在明显问题。若以宋代已然发展成熟的诗歌笺释学标准来衡量，注家在征引文献时应将作者之名、作品之名乃至所出典籍之名悉数注出，以便读者据之查证。陈注中固然有不少作者、篇名、出处一应俱全者，但仅用作者之名，或仅用篇章之名，甚或完全不标出处者也随处可见。而对于同一作者，陈注又时称其姓名，时称其字号，如沈约与沈休文、李商隐与李义山、苏舜钦与苏子美、谢朓与谢玄晖等，常常随意换用。此外，陈注中还有不少征引失误之处，主要表现为所据不确、字句错舛、张冠李戴及以后注前等。

不过，值得注意的是，以上几类缺憾并非陈注独有。譬如，"衍注"

---

① 周邦彦著，孙虹校注，薛瑞生订补：《清真集校注·前言》，北京：中华书局2002 年版，第 10 页。

② 任二北：《词学研究法》，北京：商务印书馆 1935 年版，第 69 页。

③ 《孟子·万章上》，朱熹：《四书章句集注》，北京：中华书局 1983 年版，第306 页。

④ 任二北：《词学研究法》，北京：商务印书馆 1935 年版，第 67 页。

问题便可谓南宋注家的通病。在江西诗派"无一字无来处"之说影响下，南宋词家援诗法入词，凡作长调几乎舍故实而不能成章。注家也不免沾染其风，以穷尽典故自喜。然而，诗法的独辟蹊径恰恰成为词法的弊病所自，如黄庭坚便因语尚故实而颇为易安所讥。相应地，注词者效习这一注诗风习，实属画虎不成。此外，体例方面的问题也同样存在于何士信《增修笺注妙选群英草堂诗余》、傅干《注坡词》等籍，并颇为后人诟病。刘尚荣曾为傅干辩白，指出其只标作者名者所引多为名家诗文，只列书名或篇名者则多为子书、史籍等，而两项皆不标注者又多是关于词旨、本事的说明，故而此类粗疏皆无伤宏旨。① 这一意见固然值得考虑，但与其为之开脱，不如究其原因。取李壁《王荆文公诗注》、任渊《山谷诗集注》、施元之《注东坡先生诗》一众诗歌笺释的杰出成果加以比较，便不难发现，体例上的问题并非因为没有成熟范例可供参考，而是因为南宋注家对词集笺释与诗歌笺释的重视程度相去不可以道里计。态度上的轻忽是造成种种疏漏的根本原因，而这种态度自然又跟词为小道的观念息息相关。换言之，陈元龙、傅干等注家为词集作笺是词之创作技巧走向成熟的需要；其体例较之诗歌笺释明显粗疏，则是由当时词体地位尚未提高、尊体之说流被未广的词学背景决定的。至于以后注前，恐怕也不能徒以舛误视之。如前文所言，陈注征引了大量宋人诗文，其中杨亿、林逋、王安石、欧阳修、苏舜钦、晏殊等固然文名盖世，且主要创作年代早于周邦彦，宜乎清真词据为典要。然苏轼、黄庭坚、张耒等几与周邦彦同时，欧阳獬更是南宋时人，引之为清真词作注，则甚可怪矣。若视之为失误，则陈元龙为学之粗疏鄙陋未免过于惊人。笔者以为，这或许还应归因于词体笺注体例未严，即陈元龙在集注时并没有只注清真词所本的意识，而是顺带举出了在用词、造句、措意等方面与清真词相近的例子，以供读者对照印证。也即是说，他在这方面的注释已然逾越"注"的任务范畴，加入了比较衡鉴的内容，从而带上了些许词学批评的色彩，但因其仅仅胪列诗句而未加评析解说，遂导致了后人的误解。

　　词的创作滥觞于唐，词成为专门之学则肇始于宋。吴熊和曾将宋代词

---

　　① 参见刘尚荣：《〈注坡词〉考辨》，傅干注，刘尚荣校正：《傅干注坡词》，成都：巴蜀书社1993年版，第9－13页。

学涉及的领域概括为"词源、词体、词调、词派、词论、词籍"① 六项，其中关于词籍之学，又可分为校刻与笺释两个方面。显然，词籍笺释学至今仍未得到研究界的足够重视，而对宋人笺宋词的研究更是少之又少。就周邦彦学术史研究这一课题而言，过往论者亦多以词评、词选以及笔记序跋等相关材料为研究基础，而对陈元龙《详注周美成词片玉集》这一不可取代的文献依据却语焉不详。笔者认为，就影响深远程度而言，陈注对本课题的重要价值绝不亚于张炎《词源》、王灼《碧鸡漫志》等词话，其中透露的种种讯息不仅能与当时词学理论对清真词的评价相互印证，更能为之作出必要补充。如陈注对其"借字运意"的重视，正与王灼"语意精新，用心甚苦"② 的评价桴鼓相应；而关于清真词只采唐诗、不及其余③ 的误解，则在陈注中得到了必要纠正。此外，它既是宋人笺宋词的珍贵样本，可借以探讨早期词籍笺释学的得与失；又是后世注家对清真词再行注释的基础，通过后来者对其集注的利用、增删、补正，也直接反映了清真词研究的历史变迁。

第二节　杨铁夫《清真词选笺释》论探

香山杨铁夫，名玉衔，字懿生，号铁夫，别号季良、鸢坡，是近代岭南词坛甚为活跃的名家之一。中年始从朱祖谋学词，作《抱香词》一卷，天下翕然。又以词籍笺注知名，所著《梦窗词选笺释》享誉晚近词坛，版之再四，迄今犹被治梦窗者宗仰。另著《清真词选笺释》，以朱祖谋《彊村丛书》校印南宋陈元龙《详注周美成词片玉集》为底本，取王鹏运四印斋本《清真集外词》为补充，收词计一百一十六首，较陈本仅少十一首，

① 吴熊和：《唐宋词通论》，杭州：浙江古籍出版社 1989 年版，第 395 页。

② 王灼：《碧鸡漫志》，唐圭璋编：《词话丛编》，北京：中华书局 1996 年版，第 83 页。

③ 沈义父《乐府指迷》云："下字运意，皆有法度，往往自唐宋诸贤诗句中来，而不用经史中生硬字面，此所以为冠绝也。"唐圭璋编：《词话丛编》，北京：中华书局 1996 年版，第 277 页。

是南宋以来另一接近完璧之观的清真词笺释本，也是近代清真词研究的珍贵成果。此笺初有抱香室自印本，继由香港海旁岐山公司于民国二十一年（1932）九月正式出版，但之后即沉晦多年不曾梓行于世，致一些研究者误以陈本为新中国成立前唯一的清真词笺本。① 个中原因并其笺得失，值得探讨一二。

一、杨笺本的缘起与发明

据杨铁夫《清真词选笺释》自序及《梦窗词选笺释》初版自序，可知两书均成于其 1932 年旅居港岛期间，吴笺先成于初秋，周笺继成于仲秋，前后不过数月之隔。其笺释缘起，在自序开篇即已言明：

> 余笺释梦窗词选，竟因思梦窗之学，源本清真。尹惟晓云："求词于吾宋，前有清真，后有梦窗。"周止庵教人由梦窗以几清真，是则学梦窗者又不可不以清真为归宿也。梦窗词极得清真神似，但清真用典浑成，不如梦窗之破碎。清真用意明显，不如梦窗之晦涩。清真用笔勾勒清楚，不如梦窗纵横穿插，在若断若续、若隐或见之间。至于起伏顿挫、开合照应、格局神气，无不酷肖而吻合。所以分者，一则峭健，一则雍容。譬之于文，梦窗其柳州，清真其六一乎。②

据此可知，杨铁夫笺释清真词的初衷之一，乃是探寻梦窗与清真词法之间的渊源承继。基于这一宗旨，杨铁夫在笺中多以周、吴之作对校或并论，即如例言所谓："本书有与拙著《梦窗词选笺释》互相发明之处，阅者取而互勘之，自见。"典型如《秋蕊香·乳鸭池塘水暖》"待新燕"一句，校云："'待'本作'探'，探燕颇不词。上言停针，下应言待。考梦窗二阕，一作'故人老'，一作'恨多少'，皆仄平仄，则此用'待'字为合。"又如《花犯·粉墙低》"香篝薰素被"一句，笺云："梦窗词'翠

---

① 见罗忼烈：《周邦彦清真集笺》，香港：三联书店香港分店 1985 年版；周邦彦著，孙虹校注，薛瑞生订补：《清真集校注》，北京：中华书局 2002 年版等。
② 杨铁夫：《清真词选笺释》，香港：海旁岐山公司 1932 年版。

被佳人，困迷清晓'由此脱胎。"如此由梦窗以窥清真的见地虽未轶出常州门墙之外，然治词者通常致力于词话或词选，即多以综论或评点的方式加以诠释，铁夫则通过笺本的校、论兼行使之具化，不失为词学研究进一步深入的一种表现。①

关于溯流探源的讨论是铁夫自序的主要论题，分析周吴渊源之后，铁夫又曰：

抑余更有说者，梦窗之词出清真，知之者多；清真之词出自何人，知之者少。今细心潜玩，知于小山为近，不独语摹句仿，即神气亦在即离之间。然则谓清真之小令源出小山可也。至合吴、周、晏三家而通之，譬之于河：清真者，梦窗之龙门；小山者，清真之星宿海欤。

以清真源自小山，继而通论吴、周、晏三家渊源，确乎发前人所未发。依据此论，铁夫在笺注清真词字句出处时大量援引了小山词，并在例言中言明："但清真词出于小山，陈氏所未知，特以己见所及者改笺之。"如《瑞鹤仙》："不记归时早暮，上马谁扶，醒眠朱阁"，笺云：

晏小山《玉楼春》词："来时醉倒旗亭下，知是阿谁扶上马。"

《绮寮怨》："映水曲、翠瓦朱檐，垂杨里，乍见津亭"，笺云：

晏小山《生查子》词："三月柳浓时，又向津亭见。"

《还京乐》："任去远，中有万点，相思清泪"，笺云：

晏小山《留春令》词："楼下分流水，声中有、当日凭高泪。"又，《虞美人》词："随风飘荡已堪愁，更伴东流，流水过秦楼。"

---

① 此处参考了《文学遗产》匿名专家提出的宝贵意见，特此致谢。

《风流子》："羡金屋去来，旧时巢燕"，笺云：

> 晏小山《喜团圆》词："眠思梦想，不如双燕，得到兰房。"

以上数例可谓神貌俱肖，就小山的生活年代及词名之著而言，清真化用其作亦在情理之中。铁夫所笺为清真词的解读提供了一个颇有启益的视角，有益于考察宋词发展的脉络。"清真之小令源出小山"这一见解，也很可能对当时的词坛产生了一定影响：蔡嵩云在所撰《柯亭词论》中论及清真词，亦有"清真令曲，闲婉似叔原，而沉着亦近之"① 之论。按蔡嵩云在跋中自叙"己卯辛巳间"（1939—1941）因"避兵海上"课词自遣，并与友人通信论词，后于甲申年（1944）春摘录而成是编；而 1935 年南京成立如社时，蔡嵩云尝与杨铁夫同社雅集，② 切磋之际观念交相作用的可能性虽无确证，却也理有固然。

出于重视渊源的意识，铁夫在校法方面亦颇有发明。将南宋方千里、杨泽民、陈允平三家追和清真之作与原作对校，据以勘正清真词传本舛误，已是清季诸家普遍采用的手段。而铁夫在重视对校和作的同时，参校梦窗、玉田、逃禅、龙川诸作，遂得以推进一步，得出更为可信的结论。如校《四园竹·浮云护月》云：

> 此调创自清真，前无他词可校。自方千里和词"无限常年，往复书辞"后，遂无不以此词"肠断萧娘，旧日书辞"为句。既以"辞"字连上，"犹在纸"三字遂自为句。《图谱》于"书"字绝句注叶，万红友以鱼虞混入支微为吴越乡音。考梦窗《齐天乐·齐云楼》起云："凌朝一片阳台影，飞来太空不去。"用鱼虞均也。而下阕云："层霄乍裂，寒月溟濛千里。"则又用支微均。此古文"微""鱼""虞"相通之证。《诗余》惑之，改"里"为"缕"。彊师云"纸""语"通叶，宋词屡见"里"字，未敢云误。然则此词"书"字何不可以为均乎？郑文焯有言今人之词书不

---

① 蔡嵩云：《柯亭词论》，唐圭璋编：《词话丛编》，北京：中华书局 1996 年版，第 4912 页。
② 关于杨铁夫词学交游情况，参见谢永芳：《杨铁夫词学活动考论：以梦窗词研究为中心》，《中国韵文学刊》2009 年第 3 期。

可律古人之词均，铁夫以为谓今人用均当严则可，谓古人断不如此叶则不可。此词应从"书"字断句，"肠断萧娘一纸书"，成语在前，何尝有辞字？虽韩愈有"洒血书辞"一语，但彼以写释书，与此不同。"辞"当连下"犹在纸"为句。红友攻击《图谱》屡蹈其瑕，至此《词余》则右《图谱》而左《词律》矣。或问曰：然则方、杨俱误欤？曰：此方、杨自误，不能以方、杨之误谓清真原词误之也。

又校《齐天乐·绿芜凋尽台城路》云：

考方千里和词换头云："鳞鸿音信未睹，梦魂寻访后，关山又隔无限。"比周词"离思何限"多二字。然考《齐天乐》词梦窗九阕，此句无作六字者。方词必误多二字。如谓"又隔"二字衍，则"关山无限"不合平仄；如谓"关山"二字衍，则"又隔无限"义似未完。红友每谓方词足证周稿之误，此词则又何如？万不能疑周词之夺去二字也。观此愈知《四园竹》之"和书辞"一均不足为金科玉律矣。

似此之例，实可谓致力深而析心细，有过于前贤之见了。

二、杨笺本的体例创新

在杨铁夫笺成此书之前，清真词全笺本仅有南宋陈元龙《详注周美成词片玉集》广为流传，其笺重在注明典故，征引虽繁，诠释憾少。而近代其他注家的笺注成果则往往择录未全，不唯不足以反映清真词的主要面貌，也在体例方面难以尽如人意。如叶圣陶《周姜词》所注以简明扼要为归，而清真词号称博涉百家之书，言言皆有来历，注释过简自然有碍于索解；陈洵《海绡说词》堪称致力深而析心细，却又有释无笺，非治词已有一定根基者不能骤入；陈匪石《宋词举》每调在"校记""考律"外更有"论词"以详述作法家数，然其著本为授课讲义，旨在举一反三，故清真词入选仅八首，无法满足专意研读者所需。唯杨铁夫所虑不同，在例言中即已声明："是书略仿教科书之例，取便于初学者之研究。"次条又云："本书分校、笺、释三款。校者校其同异，笺者注其出处，释者解其用意。或三款俱全，或止得一二，不务求全也。”即在原词之后附以校、笺、释三部分，采取校正字词正误、笺注典故出处、疏释词法词旨三者并重的方式，且又能视乎需要灵活处理，遂能真正达到便于初学研读的笺释效果。

值得注意的是，在《梦窗词选笺释》中，铁夫所用犹是传统笺释之法，形式上如例言所云“每韵为一顿，笺释即写在其下”，即在正文之间以双行小字夹注，以韵脚为隔断；内容上则“先注故实及古诗、词句，旁及名人评论，圈下释以己意”，即笺注字句典故之外，圈下加按语以释说词旨词法，也涉及校勘、编年、考证等。显然，只就体例而言，铁夫所作吴笺并未超出前人藩篱，而仅仅数月之后所成的周笺却能别具一格，且确然对笺释一道有所助益，可见其进境之速、手眼之高。实际上，此书在体例方面已然相当趋近现代诗词笺注著作的规矩整严，虽因流被未广而未可誉为开后学之途径，亦可谓是括先民之矩矱、发时代之先声了。

其能够如此的原因，窃为分析，盖有二端。一方面，杨铁夫中年始入门径，时已功成名就，而能虚心平意，不自矜于人。不唯屈服于朱祖谋、陈海绡、朱庸斋等岭表词宗，并与陈匪石、夏敬观、吴梅、潘飞声、夏孙桐、冒广生、叶恭绰等当世词坛一流人物结社海上，频频唱酬交游、切求研讨。故能撷诸家芳华，具范兼镕，发为己作。在校、笺、释三方面，《清真词选笺释》显然都充分地吸收了前贤时彦的研究成果和方法，而又能加入按语以抒己见，或纠正前谬。在校的部分，铁夫多取诸朱祖谋所校《彊村丛书》本《片玉集》及郑文焯校刻《清真集》，有不尽依从之处辄为之一一辨明，即例言所云“以己意参人者”。如《西平乐·稚柳苏晴》中“稚柳苏晴”，校曰：

> 铁夫按：“区区”彊丛（《彊村丛书》）作“迢递”。郑刻“歇”作“渴”，但上句方云“稚柳苏晴”，必雨后新晴方曰“苏”，何忽又曰渴雨？知“歇”字义长。

又如《念奴娇·醉魂乍醒》中“满眼娇晴天色”和“奈有离怀”二句，校曰：

> “晴”各本作“情”字。“情”字何能与天色相串，疑是“晴”字之

误。"怀"各本作"拆"，但此字应用平声，疑是"怀"字之误。

此类纠误虽然不多，却可谓后出转精。在笺的部分，则基本上以采录陈注本的集注成果为主，只对其中已为近人熟知的典故略加删减，并增入小山词。而在释的部分，除沿继周止庵、黄叔旸、万红友、陈廷焯、杜文澜、朱祖谋等历代名家释说，也采纳了崔师贯、顾宪融、麦孟华及梁启超、梁令娴父女等近人的见解。既遍览各本，又能平理诸说，自加裁略而有所得，更为鲜明地体现了铁夫词学视野不为藩篱所缚的特点。

另一方面，铁夫能有创新体例的意识也是因为他身处易代之际且又执教港岛，对时代风潮不能无所感染，故在承袭旧学余荫之余亦能融汇新知，呈现出鲜明的时代色彩。其表现之一即在集释中对近人成果多有吸收；表现之二，即如例言所云："是书略仿教科书之例，取便于初学者之研究，非敢为方家说法也。故失之浅而赘，若云著作则去之远矣。"按"教科书"者，是清末民初教育界受西方及日本教育影响而始为确立的术语。但其时在各高等院校为开设词学课程所需而撰写的真正教程，如陈匪石《宋词举》、王易《词曲史》、俞平伯《读词偶得》等，实际形式各异，并无定例可循。铁夫所云略仿教科书之例，要在便于初学研究，即效仿教科书编撰的目标，以易于通晓、易于成效的方式示学者以从入之途，亦使一般读者能够了然于利病得失，进而能识康庄。这大概与其身为师者的教育意识有关，宁可失诸浅赘而获讥于方家，也要尽可能达成引导后进、金针度人的宗旨。秉持这样的撰写宗旨，其能跳出旧例而别树新帜，便理属自然了。当然，"非敢为方家说法"云云，也不妨视为铁夫的循例自谦，实际上以词学家身份寄托眼光的意识，在全笺之中始终有着相当明确的体现。

三、杨笺本的渊源所自

杨铁夫治词笺词深受业师朱祖谋影响，尤其《梦窗词选笺释》，如自序所言，纯是遵从彊村研习而成，而《清真词选笺释》则不尽然——校勘方面的主要成就诚然能够归源于彊村，但在笺释方面体现出来的词学观点与研究视角，恐怕与岭表词宗海绡翁更相近。这一点在本书虽并未明言，但有吴笺自序中一段关于学词历程的追忆可供参考：序中，铁夫自谓在彊村指点下研读梦窗数年，由"茫无所得"至"似稍有悟"，又至"悟又有进"，最终"得海绡翁所评清真、梦窗词诸稿读之，愈觉有得"，于是"所谓顺逆、提顿、转折诸法，触处逢源，知梦窗诸词，无不脉络贯通，前后照应，法密而律精"，① 其词学眼光受益海绡之深由此可见一斑。清真一笺得以著成，亦同样可见海绡说词的先导之功。

首先，铁夫贯穿全笺的论词纲要特与海绡为近。铁夫在序中自陈学词理念本于常州，云："周止庵教人由梦窗以几清真，是则学梦窗者又不可不以清真为归宿也。"但事实上，周济所倡门径为问途碧山，历梦窗、稼轩，以还清真之浑化；专求于梦窗以见美成，乃是海绡词学的论词主张。海绡因彊村推介受聘为中山大学国学系词学讲席，执教十余年间专主周、吴，所撰《海绡说词》在周济四家说的基础上提出"师周吴"云："吾意则以周吴为师，余子为友，使周吴有定尊，然后余子可取益。"② 又云："因知学词者由梦窗以窥美成，犹学诗者由义山以窥少陵，皆途辙之至正者也。"③ 继而在"由大几化"一则中，又曰："清真格调天成，离合顺逆，自然中度。梦窗神力独运，飞沉起伏，实处皆空。梦窗可谓大，清真则几于化矣。由大而几化，故当由吴以希周。"④ 显然，海绡主张的从入途径正是师法周吴进而由吴希周，铁夫自身的学词步骤、笺词次第和论词宗尚无不与之契若针芥。

其次，铁夫在具体笺释清真词法词旨时对前人的释说颇有征引，其中尤以"海绡翁曰"为最多，讲论词法的关键处更鲜明地体现出了彼此词学观念上的联系。如海绡论词以"贵留"为要，提出："词笔莫妙于留。盖能留则不尽而有余味。离合顺逆，皆可随意指挥。而沉深浑厚，皆由此

---

① 杨铁夫：《梦窗词选笺释·序》，上海：医学书局 1932 年版，第 1 页。
② 陈洵：《海绡说词》，唐圭璋编：《词话丛编》，北京：中华书局 1996 年版，第 4838 页。
③ 陈洵：《海绡说词》，唐圭璋编：《词话丛编》，北京：中华书局 1996 年版，第 4839 页。
④ 陈洵：《海绡说词》，唐圭璋编：《词话丛编》，北京：中华书局 1996 年版，第 4841 页。

得。"① 又在"以留求梦窗"一则中指出:"见为留者,以命意运笔中得之也。"② 其说向来被视为海绡说词的精髓所在。铁夫释说清真,则在引用海绡"留字诀"之外,又提出"缩字诀"一说,以"缩笔"为妙,并多有应用。如释《虞美人·金闺平帖春云暖》结句"斜倚曲阑凝睇、数归鸿"云:

此若言寄书则失之直矣。今但曰倚曲栏数归鸿得此一缩,饶有余味。

又《点绛唇》"辽鹤归来"篇末"旧时衣袂,犹有东风泪",云:

动以旧情,不曰今日而曰旧时,是缩法,否则直泻无味。

不难见出,其所云"缩字诀"的要义与"贵留"并无二致,均以运笔不尽而有余味为能。龙榆生《陈海绡先生之词学》一文曰:"至于沉深浑厚,为词家之极轨,而以一'留'字为能尽运笔之妙,亦犹书家所谓'无垂不缩',学者所宜佩以终身者也。"③ 其言虽旨在阐释"贵留"说何以精微,但也不妨作为"缩笔"与"贵留"旨归一致的旁参。诚然,作为词笔运用之法,铁夫借书家"缩笔"一词命名更为直观,但与海绡"贵留"说之间的承继关系是难以被否认的。在结合运笔法度来释说清真词的章法脉络时,铁夫亦颇得海绡沾溉,如所用虚提实证、离合顺逆、空际转身、从对面写、钩勒等评析术语,无不频见于《海绡说词》,俱可见服膺之甚。

总之,关于海绡词学对岭南词坛的贡献,龙榆生有言曰:"所谓'岭表宗风',自半塘老人(王鹏运)倡导于前,海绡翁振起于后,一时影响

---

① 陈洵:《海绡说词》,唐圭璋编:《词话丛编》,北京:中华书局1996年版,第4840页。

② 陈洵:《海绡说词》,唐圭璋编:《词话丛编》,北京:中华书局1996年版,第4841页。

③ 龙榆生:《陈海绡先生之词学》,龙榆生:《龙榆生词学论文集》,上海:上海古籍出版社1997年版,第488页。

所及，殆驾常州词派而上之。"① 按自常州词学播于岭南之后，经王鹏运、朱祖谋等领袖之力，已然于宋四家说之外别树一帜，并使梦窗一集几成晚近词家之金科玉律；而海绡虽与二人同主梦窗，却也有所区别，未可如蔡嵩云所谓"述叔则传彊村衣钵者"②。盖彊村在弘扬梦窗之外也力规东坡，以补四家说之偏失；③ 海绡则专意于释说梦窗、清真，并以由吴窥周为词家正规。二人的交往始于彊村见海绡词而激赏并为之代刊词集，时海绡已年逾五十，谓为前后相继，未若目为因宗趣相同而心赏神交。但不可否认的是，彊村先生晚年在并世词流中最为推重海绡，许之为"岭表大词家"④，而海绡则因彊村扬誉方得以登大学讲席，影响一时风潮所向。正因朱陈二人相知，铁夫始能与海绡有所交往并互通书信，他对周吴词集的校笺也恰好体现出了双方共同的影响：以校笺词集作为治词手段并寄托词学理念自是彊村家法，而所笺仅周、吴二家并先吴后周的选择，则显然是承教海绡词学并将之发扬光大的结果。总之，结合清真一笺来考察杨铁夫的词学，可对海绡翁有裨于近代岭南词坛的实际情况有更为明确的了解；也可以清楚地发现，铁夫所笺周吴二集堪为岭南词学史上的重要一环，在一定程度上助成了岭南词学的别辟户庭，形成有别于常州词派的独特面貌。

四、杨笺本的疏失

由前述论析可知，杨铁夫《清真词选笺释》最突出的特色，即突出地表现了笺者自身的词学研究意识，也因而在校勘的依据、笺注的引证与全书体例等方面都具有较为明显的个性化色彩。但毋庸讳言的是，这一特点令其笺在能够自出枢机的同时，也有不尽客观之虞。

首先，铁夫提出清真小令源出小山，并据此改笺陈氏注本，在笺注中

① 龙榆生：《陈海绡先生之词学》，龙榆生：《龙榆生词学论文集》，上海：上海古籍出版社 1997 年版，第 481 页。

② 蔡嵩云：《柯亭词论》，唐圭璋编：《词话丛编》，北京：中华书局 1996 年版，第 4909 页。

③ 参见彭玉平：《朱祖谋〈宋词三百首〉探论》，《学术研究》2002 年第 10 期。

④ 朱祖谋与陈洵交游事迹俱可参见龙榆生《陈海绡先生之词学》，龙榆生：《龙榆生词学论文集》，上海：上海古籍出版社 1997 年版。

引证大量小山词。其中固然有诸多独具心得之处，但若一一详察，也不难发现随意比附之例。如《荔枝香近》："大都世间，最苦唯聚散"，笺云：

小山《生查子》词："天与短因缘，聚散常容易。"

《扫花游》："恨入金徽，见说文君更苦"，笺云：

晏小山《诉衷情》词："随锦字，叠香芸，寄文君。"

《虞美人》："砑绫小字夜来封"，笺云：

小山《蝶恋花》词："题破小笺小砑红。"

《宴清都》："夜长人倦难度"，笺云：

晏叔原诗："甚夜长难度。"

又同词"宾鸿谩说传书，算过尽，千俦万侣"句，笺云：

从小山《蝶恋花》词"过尽流波，未得鱼中素"二语脱胎。

似此数例中无论内容、故实、字面，在历代诗词中均属习见，不易指认源流。其实，清真词公认为用集制作之能事，正所谓汇涓成海、所源非一，强为牵合，则不能无蔽。铁夫执着于源出小山之论并据以作笺，不免以偏蔽为创新，反而削弱了笺释的客观价值。

其次，或许是初创难以周全之故，此笺在体例方面也存在较为随意的疏失，并可见新旧风潮交替的痕迹。如校、笺、释三者中都存在取用成说而不予注明，或依据自己的解读径补词题、径改字句等情况，应是受到了古代诗文笺注通病的影响。而例言中虽已申明是"校者校其同异，笺者注其出处，释者解其用意"，实际运用中却时见三者混杂，出现释中夹校字句、校中杂论词法等问题。如《少年游·朝云漠漠散轻丝》中"而今丽日明金屋"一句，释中云："《诗余》'而今'改今作'今朝'，减却陡转力量，非是。"又《南乡子·户外井桐飘》中"恐怕霜寒初索被，今宵"一句，释中云："（三）'今宵'郑刻作'中宵'。铁夫按：'今'字与（四）'已觉'较为叫应，且与（七）'明朝'对照，故从元本。"这些未能严守体例之处，对研读造成了一定阻碍。

最后，尽管铁夫在校笺字词格律、释说章句词法等方面能够沿着传统词学之途辙并发扬光大，但在进窥词心词境之际，仍未能尽得要领，乃至表露出了与传统词学理念之间的某些隔阂。显例如《忆旧游·记愁横浅黛》一阕中旧巢新燕、京尘满目云云，向被视为情真怨切，有难言之寄托。铁夫则释说云："此词若出他人可疑自伤身世之作，但清真惯说青楼景况，或无此感触也。"不唯未明清真胜诣，并且以"惯说青楼景况"推断"无此感触"的论词之道，亦颇不洽词体意内言外、以浅见深的本色特质。又如《浣溪沙·不为萧娘旧约寒》一阕题旨甚明，正如俞陛云所言："词人多作伤离之语，此乃言相见之欢。上阕三句作三折，不使一平衍之笔。观结句甫在门外下马，则'幽阁'二句，因见报喜之灯花，预暖洗尘之酒盏，皆代绿窗中人着笔也。语曰：'欢娱之言难工，愁苦之音易好。'此词却工。"① 而铁夫则发为异议曰："此厌旧喜新之作。萧娘旧约之人，君门新到之地。"细按原词，上阕忆"别"，下阕言"归"，合铨正见重续前缘之"喜"，当以俞说能得清真心眼所在。

铁夫在解说清真题旨时的偏误未免令人疑惑，不妨联系他对词牌的校释，对此中原因可窥探一二。在《六丑·正单衣试酒》一阕校中，铁夫云："此为清真应制之作。上询六丑之义，对曰此犯六调，皆声之美者。高阳氏有子六人，才而丑，故此以名调。"按《六丑》调始清真，据周密《浩然斋雅谈》所叙：美成于宣和中因作《少年游》解褐，既而宋徽宗闻李师师歌此调，遂召问六丑之义，清真对曰"此犯六调，皆声之美者，然绝难歌。昔高阳氏有子六人，才而丑，故以比"②；徽宗喜，令其作词颂祥瑞，清真以"颇悔少作"拒之。然宣和中清真已卒，周说多属无稽，早有

① 俞陛元撰：《唐五代两宋词选释》，上海：上海古籍出版社1985年版，第284页。

② 周密：《浩然斋雅谈》，唐圭璋编：《词话丛编》，北京：中华书局1996年版，第232页。

前人为之辨明。关于此阕，则有郑文焯特为考证云：

> 玉田《词源》云："崇宁立大晟府，命美成诸人讨论古音，八十四调之声稍传。美成复增慢曲引近，或为三犯、四犯之曲，依月律进之，其曲遂繁。"是其《六丑》犯六调之曲，当在提举大晟府时所制，既非少作，且未尝以老辞，信而有证。①

不难发现，若仅知周说并引以释词牌，不当目此阕为应制之作；若得见郑说而据以证应制，又不当转录周说所叙本事。由是观之，铁夫并不熟悉周密原文，亦未通晓周邦彦本人生平事迹及当时史实，对郑文焯、王国维等人的考辨文字恐怕也不曾详谙。但传统注家向以知人论世为不二法门，若未尝悉知作品的背景因素，自不免在理解时格义附会而致歧误，遑论乎以意逆志、探骊得珠了。要之，铁夫所笺梦窗既得振声于前，再笺清真却未能继响于后，究其根源，或即在此。

当然，得失对照，瑕不掩瑜，铁夫此笺的价值不容忽视。事实上，铁夫初笺梦窗虽与笺清真同年，但其后三易其稿，历时四年始为改定，是他在词学一道上孜孜以求、日益精进后的大成之作。而清真一笺，则可谓是其前期治词的阶段性成果展示。无论创新抑或疏失，都真切地反映了近代词学家在承继传统的同时尝试接轨现代的努力；笺中流露出的铁夫治词的理念，则典型地体现了岭南词坛学脉承继的实况。总之，《清真词选笺释》是一部颇具特色的著作，是研究清真词乃至整个近代岭南词学发展的可贵样本，值得关注。

---

① 详见郑文焯：《清真词校后录要》，郑文焯著，孙克强、杨传庆辑校：《大鹤山人词话》，天津：南开大学出版社 2009 年版，第 361 页。

第四章

清真词的甄选与晚清民国词学观念的转变

如绪论所述，现有的断代式周邦彦学术史研究都集中在两宋时期，晚清民国阶段的情况仅在全景式研究中有所概述，且研究者多集中关注王国维论清真等热点问题，对其他方面则尚未予以重视。而这一时期，不仅是整个词学学术史上词坛大盛、名家辈出的重要阶段，也是周邦彦的词史地位在词家眼中走上巅峰的关键阶段；不仅是传统词学与现代词学的过渡时期，也是中西方文学思想及社会思潮交融激荡的革新时期。对这一易代之际的清真词研究状况进行集中观照，既是本课题研究的势所必须，也当有益于见微知著地捕捉这一独特历史时期词学思想发展的走向及其动因。

词选这一词学批评的独特形式在清代尤为词家所重。以先后占据词坛主流的浙西派与常州派为例，无论兴起、发展，抑或转变，均以各自宗旨明确的词选为旗帜。故此，现有的研究多以量化统计法为基础，从各家词选入手考察清真词在各代的传播实况，然此类关于词选的考察多集中在王国维之前，尤其重视的是由浙西派而至常州派词选中清真词地位的攀升，及其中透露出的有清一代词学思想发展之规律。相对而言，对清末至民国阶段所出各类词选中清真词甄选情况的研究仍殊为寥落。笔者认为，就这一阶段的词学发展大势而言，仍然存在"风气转移，乃在一二选本之力"①的情况，不应等闲视之，欲以本章为周邦彦学术史的完整建构作一必要补充。

本章虽以选本为主要考察对象，却也并不愿受限于选本，而希望能够借由选本这一入口，向更深更广的方向开掘。在论述重点方面，对部分相关研究较多的选本，尽可能只拾取前人所遗而又对本主题确有价值的部分加以讨论，不再复述余事，以免重复；对前人未及论述，或笔者所见与现有观点不同者，则予以详加辨析。

---

　　①　龙榆生：《选词标准论》，龙榆生：《龙榆生词学论文集》，上海：上海古籍出版社 1997 年版，第 73 页。

第一节　性情之通到词学改良

尽管中国近代史始于 1840 年，但在此后近半个世纪内，西方社会文化思想的影响力多限制在沿海通商口岸一带，对内陆地区的渗透相当有限。大部分士大夫阶层的注意力仍停驻于传统的精神世界，在词学这一领域尤然。因此，这一时期的词学理论并不是传统词学僵死之后的惯性延续，而是其中的有机组成部分，仍然保持着向前发展的蓬勃状态，即如王易所云："十数年来，士学曾未稍辍，文风进而益昌。"① 不过，受时势影响，这一时期的词学理念必然要愈来愈深地浸染上忧生念乱的时代色彩。从周济、刘熙载、谢章铤、谭献、陈廷焯而至况周颐，提倡以词体感应时势、寄托兴衰的整体导向清晰可辨，而其具体主张则随着时局变幻之大势有所反复。

一、陈廷焯与清真词：身世之感，性情相通

陈廷焯的《词坛丛话》《白雨斋词话》以及《云韶集》《词则》两部词选俱产生于"同光中兴"之际或稍后，与谢章铤历咸丰乱世而成的以长短句"抑扬时局"② 的词学主张相比，陈廷焯的理论倾向明显有所不同：尽管也强调词体感慨时事的社会功能，却同时要求以沉郁顿挫的美学风格加以节度，认为"温厚平和，诗教之正，亦词之根本也"③。《云韶集》（1874）是为《词则》（1890）之前身，两部词选的异同体现着陈廷焯前后期词学思想的发展轨迹，但具体到清真词的甄选与评价上，两选之间同大于异：

① 王易：《词曲史》，南京：江苏教育出版社 2005 年版，第 279 页。
② 谢章铤：《赌棋山庄词话》，唐圭璋编：《词话丛编》，北京：中华书局 1996 年版，第 3529 页。
③ 陈廷焯著，杜维沫校点：《白雨斋词话》卷 7，北京：人民文学出版社 1959 年版，第 181 页。

其一，从清真词的入选情况来看，《云韶集》选有清真词 31 首（补一首），在宋代词人中位列第五；《词则》选 28 首，在宋人中排第七。考虑到《词则》所选词人词作数目远超于《云韶集》的情况，可以说其先后态度基本是一以贯之的。

其二，陈氏在前后期对清真词所下评语的着眼点乃至遣词运字均十分接近。如《云韶集》评《兰陵王·柳》为"又沉郁，又劲直，有独往独来之概"①，而《词则》评此阕曰："妙有许多说不出处，欲语复咽，是为沉郁"②，即如彭玉平师《陈廷焯前期词学思想论》所言，《云韶集》的评点已然体现出了沉郁说的初萌。③

其三，更为明显的是，陈氏在《云韶集》和撰于同一时期的《词坛丛话》中对清真词历史定位及特质的把握，在《词则》与《白雨斋词话》中有着几乎一模一样的延续：

美成词极顿挫之致，穷高妙之趣，前无古人，后无来者。词至美成，开合动荡，包扫一切，读之如登太华之山，如掬西江之水，使人品扫概自高，尘垢尽涤。两宋作者，除白石、方回，莫与其争锋矣。美成长调高据峰巅，下视众山，尽属附庸。（《云韶集》卷 4）

美成乐府，开阖动宕，独有千古。南宋白石、梅溪，皆祖清真，而能出入变化者。

美成词，浑灏流转中，下字用意皆有法度，故其词名《清真集》。盖清真二字最难，美成真千古词坛领袖。（《词坛丛话》）

苍凉沉郁，开白石、碧山一派。（《词则·大雅集》卷 2，评《齐天乐·绿芜凋尽台城路》）

美成小令于温、韦、晏、欧外别开境界，遂为南宋词家所祖。（《词则·大雅集》卷 2，评《菩萨蛮·银河婉转三千曲》）

词至美成，乃有大宗。前收苏、秦之终，后开姜、史之始，自有词人以来，不得不推为巨擘。后之为词者，亦难出其范围。然其妙处，亦不外

---

① 陈廷焯：《云韶集》卷 4，南京图书馆藏国学图书馆传抄本，以下所引《云韶集》《词坛丛话》俱出此本。

② 陈廷焯：《词则·大雅集》卷 2，上海：上海古籍出版社 1984 年版。

③ 见彭玉平：《中国古典诗学研究》，北京：中国文联出版社 2000 年版。

沉郁顿挫。顿挫则有姿态，沉郁则极深厚。既有姿态，又极深厚。词中三昧，亦尽于此矣。今之谈词者亦知尊美成。然知其佳，而不知其所以佳。正坐不解沉郁顿挫之妙。(《白雨斋词话》卷1)

　　将上述评论加以比较，其一致性不言而喻。显然，陈廷焯对清真词的接受并不像周济那样在董士锡的力推下犹经历了"抵牾者一年"① 的过程，而是在受词学于庄棫，进而转换门庭之前，便已对清真妙处深为了解。要推寻个中缘由，则不能不先提到陈廷焯在点评诸家选本时提出的选词标准：一为"缘情托兴之旨归"，二为"以我之性情，通古人之性情"。② 前者是常州词派一以贯之的论词要旨，后者则是陈廷焯由服膺浙西而转向常州的主观因素——他对清真词特质的独到体认正蕴乎二者之中。

　　首先，"声音之道，关乎性情"③ 是陈廷焯颇为重视的一个问题，在他看来，性情不唯是词体诞生的根本原因，更决定了词作的价值："情有所感，不能无所寄，意有所郁，不能无所泄。古之为词者，自抒其性情，所以悦己也。今之为词者，多为其粉饰，务以悦人，而不恤其丧己，而卒不值有识者一噱。"④ 正因词体特宜寄托真情，供后人借此追摩先贤，才具备了独立于诗文而存在的特殊意义，此即"后人之感，感于文不若感于诗，感于诗不若感于词"⑤。基于这一点，以"性情相通"作为选词标准方才有其合理性可言。其次，有无性情只是评价的起点，进一步的要求便是性情是否醇雅，即所谓雅俗之辨；而具备醇雅的性情之后，还要依循写作技巧的规范。陈廷焯有一段为入门者指示学词阶梯的话，也未尝不可视为对评

---

　　① 周济：《词辨·自序》，唐圭璋编：《词话丛编》，北京：中华书局1996年版，第1637页。

　　② 陈廷焯著，杜维沫校点：《白雨斋词话》卷5，北京：人民文学出版社1959年版，第127页；陈廷焯著，杜维沫校点：《白雨斋词话》卷8，北京：人民文学出版社1959年版，第214页。

　　③ 陈廷焯著，杜维沫校点：《白雨斋词话·自序》，北京：人民文学出版社1959年版。

　　④ 陈廷焯著，杜维沫校点：《白雨斋词话》卷10，北京：人民文学出版社1959年版，第212页。

　　⑤ 陈廷焯著，杜维沫校点：《白雨斋词话·自序》，北京：人民文学出版社1959年版。

词选词标准的概括："入门之始，先辨雅俗；雅俗既分，归诸忠厚；既得忠厚，再求沉郁；沉郁之中，运以顿挫，方是词中最上乘。"① 其中"雅俗""忠厚"是就性情而言，"沉郁""顿挫"则偏重于词法技巧，两者互为表里，此即"词以温厚平和为本，而措语即以沉郁顿挫为正"②。最后，对性情与措语的种种要求，终归是为了服务于"托兴"。关于如何在词中适当地"缘情托兴"，陈廷焯以庄棫所论为冠绝千古之识，即喻义过于明确则失之浅露，用意太深也未免昧厥旨归，唯"意在笔先，神余言外"③方得沉郁之要领、见性情之忠厚。在陈氏看来，清真词以凄婉悲怨为情感基调，而又难以一一比附事实的艺术风格，正是合乎这两条标准的典范。故此，陈廷焯对清真词特质的推崇一意专注于"沉郁顿挫"，而对其中的"语意精新"④"圆美流转"⑤"抚写物态，曲尽其妙"⑥ 等别种佳处则不置一词。

不过，需要注意的是，上述评选标准见于代表陈廷焯后期词学思想的《白雨斋词话》，是其脱浙入常之后的理论总结；而他对清真词"沉郁顿挫"这一美学特质的把握，却早在《云韶集》中已然明确，也为其后期的翻出浙派埋下了伏笔。显然，与其说是陈廷焯持此两则标准以观清真词，从而对其青眼有加，不如说是清真词对他的感染力贯乎始终，从而助成了其评词标准的最终确立。而这种艺术感染力的心理本源，一则是陈氏本人始终强调的性情相通，二则是两人身世之感的相似性使然——就历史背景而言，北宋神宗至徽宗时期与晚清咸丰至光绪时期的社会现实颇为相似：

---

① 陈廷焯著，杜维沫校点：《白雨斋词话》卷7，北京：人民文学出版社1959年版，第186页。

② 陈廷焯著，杜维沫校点：《白雨斋词话》卷10，北京：人民文学出版社1959年版，第211页。

③ 陈廷焯著，杜维沫校点：《白雨斋词话》卷1，北京：人民文学出版社1959年版，第5页。

④ 王灼：《碧鸡漫志》，唐圭璋编：《词话丛编》，北京：中华书局1996年版，第86页。

⑤ 黄昇：《唐宋诸贤绝妙词选》卷7，上海古籍出版社编，唐圭璋等校点：《唐宋人选唐宋词》，上海：上海古籍出版社2004年版，第652页。

⑥ 强焕：《题周美成词序》，周邦彦著，罗忼烈笺注：《清真集笺注》，上海：上海古籍出版社2008年版，第610页。引明汲古阁本《片玉词》二卷补遗一卷。

同样国事日非、风雨飘摇，却又毕竟未至穷途末路；时人既难免忧生念乱之情的浸染，又不免怀有振兴衰局的希望，此中滋味正是"有欲言难言之苦"①。就个人感遇而言，清真本因新旧党争而历经宦海浮沉，身世之飘零发为感慨，思力之过人成其法度，性情之柔厚见于笔端，故其为词能够"于悲郁中见忠厚"②；至于陈氏，虽不曾受仕途坎坷之苦，却须面对另一种形式的精神冲击，即民族危机引发的文化入侵。尽管其时西学的渗透较为缓慢，但江南制造总局的成立、西学课程的引进、洋学堂的面世、西方传教士的活动等已是不容忽视的现实，甚至标志着中兴之局的平定太平天国起义事件也直接得益于西人相助，这一切均不能不引起有识之士的关注乃至警惕。在《词则》定稿前两年，即光绪十四年（1888），陈廷焯南闱报捷，与座主汪懋琨谈论时事，凡"及古忠臣孝子，辄义动于色"③，却又不愿出仕，一心沉潜于"社会上等诸匠人"的"艺术一途"。④"四十后当委弃辞章，力求经世性命之蕴"⑤是陈廷焯的人生规划，联系其"天性醇厚"的性格特点，便难免由其中觉出逃避现实的意味。可以说，在国运未卜、变局难料的情形下转求内向，以词学造于精微来实现个体的生命价值，是暌隔千年的周、陈二人的共同选择，也是陈廷焯能够在得庄棫点拨之前即越出朱氏藩篱，契合清真，并对其特质有独特体认的深层因素。

　　总而言之，如果说陈氏在《词坛丛话》中的两宋词不可偏废论已然显露出其与朱彝尊独尊南宋主张的背离，并开启了《白雨斋词话》调和两宋论之先声，那么，他在《云韶集》和《词坛丛话》中对清真词的理解与推尊，乃至在《白雨斋词话》中将"沉郁顿挫"之妙与清真词的佳处等同视之，可以说不唯为这种离合之势提供了堪为佐证的实际案例，也为后人理解其最终脱浙入常的选择提供了一条颇堪玩味的线索。

---

①　陈廷焯著，杜维沫校点：《白雨斋词话》卷1，北京：人民文学出版社1959年版。

②　陈廷焯著，杜维沫校点：《白雨斋词话》卷4，北京：人民文学出版社1959年版，第85页。

③　汪懋琨：《白雨斋词话·序》，陈廷焯著，杜维沫校点：《白雨斋词话》，北京：人民文学出版社1959年版，第223页。

④　蒋方震为梁启超《清代学术概论》所作序，梁启超：《中国历史研究法：外二种》，石家庄：河北教育出版社2000年版，第360页。

⑤　王耕心：《白雨斋词话·序》，陈廷焯著，杜维沫校点：《白雨斋词话》，北京：人民文学出版社1959年版，第224页。

二、冯煦论清真词：两宋之长，专属一人

　　19 世纪结束之前，至少还有三部重要的通代词选面世，即冯煦《宋六十一家词选》（1887）、端木埰《宋词十九首》（约 1885—1888）①和王闿运《湘绮楼词选》（1897）。冯煦选本辑于其考中进士的第二年，乃从毛刊《宋六十名家词》，择取精粹而成，其《例言》即今本《蒿庵论词》。陈锐将此选与周济、张惠言之选并称，以为《例言》"可谓囊括先民之矩矱，开通后学之津梁，字字可宝矣"②。其选通常为论者关注的独到之处，一是不废苏、辛一派，二是于柳永、梦窗二家能发其微，③这也是冯煦词论对晚近词学的重要影响所在。但就本专题而言，更值得注意的是，冯煦对此四家善加发掘的动因，还需落到清真身上：他对苏、辛的欣赏显然有别于承豪放家数者，乃独取东坡之"空灵蕴藉"，而特赏稼轩之"摧刚为柔，缠绵悱恻"；推柳永为巨手，是重视其能"状难状之景，达难达之情，而出之以自然"，更点明梦窗的本色正在于"商隐学老杜，亦如文英之学清真"。由此看来，《例言》探析诸家胜处的用意与周济的"问途碧山，历梦窗、稼轩"颇为相似，盖以词家殊途同归，最终都将指向其所推崇的最高境界，也即周济标举的"以还清真之浑化"。

　　若将冯煦对清真词的看法与陈廷焯相比，两者对清真词的词史定位一致，但具体认知有所不同：陈廷焯专以清真词为"沉郁顿挫"说之范本，

---

　　①　《宋词十九首》初名《宋词赏心录》，其编撰具体年限不可考，参见彭玉平师《晚清"重拙大"词学思想溯源——端木埰〈宋词赏心录〉思想探论》，《学术研究》2004 年第 8 期。

　　②　陈锐：《裒碧斋词话》，唐圭璋编：《词话丛编》，北京：中华书局 1996 年版，第 4200 页。

　　③　按周济主张"退苏进辛"，而冯煦对苏颇为推崇，陈廷焯在《白雨斋词话》中以"高远""空灵""忠厚""寄慨无端"评价东坡，未尝不是受了冯煦的影响。邱世友《词论史论稿》认为冯煦"纠正浙派轻苏、辛，常州派轻东坡的倾向，为词论史上一大转机"，又认为其开了蕙风、彊村、海绡诸家研究梦窗词的先河，见人民文学出版社 2002 年版，第 307 页；郑文焯致书陈锐论柳永词，以为自宋至清人皆不敢道其一字，独冯煦"推为北宋巨手，遂使大声发于海上，足表千古"，见郑文焯：《裒碧斋词话》，唐圭璋编：《词话丛编》，北京：中华书局 1996 年版，第 4199 页。

在这一意义上许其"独有千古"；而冯煦虽也拈出"浑之一字"作为对清真词的总结，却更为关注清真词多方面的价值，其《例言》云：

陈氏子龙曰："以沉挚之思，而出之必浅近，使读之者骤遇之，如在耳目之前，久诵之，而得隽永之趣，则用意难也。以僶俛之词，而制之必工炼，使篇无累句，句无累字，圆润明密，言如贯珠，则铸词难也。其为体也纤弱，明珠翠羽，犹嫌其重，何况龙鸾，必有鲜妍之姿，而不藉粉泽，则设色难也。其为境也婉媚，虽以惊露取妍，实贵含蓄不尽，时在低回唱叹之余，则命篇难也。"张氏纲孙曰："结构天成，而中有艳语、隽语、奇语、豪语、苦语、痴语、没要紧语，如巧匠运斤，毫无痕迹。"毛氏先舒曰："北宋，词之盛也，其妙处不在豪快而在高健，不在艳冶而在幽咽。豪快可以气取，艳冶可以言工，高健幽咽则关乎神理骨性，难可强也。"又曰："言欲层深，语欲浑成。"诸家所论，未尝专属一人，而求之两宋，惟片玉、梅溪足以备之。周之胜史，则又在浑之一字。词至于浑，而无可复进矣。①

这段话是对清真词的整体评价，用意、铸词、设色、命篇、结构皆属写作技巧，高健、幽咽、浑成是为艺术风格，谓周邦彦以一人之笔两臻绝顶，不啻是为"清真集大成者也"② 一句作注。至于对具体作品的点评，如谓《玉烛新》一阕"钩勒之笔，愈转愈厚，片玉擅长"，也明显为接续周济所论。如果说冯煦词论中提倡苏、辛并举的部分是对周济"退苏进辛"一说的矫正，那么在清真词的看法上，则体现了更多的承袭色彩。由是观之，以冯煦论词本于常州派周、谭之说，③ 洵为知言。此外，冯煦既在词学理论方面举周邦彦为"无可复进"之圭臬，其本人的创作自也不免沾溉其膏馥。谭献评其《蒙香室词》"趋向在清真、梦窗，文径甚正，心

---

① 冯煦著，顾学颉校点：《蒿庵论词》，北京：人民文学出版社1959年版，第63页。

② 周济：《宋四家词选目录序论》，唐圭璋编：《词话丛编》，北京：中华书局1996年版，第1643页。

③ 见顾学颉：《蒿庵论词校点后记》，冯煦著，顾学颉校点：《蒿庵论词》，北京：人民文学出版社1959年版，第77页；邱世友：《词论史论稿》，北京：人民文学出版社2002年版，第287页。

思甚邃，得涩意"①，实非泛泛之论。《宋六十一家词选》成书于 1887 年，四年之后，陈廷焯即在《白雨斋词话》中评价此选"甚属精雅，议论亦多可采处"②，稍后亦有夏敬观在《蕙风词话》中诠评时人作词多取《宋六十一家词选》为参考，③ 陈匪石也称之为"晚近传诵之本"④，其影响一时可知，而这种影响，自然也包括了冯煦对清真词的评价与态度。

端木埰《宋词十九首》编选时间与冯煦之选接近，其中的取舍倾向虽然也与周济基本一致，但对清真词的态度不像冯煦那样是完全承继并光大周济之说，而是与陈廷焯较为接近，即特取清真风格之一端，以阐明自己的词学偏好，故所选仅《齐天乐·绿芜凋尽台城路》一阕。不过，陈氏《词则》"湮沉百年，不得令光宣诸词老见而讨论之"⑤，而端木埰此选的宗旨却可谓影响深远：据彭玉平师所考，清末四大词人中，王鹏运、况周颐并曾师从端木埰，朱祖谋、郑文焯亦与之交往频繁，则诸家对清真词的基本态度，或许已可于此选中寻见端倪。⑥

三、王闿运选清真词：吟咏性情，诚正人心

王闿运以经师身份名世，于词之一道原非专长，对词的看法也基本不受浙常二派的影响。一者，因别无文献可据，其《湘绮楼词选》三卷虽是以《词综》与《绝妙好词》为基础辑成，却"所选皆晚宋诸家词之流利

① 谭献：《复堂词话》，北京：人民文学出版社 1959 年版，第 33 页。
② 陈廷焯著，杜维沫校点：《白雨斋词话》卷 5，北京：人民文学出版社 1959 年版，第 127 页。
③ 唐圭璋编：《词话丛编》，北京：中华书局 1996 年版，第 4599 页。
④ 陈匪石：《声执》，陈匪石编著，钟振振校点：《宋词举》，南京：江苏古籍出版社 2002 年版，第 204 页。
⑤ 施蛰存：《历代词选集叙录（六）》，《词学》编辑委员会编辑：《词学·第 6 辑》，上海：华东师范大学出版社 1988 年版。
⑥ 至于此选具体如何表现端木埰的词学思想，及其词学思想对近代词学的主要影响，详见彭玉平师的《晚清"重拙大"词学思想溯源——端木埰〈宋词赏心录〉思想探论》，此不赘述。

显豁者，盖仍以北宋标格取之也"①；另者，所选词作中，王氏最为欣赏的是"妙手偶得""自然丰采""清艳天然"等本色言情之作，而以为赵与仁《西江月·夜半河痕依约》一类"讥当时君相"的作品"非词之正"，又评价苏轼《蝶恋花·花褪残红青杏小》是"非文人所宜"的"逸思"，更将姜夔的千古名作《暗香》评为"语高品下，以其贪用典故也"②。方之清真词，也只有《少年游·并刀如水》和《拜星月慢·夜色催更》两首词意晓畅、情致缠绵的本色之作收于该词选前编，加以批点；另《兰陵王》一阕入续编，无评点。除此三阕，在有清一代特为词家激赏的《齐天乐》《西河》《瑞龙吟》《花犯》《六丑》等沉挚浑厚、以思力见长的作品皆未能入其法眼。

　　盖王闿运对词体本质的核心论断乃是"词之妙处，亦别是一番滋味"，观其《湘绮楼词选》（1897）一编可知，这里的"别是一番滋味"，当指词的本质与诗文相比更宜抒写细腻情感。可以说，王闿运认可词体言情的本色，却不甚看重词体"言近旨远"的特质，故而与"沉郁顿挫"式的审美趣味相去甚远，也无法欣赏南宋诸家寄寓遥深的作品。故此，其词学观念基本上还属于词学发展前期"诗庄词媚"的思路，而与整个有清一代的尊体大势不甚相合。此外，王氏讥讽朱彝尊编选《词综》时"率多点易"③，其实他本人亦好改原作，同样颇为真正以词名家者所讥。不过，尽管是选无论在王氏本人著作中还是置之清代众多选本中恐怕都不算出类拔萃，其治词的经历却颇启人深思。

　　王氏最初接触词学是受孙麟趾的影响，但他在咸丰二年（1852）初识孙麟趾于南昌时，"方抗意汉魏诗文"，并未措意于词。及次年八月，王氏因太平军占领南昌避还长沙，"闻李仁元及希唐并殉国守，独对所题燕子图，吟想悲凄，始自作小令长慢"，并稍识孙氏门径，未几却又因友人之父的劝诫而放弃。其后数十年，王氏治礼、注经、评诗、讲学，乃至为湘

---

　　① 施蛰存：《历代词选集叙录（六）》，《词学》编辑委员会编辑：《词学·第6辑》，上海：华东师范大学出版社1988年版。

　　② 见《湘绮楼词选》眉批，以下不注出处者悉同。王闿运：《王闿运手批唐诗选》（附《湘绮楼词选》），上海：上海古籍出版社1989年版，第1468页。

　　③ 见王闿运：《张雨珊词序》，王闿运著，马积高主编：《湘绮楼诗文集》，长沙：岳麓书社1996年版，第390页。

军指陈兵略，无暇他顾。直至年近五十，于成都主讲尊经院之际才又稍事填词，并"阑入北宋，非复前孙氏宗旨"。又十余年，即光绪二十三年（1897），时已六十六岁的王氏在东洲主船山书院讲席期间，才终于编成是选，去其初始为词已逾四十年。至于他编成此选的动机，其自序解释为由于"杨氏妇兄妹学诗之功甚笃，然未秀发"①，故欲以闲情逸致、游思别趣启其性情、发其心思，而《词综》又"无可观"，遂自辑《湘绮楼词选》三卷，作为学词教程"以示诸从学诗文者"②。

　　然而笔者认为，王氏本人这一"轻描淡写"的解释只是原因之一，联系他在此前后的事迹以及相关历史背景考虑，此举或有更为深层的用意。光绪二十三年（1897）前后，正是湖南维新运动如火如荼之际，王闿运着手编辑词选的前一个月，犹在作诗斥责梁启超创办《时务报》及湖南巡抚陈宝箴、学政江标等提倡新学之举。③ 次年，长沙设南学会推广新学，王氏力阻，并终生指新学为抹杀君父，斥维新为"狂人乱政"④。越二年，在八国联军入京前夕，王氏犹致力于宣讲通经致用，以急君父之难。1911 年清廷覆灭之际，更作诗寄怀，以遗老自居。⑤ 种种言行皆可表明，王氏虽自认绝非"迂儒枯禅"，却无疑是传统意义上的粹然儒者，"忠君"二字可谓"中心藏之，何日忘之"，就连评点清真词也时刻执着于其词本事与徽

---

　　① 杨氏妇兄妹，指王闿运第四子代懿之妻杨庄及其兄，见集中《周甲七夕词六十一绝句·自注》及《与四子妇》书信。杨庄字兆仙，聪慧能诗，颇为王闿运所喜，《湘绮楼词选》中收有与其倡和之作。

　　② 此段引文见王闿运：《湘绮楼词选·自序》，王闿运：《王闿运手批唐诗选》（附《湘绮楼词选》），上海：上海古籍出版社 1989 年版，第 1436 页。其治词经历乃笔者据《自序》并参照陶先淮《王闿运生平大事年表》梳理而来。陶先淮：《王闿运生平大事年表》，《中国文学研究》1985 年第 1 期。

　　③ 见王闿运《周甲七夕词六十一绝句》，诗云："陈江下担起风波，南海蛛丝巧最多。总向天仙求富贵，不知身已入云罗。"自注云："丙申，陈幼民抚湘，江标督学，引黄遵宪为首道，梁启超主学报，发明南海先生之学，云翁同和之意也。一国若狂，湘人多被诱煽，至今未解。"王闿运著，马积高主编：《湘绮楼诗文集》，长沙：岳麓书社 1996 年版，第 1758 页。

　　④ 见王闿运：《周甲七夕词六十一绝句·自注》，王闿运著，马积高主编：《湘绮楼诗文集》，长沙：岳麓书社 1996 年版，第 1758 页。

　　⑤ 王闿运：《民国元年十二月廿二日作》："遗民感慨兵戈后，经国文章忧患馀。"王闿运著，马积高主编：《湘绮楼诗文集》，长沙：岳麓书社 1996 年版，第 1874 页。

宗皇帝之间的关系。① 与其政治态度相对应的是，他的全部注意力都集中在传统儒家学术上，认为通经方能治事，"经者常法，万物所不能违"②，而新学新政皆徒然淆乱人心，无益世道。事实上，在康梁等维新者眼中，重新诠释儒学确实是变法改制的思想前提，那么在王闿运等守旧派看来，维护传统学术与保卫纲常名教也自然是一体之两面。王氏生平从未笃嗜词学，却在儒家学者精神世界的基础受到新学严峻挑战的紧要关头，在提笔痛斥维新的同时把词纳入研究视野，恐难以用纯学术的动机来解释，其中多少也有着起衰救弊的意图。只不过，他欲振兴的并非"词学"本身，而是安顺于儒家思想的"人心"。其《船山书院记》有言："当此海氛不靖，异教庞杂，补救之术惟在扶持人才。"而扶持人才的关键又是"养其正气"③ ——尽管在他看来，与经史诗文相比，词赋固为小道，然"词赋似小，其源在诗。诗者，正得失，动天地，吟咏性情，达于事变"④。是故，词之一体虽不能直接起到经世治事的作用，却也能产生陶冶性情、矫正人心的效果，而令学生"俾知小道可观，致远不泥之道"（《词话丛编·自序》）。其实，王氏对词的这一理解可以回溯到他最初填词时的切身感受：太平天国起义期间，王闿运虽数欲从军未果，却多次为湘军策献军谋，并在得悉乐平知县李仁元等人抵抗殉国之后，伤痛莫名，始意为词。可以说，他本人对词体最初的兴趣，便是由忠君爱国、忧时念乱的情怀触发的。

　　龙榆生曾将选词之目的概括为四种：便歌、传人、开宗、尊体，要皆属于词学研究本体范畴，操选政者之性灵、学问、襟抱固有异同，而"于

---

　　① 《湘绮楼词选》之《少年游》批语云："有此留人者乎？非道君必不逢此。"又《拜星月慢》批语云："亦非道君所眷，不足当此恭维。"见王闿运：《王闿运手批唐诗选》（附《湘绮楼词选》），上海：上海古籍出版社1989年版，第1450页。《兰陵王》一阕虽未加批语，但其本事亦与徽宗相关。

　　② 《论通经即以治事》，王闿运著，马积高主编：《湘绮楼诗文集》，长沙：岳麓书社1996年版，第521页。

　　③ 王闿运著，马积高主编：《湘绮楼诗文集》，长沙：岳麓书社1996年版，第458页。

　　④ 《读书之要》，王闿运著，马积高主编：《湘绮楼诗文集》，长沙：岳麓书社1996年版，第363页。

斯四事，必有所居"①。但是，王闿运的选词目的显然已溢出此外，体现出了受到西学东渐之潮冲击的第一代传统学者"救亡图存"的危机意识。这一意识与他对词体的认知（当然也包括对清真词的看法）密不可分，从而令他由早期缘乎性情的兴趣，演化出了以性情导引人心的想法。或者不妨说，陈廷焯所倡导的"性情相通"式的选词原则，至王氏已变质为"性情相导"，即试图以词体陶铸性情，复以性情导乎人心。自然，姑且不论王氏的词学思想及选词眼光是否能够震动词坛、启迪后学，这一选本都不可能完成这种过于沉重的历史责任。事实上，与王闿运本人的意愿截然相悖的是，词选编成次年，其门生杨锐、刘光第即投身新政，最终列身"戊戌六君子"而垂名后世；曾追随其从学东洲的门生杨度后来也成了筹安会的发起人；而直接促成其编辑此选的杨庄兄妹更东游日本，以致王氏"辄为之三日不食"②。在席卷一切的时代大潮面前，任何类似的举措都无异于螳臂当车，注定不会成功。

四、梁启超父女与清真词：因势利导，词学改良

当然，以性情来引导人心并不是王闿运的独得之密。梁启超在 1922 年为清华大学学生所作演讲《中国韵文里头所表现的情感》中，即格外强调"情感这样东西，可以说是一种催眠术，是人类一切动作的原动力"，所以，"古来大宗教家大教育家，都最注意情感的陶养，老实说，是把情感教育放在第一位"，而"情感教育最大的利器，就是艺术"。③ 中国韵文的艺术，当然也包括了尤宜抒情的词体，梁令娴在《艺蘅馆词选·自序》中便提到，对于自己爱好倚声一事，"家大人谓是性情所寄，弗之禁也"④。

---

① 龙榆生：《选词标准论》，龙榆生：《龙榆生词学论文集》，上海：上海古籍出版社 1997 年版，第 59 页。

② 见《与四字妇》，王闿运著，马积高主编：《湘绮楼诗文集》，长沙：岳麓书社 1996 年版，第 1053 页。

③ 梁启超：《中国韵文里头所表现的情感》，《作文入门》，北京：教育科学出版社 2007 年版，第 55 页。

④ 梁令娴编，刘逸生校点：《艺蘅馆词选》，广州：广东人民出版社 1981 年版，第 1 页。

只不过，王闿运跟梁启超情感教育的方向南辕北辙，一欲复古，一欲维新，也就注定了结局的不同。就词学领域而言，以《词选》而挽大厦于将倾固不可为，但以词学来沟通新旧文化不失为行之有效的办法，梁启超及梁令娴便是这一词学改良之风的领军。

《新学伪经考》《孔子改制考》等对儒家思想的激进解构无异于颠覆传统士大夫的基本信念与核心价值观，势必会引起保守士绅阶层的猛烈反弹；而康、梁均主张开启民智的政治教育应以中国文化传统和西方政治理想两方面为基础，毕竟它们为中西方文化的调和共存留下了余地。具体到对待传统格律诗词的态度，梁启超《饮冰室诗话》中有一段堪称提纲挈领的议论，不仅适用于狭义的诗，也同样适用于包括词体在内的广义的"诗歌"[①]：

> 过渡时代，必有革命。然革命者，当革其精神，非革其形式。吾党近好言诗界革命。虽然，若以堆积满纸新名词为革命，是又满洲政府变法维新之类也。能以旧风格含新意境，斯可以举革命之实矣。苟能尔尔，则虽间杂一二新名词，亦不为病。不尔，则徒示人以俭而已。侪辈中利用新名词者，麦孺博为最巧，其近作有句云："圣军未决蔷薇战，党祸惊闻瓜蔓抄。"又云："微闻黄祸锄非种，欲为苍生赋《大招》。"皆工绝语也。[②]

简言之，这段话的要旨并不提倡抛弃旧体诗的形式，而是强调以旧形式写新时代之精神，与张之洞"中学为体，西学为用"的倡导正好背道而驰。当然，要做到这一点，必须既拥有深厚的旧学根基，同时又具备新学知识背景。梁启超举出了挚友麦孟华（其字孺博）为个中典范，而麦孟华正是指导其女梁令娴习词，并助其甄别去取，编定《艺蘅馆词选》的词学导师，同时也是当年《中外公报》与梁启超齐名的另一位时事述评主笔。《艺蘅馆词选》基本能够反映梁启超的词学观，当不为无稽之谈。

在前述演讲中，梁启超把中国韵文的传统表情方式分为三类，即"奔

---

① 按梁启超论韵文时的"诗"常指广义之诗，杨柏岭《也论梁启超的词学思想》一文已有详尽论证，此不赘述。见杨柏岭：《也论梁启超的词学思想》，《学术界》2004 年第 1 期。

② 梁启超：《饮冰室诗话》，北京：人民文学出版社 1982 年版，第 51 页。

迸的"、"回荡的"和"含蓄蕴藉的"。首先，梁氏本人推"情感文中之圣"是第一类，但也承认词之一体"最讲究缠绵悱恻，也不是写这种情感的好工具"，若勉强要举例作，只有辛弃疾《菩萨蛮·郁孤台下清江水》、吴梅村《贺新郎·万事催华发》、苏东坡《水调歌头·明月几时有》三首差可当之。其次，"回荡的表情法，用来填词，当然是最相宜"，这一类表情法又分"曼声"与"促节"两种，前者以稼轩为最佳，后者则推清真为圣手，并以《兰陵王》一阕为典范。最后，指出我国文学家最乐道的写情法"多半是以含蓄蕴藉为原则，像那弹琴的弦外之音，像喫橄榄的那点回甘味儿"，而"向来词学批评家，还是推尊蕴藉"。显然，梁启超对词体特质的判断并没有偏向于自己的审美趣味，而是尊重占据传统词学主流的正变观，承认在词体中真正能够尽态极妍的还是回肠荡气、蕴藉缠绵一类的作品，并且对以辛弃疾为代表的"热烈磅礴"一派以及以周邦彦为代表的"蟠郁顿挫"一派不加抑扬。对于不加抑扬的原因，梁启超已在演讲的开头特予申明：

> 我讲这篇的目的，是希望诸君把我所讲的做基础，拿来和西洋文学比较。看看我们的情感比人家谁丰富谁寒俭，谁浓挚谁浅薄，谁高远谁卑近。我们文学家表示情感的方法，缺乏的是那几种。先要知道自己民族的短处去补救他，才配说发挥民族的长处。这是我演讲的深意。①

这种先对传统文学作一客观深入的了解，然后再将中西文学加以比较，并在比较中衡鉴取舍的态度，较之一味固守旧规抑或全然吐弃国学，无疑都更为合理且更具可操作性，因而也庶几成为西学东渐背景下许多国学研究者的普遍选择。基于这种态度，在词学领域，尽管梁启超本人始终最为关注稼轩词，② 却还是在 1923 年应《清华周刊》记者之邀开具的《国学入门书要目及其读法》中，将最能代表传统词学主流趣味的《清真词》

---

① 梁启超：《中国韵文里头所表现的情感》，《作文入门》，北京：教育科学出版社 2007 年版，第 56 页。

② 梁启超对稼轩词的爱赏体现在许多方面，目前研究梁启超词学思想的论文对这一点均多有阐发，此不赘述。

列在了宋人词集类的首位。①《艺蘅馆词选》选入清真词 24 首，仅次于稼轩词，并于例言中特加说明："清真、稼轩、白石、碧山、梦窗、草窗、西麓、玉田，词之李、杜、韩、白也。故所抄视他家独多。"当然，梁氏父女对清真词的推举并非仅限于保存国故以便与西学对比，更为重要的原因，便是认为各以清真、稼轩为代表的两派词风"其实亦不能严格地分别"。且看梁启超对"回荡的表情法"所下的定义：

> ⋯⋯是一种极浓厚的情感，蟠结在胸中，像春蚕抽丝一般，把他抽出来。这种表情法，看他专从热烈方面尽量发挥，和前一类正相同。所异者，前一类是直线式的表现，这一类是曲线式或多角式的表现。前一类所表的情感，是起在突变时候，性质极为单纯，容不得有别种情感掺杂在里头。这一类所表现的情感，是有相当的时间经过，数种情感交错纠结起来，成为网形的性质。人类情感在这种状态之中者最多，所以文学上所表现，亦以这一类为最多。②

故此，梁启超又认为，拿"晓风残月"与"大江东去"来比较品格高下是不对的，"我们应该问哪一种情感该用哪一种方式"。笔者认为，这段话实在是梁启超文学观的精华所在，不唯有助于理解他本人兼爱各派风格的原因，而且可以为清代中后期以来词学批评中的一个显著变化作出明确的解释：在清代中叶以前，推崇"蟠郁顿挫"或"含蓄蕴藉"而排斥"热烈磅礴"的词学观确属词坛主流，但与此相反的推崇苏、辛而贬抑周、柳、吴、姜、史的论调也屡见不鲜，如最极端的例子，便是刘熙载《艺概·词曲概》的极尊苏辛词品而将清真、梅溪评为"周旨荡而史意贪"③。然而，自常州派兴起以来，这风格迥异的两派在词学批评家的视野中渐渐由壁垒分明的对峙局面，走向了调和并举的兼赏状态：张惠言已在《词

---

①　梁启超：《国学入门书要目及其读法》，《读书指南》，北京：中华书局 2010 年版，第 18 页。

②　梁启超：《中国韵文里头所表现的情感》，《作文入门》，北京：教育科学出版社 2007 年版，第 64 – 65 页。

③　刘熙载：《艺概·词曲概》，刘熙载著，薛正兴点校：《刘熙载文集》，南京：江苏古籍出版社 2001 年版，第 140 页。

选·序》中将苏、辛、周、姜并列于"渊渊乎文有其质"的宋代词家之盛者,① 周济复以稼轩为上达清真的必由之路;陈廷焯指出彭骏孙《词藻》"品论古人得失,欲使苏辛周柳,两派同归。不知苏辛与周秦,流派各分,本原则一"②;冯煦在激赏清真、梅溪的同时,也肯定刘熙载之论东坡"尤为深至",并对稼轩词大加推许;③ 况周颐许东坡"为一代山斗",兼而认为"宋词深致能入骨,如清真、梦窗是"④ ……要解释这一显而易见的两派合流趋向,固然可以从上述各家的词学论著中寻绎缘由,却不如从梁启超的这段话中直探本源:文学的表情方式与人类的情感乃至品格本身并非一一确指的关系,同样是浓烈、深厚、真挚的情感,由于发展变化阶段的不同乃至作者经历、个性的差别,完全可能以"一泻无余"和"百转千回"两种迥然不同的表达方式组织成文。是故,悲壮之情未必出之以"醉里挑灯看剑",爱国之志也不必系之于"笑谈渴饮匈奴血"。以苏、辛为"豪放派"和以周、吴诸家为"婉约派"的区分,是仅就表情方法而言才有其合理性,若将之与技巧或品格的高下混为一谈,则无异于指鹿为马。清中叶以还的许多词家能够兼赏周、吴与苏、辛,正是因为已经清醒地认识到这一点。譬如,况周颐在阐释"重"的概念时特地指出:"重者,沉著之谓。在气格,不在字句。"并举梦窗为例,谓之"中间隽句艳字,莫不有沉挚之思",因此"梦窗与苏、辛二公,实殊流而同源"。⑤ 当然,同样是阐释表情方法与情感本身应区分看待的问题,梁氏此段议论明显要比蕙风之言清晰准确,易于理解。盖传统词学不唯创作上多尚含蓄蕴藉,即使议论也不免"发之又必若隐若见,欲露不露,反复缠绵,终不许一语道破"⑥,而现代形态的词学研究在语言表达上明显有其优势。可以说,梁氏

---

① 张惠言:《词选·序》,北京:中华书局1957年版,第8页。

② 陈廷焯著,杜维沫校点:《白雨斋词话》,北京:人民文学出版社1959年版,第126页。

③ 分别见冯煦著,顾学颉校点:《蒿庵论词》,北京:人民文学出版社1959年版,第60、66页。

④ 分别见于况周颐:《蕙风词话》卷2、卷3,北京:人民文学出版社1960年版,第25、57页。

⑤ 况周颐:《蕙风词话》卷2,北京:人民文学出版社1960年版,第48页。

⑥ 见陈廷焯著,杜维沫校点:《白雨斋词话》卷1,北京:人民文学出版社1959年版,第5页。

这段议论给予后人的启发还不仅在于其内容本身，也以其实际效果证明了词学转型的必要性。

在区分"表情法"与"情感本身"这两个概念之外，梁氏对词体特有的表情传统亦深有认识，因此指出不唯词家向来"最讲究缠绵悱恻"，而且"凡文学家多半寄物托兴"，① "香草美人，寄托遥深""谈空说有，作口头禅"，皆古今诗家之结习。② 若抛开这一表情特质去琢磨词作的情感指向，则无异于抛开我国传统戏剧提鞭当马、搬椅当门的表演特点而妄言其所演何事。梁氏在演讲中举了周邦彦《兰陵王》为促节幽咽的典范，《艺蘅馆词选》又引其批点云："斜阳七字，绮丽中带悲壮，全首精神提起。"③ 这"悲壮"二字按语，足以表明梁氏并未将此词视为传说中赠别师师的香艳之作，而是看出了其中的伤心人别有怀抱。对表情方法与情感基调之间关系的把握，正是梁启超在趣味性情皆近稼轩的前提下尤能接受清真的基点。事实上，在梁启超本人不多的词作中，他也颇为自觉地运用了"回荡法""含蓄法"来表达现实题材，而此类作品自不免与周吴一派有着直接的渊源，也可以表明梁氏本人对于词体比兴寄托作用的认可。即如其《六丑》一阕，明言是效习清真以伤春寄寓感慨的词法，其小题云："伤春，学清真体东刚父。庭院，碧桃开三日落尽，藉寓所伤。后之读者，可以哀其志也。"④ 又如其《西河·基隆怀古用美成韵》与《念奴娇·基隆留别》，也明显属于"蟠郁顿挫"的风格类型。

厘清了以上关键，目前的梁启超词学研究中一些存在争议的问题也开始变得明朗：笔者以为，梁氏对于现代词学的贡献，并不仅在于"摒弃旧文人中常见的故步自封的做法，最大限度地发现、容纳和欣赏各种词的异质之美"⑤，也不限于"以较为先进的新的方法，着重阐释稼轩词的社会意

---

① 见梁启超：《中国韵文里头所表现的情感》，《作文入门》，北京：教育科学出版社 2007 年版，第 87 页。

② 梁启超：《饮冰室诗话》，北京：人民文学出版社 1982 年版，第 80 页。

③ 梁令娴编，刘逸生校点：《艺蘅馆词选》，广州：广东人民出版社 1981 年版，第 73 页。

④ 梁启超：《饮冰室合集·文集之四十五（下）》，北京：中华书局 1989 年版，第 84 页。

⑤ 刘石：《梁启超的词学研究》，《文学遗产》2003 年第 1 期。

义，并给予词史上最高的评价"①，更重要的是在于以现代形态的文学研究方式明确界定并分析了包括词体在内的传统韵文的各类表情方法及所属情感类型，从而点明了清代中叶以来两派合流现象的深层原因，并且有效地示范了词学研究改良的可行性。至于梁启超本人的词作，究竟是"内容和形式均未能冲破北宋婉约词人的藩篱"，抑或是"绝非北宋婉约词家所能及"②，似也并无争论的必要。"香草美人，寄托遥深"，或者说是"言近旨远""意在言外"，本来便是梁启超加以肯定并有意汲取的词体本色技法，在这一方面，梁词与清真、梦窗等所谓的"婉约派"词家当是薪火相传的关系。以这种传统表现手法来抒写具有时代精神的言外之旨，恰能符合"以旧风格含新意境"的诗词改良目标。其所谓"新意境"，乃是关注新时代风云变幻者胸中自有之精神格局，与"旧风格"的表情方式之间绝非有你无我。无论理论所倡还是创作实践，"茹今而孕古"始终是梁启超所强调的诗词改良之"理想风格"。③

此外，梁氏父女治词的一个重要原因，是意图令词之一体在新时代发挥更为积极的作用。《饮冰室诗话》认为"欲改造国民之品质，则诗歌音乐为精神教育之一要件"，欲使中国文学复兴，也当摆脱"诗、词、曲三者皆为陈设之古玩"的局面。若能配合音乐改良，"则吾国古诗今诗，可以入谱者正自不少；如岳鄂王《满江红》之类，最可谱也"④。梁令娴深受此论影响，不但在自序中自陈初习倚声的契机时便将"嗜音乐"与"喜吟咏"连为一谈，更明言其编辑词选的动机与意义即是为了配合音乐教育：

　　抑令娴闻诸家大人曰：凡诗歌之文学，以能入乐为贵。在吾国古代有然，在泰西诸国亦靡不然。以入乐论，则长短句最便。故吾国韵文，由四

　　①　谢桃坊：《梁启超的稼轩词研究之词学史意义——兼论近世关于豪放词的评价》，谢桃坊：《词学辨》，上海：上海古籍出版社 2007 年版。

　　②　见梁鉴江为汪松涛《梁启超诗词全注》所作序。汪松涛编著：《梁启超诗词全注》，广州：广东高等教育出版社 1998 年版，第 4 页。为反驳此论，杨柏岭《也论梁启超的词学思想》一文以相当的篇幅论证了梁词如何以伤春送别寄寓对时世的关注以及如何直接抒写"国难、社会、人生"等主题，从而得出后一种结论。杨柏岭：《也论梁启超的词学思想》，《学术界》2004 年第 1 期。

　　③　梁启超：《饮冰室诗话》，北京：人民文学出版社 1982 年版，第 86 页。

　　④　梁启超：《饮冰室诗话》，北京：人民文学出版社 1982 年版，第 96 页。

言而五七言，由五七言而长短句，实进化之轨辙使然也。诗与乐离盖数百年矣，近今西风沾被，乐之一科，渐复占教育界一重要之位置，而国乐独立之一问题，士夫间莫或厝意。后有作者，就词曲而改良之，斯其选也。然则兹编之作，其亦可以免玩物丧志之诮欤！

　　由这段话看来，梁氏父女在诗词回归合乐的问题上似乎稍有分歧：梁启超明确提出，将古诗词谱以新乐，以避免"国歌之乏绝"①；而梁令娴则进一步表明自己选词"斟酌于繁简之间"，是希望能够为编写新乐歌词的作者提供灵感，"就词曲而改良之"。但笔者认为，梁令娴的这一层用意，自是受其父启发。梁启超在《饮冰室诗话》中说："今欲为新歌，适教科用，大非易易。盖文太雅则不适，太俗则无味。斟酌两者之间，使合儿童讽诵之程度，而又不失祖国文学之精粹，真非易也。"② 此外，梁氏还举了一个就古诗词改编入乐的成功例子，是以"风萧萧兮易水寒""别时容易见时难"等改为尾声，拍以新谱，虽然"近于唐突西施，点窜《尧典》，然文情斐茂，音节激昂，亦致可诵也"，其良好的艺术效果能令"举座合唱，声情激越，闻者皆有躬与壮会之感"。③ 可见，梁氏提倡的研究词体以配合音乐改良，并非仅限于将古诗词入乐这一方面，④ 也提倡将古词作为揣摩学习的对象，以便在新式歌词中"保存祖国文学之精神"。这恐怕也是原本就适宜歌唱的清真词入选《艺蘅馆词选》数目较多的原因之一。

　　要言之，以旧形式熔铸新精神，并且在情感教育和音乐改良中起到积极作用，便是梁启超父女所倡导的词学改良之方向。若以这一改良思路来观照传统词学，则清真词尽管不再被视为不可逾越的巅峰，却仍然是值得学习借鉴的对象；而清真词擅用的"表情法"能够代表人类情感的主要状态，便自有其不可取代的价值，在新的时代亦不妨延续乃至发扬。

---

　　① 梁启超：《饮冰室诗话》，北京：人民文学出版社 1982 年版，第 96 页。

　　② 梁启超：《饮冰室诗话》，北京：人民文学出版社 1982 年版，第 97 页。

　　③ 梁启超：《饮冰室诗话》，北京：人民文学出版社 1982 年版，第 112－113 页。

　　④ 此论见朱惠国：《论梁启超词学思想及其对词学现代化转换的意义》，《上海大学学报（社会科学版）》2005 年第 4 期。其文认为梁氏在词乐结合问题上比较保守，只是强调将古诗词入乐，因而"还是一种对传统文化的利用与改造，不属于新文化的范畴"。

从陈廷焯到梁启超，尽管取舍标准有所不同，对于词体社会功能的要求却是贯穿始终的。不过，陈廷焯、冯煦等本以词人见称，对于词体社会功能的要求与其"尊体"的词学宗旨密不可分，无论编辑选本还是撰写词话，其最终目的无非还是振兴斯道。而王闿运以湘楚大儒选录小词，梁启超以新学领军批讲倚声，醉翁之意却不尽在词学本身。值得重视的是，无论是王闿运意欲借助词体引导性情，还是梁启超试图令词体也能"独辟新界而渊含古声"[1]，以清真词为代表的传统词学主流风格始终未曾遭到摒弃。换言之，至少在词学改良这一阶段，复古抑或维新的二元选择并不直接表现为对清真词的认知之别。但在胡适涉足词坛之后，这一点却发生了根本性的变化。

第二节　文化遗民与词学革命

进入民国之后，社会形态变革引起的巨大震荡，以及新式学校风行于世、工商业大规模发展等现代化趋势带来的强烈刺激，无疑会令词学思想的发展烙上鲜明的时代印记，传统与现代之间的张力在诞生于这一时期的词学著作中得到了最为清晰的显现。彭玉平师在《词学的古典与现代——词学学科体系与学术源流初探》一文中论述过"词学"作为专门之学成熟于 20 世纪 30 年代前后的过程，并就谢无量《词学指南》（1918）、徐敬修《词学常识》（1925）、徐珂《清代词学概论》（1926）、胡云翼《词学ABC》（1930）、梁启勋《词学》（1932）、吴梅《词学通论》（1933）、龙榆生《研究词学之商榷》（1934）等一系列词学论著探讨了现代形态词学学科由初具雏形至正式转型的具体轨迹。而在这条理论著作的脉络之外，还有不少词家在以词选形式表达这一转轨阶段独特的词学理念，体现他们尝试建构现代形态词学学科的努力，抑或力图在新的时代延续传统词学精神的用心。作为集传统词学审美趣味之大成的典型，清真词在这一时期各类词选中的甄选情况，恰似风向标一般如实地反映了应时代大势而生，但

---

① 梁启超：《饮冰室诗话》，北京：人民文学出版社 1982 年版，第 1 页。

又各具手眼的取舍之旨。

一、吴莽汉与清真词：遗民之选，别有怀抱

与谢无量《词学指南》同样以"词学"为题的《词学初桄》一书，为崇明吴莽汉辑，前有太仓李联珪序，出版于民国九年（1920）。是编绪言长近万字，实为词话一部，分原始、律谱、制曲、审音、用韵、换叶、集虚、炼句、咏物、言情、使事、宜忌、难易、转折、名义十五目讲论词法；正文词谱八卷，以字数多寡为次，每调仿徐师曾《文体明辨》之例，先列音谱，后列词句。其所录皆宋元以前习见词调，凡有异名则"务择其最古者"，每调每体所举例作并不限于原创，依例言所云，殆"求其雅，不求其备也"。这种谱选结合的形式，无疑是意图为阅者提供音律、内容、词法、情志各方面均堪效仿的典范，而吴氏心目中的典范标准，大体可概括为"雅""古"二字。其词学趣味十分传统，绪言中以"意内言外""温柔而敦厚""怨悱而不乱"为词之大旨是承常州派而来，以"周清真之典丽，姜白石之骚雅，史梅溪之句法，吴梦窗之字面"为炼句之法乃直录仲恒词论①，而摘句集虚则学陆辅之《词旨》，其中属对、词眼与一字类集虚径从《词旨》录出，警句与二、三字类集虚亦可视为对《词旨》的补充。词谱部分中，清真词与向被视为宗法清真的南宋白石、梦窗、梅溪诸家，乃至方千里、杨泽民、陈允平三家的和清真之作相比，占据了绝对的优势——清真本人的作品达 34 首之多，比位居第二的梦窗词多出了 19 首。

乍看之下，除了对清真及其追随者过分钟爱，是书几乎无甚特出之处，加之作者与为序者均非名家，宜乎其湮没不闻。然而深思又不尽然：是书出版于民国九年（1920），且作者身居与上海邻近的崇明，而非相对封闭的内陆，何以只顾花大力气编出这样一部中规中矩的古典形态的词学著作，却似乎对新文化运动影响下崭新的社会文化风气毫无所觉呢？很容易令人联想到的一种答案，便是编者有意识地用这样的形式来对抗开始于两年前的激进文学革命，与林纾致蔡元培的长信以及《学衡》杂志的创办

① 见王又华：《古今词论》（录仲雪亭词论），唐圭璋编：《词话丛编》，北京：中华书局 1996 年版，第 610 页。

等举动同一枢机。但不可忽视的背景情况是，在当时而言，这股"推倒陈腐的、铺张的古典文学"① 之风并没有对词学界造成真正的撼动，基于古典范畴的词学研究仍然是无可置疑的词坛主流，直至20世纪30年代前后，各种主要词学理论著作也只是不同程度地融进了现代科学精神，体现出了有识者在继承传统的同时建构现代形态词学学科的探索。是故，仅以捍卫古典词学传统作为吴氏编撰是书的主旨，似乎不够令人信服。那么，是书的编撰目的，乃至其值得探讨的价值究竟何在呢？笔者认为，在于其中流露出的与时代精神背道而驰的遗民心态。吴氏绪言云：

> 柳耆卿晓风残月，苏长公乱石崩云之句，工则工矣，徒乱人意，无裨实用。何如六经百氏之书，炳炳麟麟，足以维世变而正人心乎？况道丧文蔽之时，尤宜崇实黜华，以张朴学。纵不必取《草堂》之选付诸祖龙，何事推波而助澜耶？……莽汉，天壤之畸人也。年年作嫁，压线空劳。挥鲁子之戈，力穷返日；炼娲皇之石，术乏回天。寂寂江山，沧桑变于俄顷；茫茫今古，哀乐奚啻万端。不为无益之举，曷遣有涯之生！

一段话中，作者深沉的怀古伤今之感、离乡去国之悲，昭然可见。其所去之"国"，显然不是中华民国，而是已于1912年灭亡的清朝。这一点，在其友人李联珪所作的序里说得更加明白：

> 嗟乎！蜗角山河，尽才子伤心之地；莺花社稷，供词臣凭吊之场。一曲瑶琴，武穆之心期孤揿；余生江海，文山之宏志未酬。古有作者，今无其人。然则吴子之辑是书，其用意，当别有在。呜呼！此所以读未终编，而不禁为之四顾踌躇也！

自然，家国倾覆之际的文人心态及文学创作早已不是什么新鲜的话题，然而清末民初的遗民心态又十分不同于以往：他们所经历的不是封建政权交接时的改朝换代，而是政治制度、社会生活、文化精神、思想根基等方方面面翻天覆地的剧变。如果说1898年的维新运动还只是剧变的先

---

① 见陈独秀：《文学革命论》，载于1917年2月的《新青年》上。

兆，则 1912 年的清朝灭亡无疑是一个句号，昭示着延续了两千多年的封建君主专制制度至此已被颠覆；如果说梁启超等人调和古今的改良主张，还容许士绅阶层在风云激荡的思想变革面前摸索着克服新旧两种价值观的分歧，则新文化运动不唯彻底剔除了传统价值核心，还划下了一道界限，将所有未能及时跟上时代步伐的保守者断然摒弃——他们不仅是故国遗老，而且是整个传统文化面临颠覆之际不知何去何从的文化遗民。确实，各种强烈冲击接踵而来之时，有远见者或能跳出乱世而成为英雄，努力超越原有的文化局限，去探寻新的方向；但大部分普通人恐怕都要经历一段艰难的转轨时期。这部《词学初桄》，便是可以代表这一独特易代之际普通文人复杂况味的样本，而这种"借碧山咏物之题，寄玉田忧时之意"（李序）的心态，也正是吴氏对周邦彦及宋季诸家格外青睐的原因。值得注意的是，在清末民初之际，《词学初桄》显然不是唯一一部基于这种心态而写成的词学著作，而在今天的词学研究中，相当一部分此类著作却常常被人遗忘。笔者认为，堪为时代风云直接见证的，不仅是那些在近代词学发展史上起到更为积极作用的成功之作，也包括这些与现实格格不入的"亡国之音"。若能对近代词学发展史上相对寂寞的这一环投注更多的目光，或许不唯有助于厘清传统词学向现代词学转型过程中出现的学术分途，也对理解郑文焯辞教北京大学、王国维自沉未名湖等近代词人的悲剧抉择不无裨益。

二、以朱祖谋为代表的清季名家与清真词：度人金针，匡复绝学

吴莽汉等人是借辑录词选来排遣胸中块垒，其抑郁忧愤的遗民之志固然令人动容，但在词学建树方面毕竟乏善可陈，对于今人来说，其研究价值恐怕会更多地体现在社会思想史而非词学史方面。与之相反的是，向来被视为清代词学之结穴的清季四大家同样心恋故朝，却因词学成就过于夺目，而往往令今之研究者相对忽视其所抱持的遗民心态。但是，若要探寻以四家为首的清季词坛名宿对于清真词的态度，这一点亦不容闲闲放过。

四家所治清真词可以分为深入研究与明示初学两种类型。前者如郑文焯、王鹏运、朱祖谋均曾致力于清真别集的校刊传播，其中郑文焯《清真词校后录要》是举世公认的清真词校勘史上的一大成就，而况周颐晚年严

于守律，多选僻调，亦以清真词作为根据；① 后者则有朱祖谋《宋词三百首》一编堪为代表，如吴梅所言："彊村所尚在周、吴二家，故清真录二十二首，君特录二十五首，其义可思也。"② 此选既然旨在为初学指导入门正途，对于清真词特质的揭示也就力图便于初学者理解，有别于专治批评之学者。朱祖谋但以一言撮其要云："两宋词人，约可分为疏、密两派，清真介在疏、密之间，与东坡、梦窗，分鼎三足。"③ 只谈三家词法之别，而不评价主从高下，正是为学者计，不欲蔽之以一偏之见。至于以清真为典范的浑成之旨究竟何在，则不予言明，而令读者自于选目中体会：集中所录清真词以长调为主，小令只有《蝶恋花·月皎惊乌栖不定》《关河令·秋阴时晴渐向暝》《夜游宫·叶下斜阳照水》三阕。其中《蝶恋花》胜在"形容睡起之妙，真能动人"④，《关河令》妙于"神味拙厚""笔力有余"，⑤《夜游宫》则是"层迭加倍写法""精力弥满"，⑥ 要皆不离"浑"之一字，而如《少年游·并刀如水》之类清丽有余、深致不足的作品则概不取入。初编本原录有清真《定风波·莫倚能歌敛黛眉》一首，重编时删去，原因或亦在此。是编既以词家正鹄风靡晚近词坛，又经唐圭璋笺注而盛传至今，其中着重展现的清真面目也不能不影响深远。尤其"浑化"一言，自周济发其端，余子尽其绪，至此选出，几已成为清真词境之定谳。⑦

---

① 见龙榆生：《清季四大词人》，龙榆生：《龙榆生词学论文集》，上海：上海古籍出版社 1997 年版，第 469 页。本章既以选本研究为题，则关于诸家校刊清真别集的种种问题暂略过不表；另况周颐所编《蕙风簃词选》笔者未得经眼，也唯有他日再做补白。

② 见吴梅：《宋词三百首笺注·序》，唐圭璋笺注：《宋词三百首笺注》，上海：上海古籍出版社 1979 年版，第 3 页。

③ 唐圭璋笺注：《宋词三百首笺注》，上海：上海古籍出版社 1979 年版，第 86 页。

④ 王世贞：《艺苑卮言》，唐圭璋编：《词话丛编》，北京：中华书局 1996 年版，第 389 页。

⑤ 陈洵：《海绡翁说词》，唐圭璋编：《词话丛编》，北京：中华书局 1996 年版，第 4872 页。

⑥ 周济：《宋四家词选眉批》，唐圭璋编：《词话丛编》，北京：中华书局 1996 年版，第 1650 页。

⑦ 关于《宋词三百首》的其他问题，彭玉平师《朱祖谋〈宋词三百首〉探论》一文已有详尽研究，见彭玉平：《朱祖谋〈宋词三百首〉探论》，《学术研究》2002 年第 10 期。

诸家之研究清真，无论服务于"词学"抑或"学词"，其最终目标都是要振衰救敝、复兴斯道，而遗民心态正是这一目标的出发点。龙榆生在《晚近词风之转变》一文中曾略为点出个中阃奥：

鼎革以还，遗民流寓于津沪间，又恒借填词以抒其黍离麦秀之感，词心之酝酿，突过前贤。而彊村先生益务恢弘声家之伟业，网罗善本，从事校刊唐、宋、金、元人词，以成《彊村丛书》。一时词流，如郑大鹤（文焯）、况夔笙、张沚尊·（上龢）、曹君直（元忠）、吴伯宛（昌绶）诸君，咸集吴下，而新建夏吷庵（敬观）、钱塘张孟劬（尔田），稍称后起，亦各以倚声之学，互相切摩，或参究源流，或比勘声律，或致力于清真之探讨，或从事梦窗之宣扬，而大鹤之于清真，弘扬尤力，批校之本，至再至三，一时有"清真教"之雅谑焉。各家搜讨既勤，讲求益密，而又遭逢衰乱，感慨万端，故其发而为词，类能声情相称，芳悱动人，虽其源出常州，而门庭之广、成就之大，则远非张、周二氏之所能及矣。……（彊村先生）别选《宋词三百首》，示学者以轨范，虽隐然以周（清真）、吴（梦窗）为主，而不偏不倚，视周氏之《四家词选》，尤为博大精深，用能于常州之外，别树一帜焉。①

此段议论旨在剖析以四大家为代表的清季词人之所以沿常州余波而又能突过前贤、别树一帜的原因，"遭逢衰乱、感慨万端"八字可谓切中肯綮。譬如，王鹏运早年为词导源碧山，而于 1899 年以后趋向清真，"《蜩知集》中，用清真体或和韵者计十四阕"②。其转变固如龙榆生所言是受了郑文焯、朱祖谋的影响，但恐怕也与他在义和团运动时身陷危城，幽愤之情郁积于胸的经历不无关系——运悲壮于沉郁，正是清真本色。又如，诸家中以郑文焯服膺清真最甚，对于清朝的覆灭亦感忧最深，③ 二者多少互

---

①　见龙榆生：《龙榆生词学论文集》，上海：上海古籍出版社 1997 年版，第 382 页。原载《同声月刊》第一卷第三号，1941 年 2 月。

②　龙榆生：《清季四大词人》，龙榆生：《龙榆生词学论文集》，上海：上海古籍出版社 1997 年版，445 页。按龙文中的清季四家指王鹏运、文廷式、郑文焯、况周颐。

③　龙榆生《清季四大词人》："文焯旗人，其伤感自视他人为甚。"龙榆生：《龙榆生词学论文集》，上海：上海古籍出版社 1997 年版，第 459 页。

为因果，故有"谁分有限生涯，伤心余事，作江南词客"① 的自述。不过，在痛伤家国的心绪之外，他们也同样面临着文化认同的困境，这一点却还有待发明。

王鹏运尝云："老人又以出世之志，牵于身世不得遂；求得西方贝叶之书，乃哆口瞠目不能读，读亦不能解。惟所谓鹜者，其鸣无声，其飞不能高以远，日浮沉于鸥鹭之间，而默以自容，或庶几焉?"② 王氏以文名享誉一世，如今面对西学却成了不折不扣的"文盲"，此中滋味，令闻者亦为之心酸。而这份苦涩，当然不仅仅是王氏个人的感触。即使诸家确如识者所论对维新派多采取同情态度，③ 也终与锐意变革者有所不同。待到新文化运动兴起的阶段，这种不同更日益扩大成为难以逾越的深堑：以西学学科设置为主的现代化高等学府出现、白话成为教育部规定的教科书通用语言、新派学人以杂志报纸等传媒形式占据大众话语权……凡此种种固不容前朝遗老以毕生所学觅得一席之地，即便是新文化运动催生的"整理国故"的热潮，事实上也与他们的学术追求格格不入——桑兵在《晚清民国的国学研究》一书中对 20 世纪 20 至 30 年代前半段的国学热潮详加分析之后，认为对于当时许多热衷此道的学人而言，"整理国故实际上成为'介绍欧化'的前驱"④。尽管这主要是为经史诗文而发，然据此以观梁启超的词学主张，其冥然暗合处不待多言。回视清季词坛遗宿，其孜孜不倦于校雠词籍、刊刻丛书、撰述词话、编辑选本，却志在度人金针、匡复绝学。故而前者可以将西洋文学作为参照对象，推崇淋漓尽致的表情法，并倡导我国"今后的文学家，努力从这方面开拓境界"⑤；而后者尽管各自循途于

① 郑文焯：《念奴娇·己酉除夕》，《樵风乐府》卷 9，《续修四库全书》编纂委员会编：《续修四库全书》，上海：上海古籍出版社 2002 年版。

② 王鹏运：《半塘僧鹜自序》，见《彊村词剩稿》卷 2《哨遍》词注，《续修四库全书》编纂委员会编：《续修四库全书》，上海：上海古籍出版社 2002 年版。

③ 见林玫仪：《论晚清四大词家在词学上的贡献》，《词学》编辑委员会编辑：《词学·第 9 辑》，上海：华东师范大学出版社 1988 年版。按林文据王、郑二人与康有为交往密切、朱祖谋与刘光第有旧、况周颐悼张勋复辟之词等得出结论，然据龙榆生《彊村本事词》一文所载朱祖谋感慨新政之作，是说恐未尽其实。

④ 桑兵：《晚清民国的国学研究》，上海：上海古籍出版社 2001 年版，第 11 页。

⑤ 梁启超：《中国韵文里头所表现的情感》，《作文入门》，北京：教育科学出版社 2007 年版，第 64 页。

白石、碧山、稼轩、东坡等家，却终须上衔"清真之浑化"，以浑成重拙为旨归，冀由此振举千年之坠绪。概而言之，诸家对清真、梦窗一派的认同，固是宗社之变带来的隐痛使然，而因无缘于时代热潮而凋丧索然的心态也未尝不蕴乎其中了。

三、胡适、陈匪石、叶圣陶与清真词：术途分歧，各异其趣

民国十五年（1926）、十六年（1927）是近代词选史上值得关注的两年，这两年里相继有三部颇有影响的词选面世，分别为胡适《词选》、陈匪石《宋词举》和叶圣陶《周姜词》。[①] 三者持说各异其趣，然皆能反映时世之需要。

若以是否能够转移风气作为考量标准，则胡适《词选》的重要性不唯是三者之最，甚至有过于朱祖谋的《宋词三百首》。朱氏选本乃清代词学之集成，而胡适选本则从根本上撼动了传统词学理论，且又深深影响了来学。作为文学革命的首倡者，胡适认为要在新文学中灌注新思想、新精神，便需以转换语言工具为先决条件，遂提出了中国传统文学正宗并非文言而是白话的著名论断。在文学革命运动兴起之初，白话派的改造目标还主要在小说、杂文、散文、（狭义的）诗歌等领域，而放过了词体。但自钱玄同指出胡适所作白话诗仍然残存五七言格式的问题之后，胡适不唯在创作上开始"放手去做那长短无定的白话诗"，且更发现了号为"长短句"的词体之于白话文学理论建构的特殊价值。在描述两千年白话文学史时，他强调道：

但诗句的长短有定，那一律五字或一律七字的句子究竟不适宜于白话；所以诗一变而为词。词句长短不齐，更近说话的自然了。五代的白话词，北宋柳永、欧阳修、黄庭坚的白话词，南宋辛弃疾一派的白话词，代

---

① 据钟振振《读陈匪石先生〈宋词举〉》，陈匪石《宋词举》于 1947 年正式出版，但初稿写定于 1927 年其于北京中国大学中文系教授词学期间。见陈匪石编著，钟振振校点：《宋词举》，南京：江苏古籍出版社 2002 年版，第 240 页。

表第三时期的白话文学。①

尽管在《词的起源》一文中，他对这一观点做了修正，补充了词与音乐的关系，但并没有改变词体从根本上应当属于白话文学的看法。他的《词选》，即是为这一观点所下的注脚。从编排上看，此选首创了以新式标点断句、分行排列且错落不齐的形式，有意忽略了词体协律押韵的问题；从选目上看，所录小令多而长调少，通俗晓畅之作多而深邃缜密之作少，回避了以词法技巧见长的作品。如此安排，显然是为了在行文形式与阅读感受上拉近词与白话诗的距离。也即是说，其取舍倾向与其说是重豪放、轻婉约，不如说是重易懂、轻难懂——有论者以为胡适特别推崇苏、辛，鉴赏趣味倾向豪放风格，② 其实胡适心中何尝存有"豪放""婉约"这类传统词学批评家专用术语，只有"新"与"旧"，才是他始终横亘于胸的一对概念。正因如此，他对苏、辛的格外垂青主要是因为"苏轼、辛弃疾作词，只是用一种较自然的新诗体来作诗"③，但对稼轩词的才情气魄却不加瞩目，徒以"辛词的精彩，辛词的永久价值"全在小令之绝妙。④ 对东坡词，也只肯定其革新词体的功劳，而对其为词本身的妙处则不甚了了，所选数目甚至排在朱敦儒、陆游二人之后。不过，也正因为胡适并不以豪放、婉约或北宋、南宋之类派别概念为意，此选非但没有摒弃清真词，反倒给予了它相当的地位：与少游词同为十九首，并列全书第五位，胡适对清真词的理解与其对稼轩词的理解一样全未探得颔珠——"也能作绝好的小词"，便是他对周邦彦的总评。故其所选十九首清真词中只有五首长调。

可是，既然清真词的一大特点是"令人不能遽窥其旨"⑤，又如何能"有幸"被目为白话词中一名家，而得以在集中名列前茅呢？笔者认为，

---

① 胡适：《五十年来中国之文学》，《胡适文存》2 集卷 2，合肥：黄山书社 1996 年版，第 229 页。

② 见郝世峰、安易：《词选·出版前言》，胡适选注：《词选》，石家庄：河北人民出版社 1999 年版。

③ 胡适选注：《词选》，石家庄：河北人民出版社 1999 年版，第 191 页。

④ 胡适选注：《词选》，石家庄：河北人民出版社 1999 年版，第 192 页。

⑤ 陈廷焯著，杜维沫校点：《白雨斋词话》，北京：人民文学出版社 1959 年版，第 16 页。

这是因为胡适对易懂与否的理解仅是就作品的表层内容而言，也即是说，其评词论词全然不顾"缘情托兴""意在言外"的词体艺术特质，而采取"见山是山，见水是水"的解读方式。若以此法读诗词，则"妆罢低声问夫婿，画眉深浅入时无"自然是描写新妇情态的白话好诗，明白清楚，老妪能解；而清真一集也自然是"多写儿女之情"①，没有什么耐人寻味的深层感慨。相反，布局谋篇较为复杂、下字运意别有法度的一类词作，只因连字面所指也不能令人一望而知，便被其断言为"一班词匠的笨把戏，算不得文学"②。于是，白石毫无新意，梦窗没有情感，倒是从来词名不显的向镐却因"多有纯粹白话的词"，甚至"有几首竟全用土话"③，而入选词作数倍于梦窗。凡此种种，确实"可谓独具只眼"④。辨清了这一层，再来分析得以入选的清真词，不难发现，包括《满庭芳·夏日溧水无想山作》《渡江云·晴岚低楚甸》《瑞鹤仙·悄郊原带郭》《六丑·蔷薇谢后作》和《意难忘·衣染莺黄》五首长调都有共同特点：首先是至少表面意思历历分明，遂能"大者识其大，小者识其小"，试引《瑞鹤仙》一阕如下：

　　悄郊原带郭。行路永，客去车尘漠漠。斜阳映山落。敛余红、犹恋孤城栏角。凌波步弱。过短亭、何用素约。有流莺劝我，重解绣鞍，缓引春酌。　　不记归时早暮，上马谁扶，醒眠朱阁。惊飙动幕。扶残醉，绕红药。叹西园、已是花深无地，东风何事又恶。任流光过却。犹喜洞天自乐。

　　此词本事原属荒诞，可以置之不论，读者的分歧主要出现在对其内涵的理解上，如黄苏认为："按此词美成或在守顺昌后作乎。似有郁郁不得意，而托于游，托于酒，以自排遣。醉中语犹自绕药栏，而怨东风，所云

---

①　胡适选注：《词选》，石家庄：河北人民出版社1999年版，第138页。

②　胡适选注：《词选·序》，石家庄：河北人民出版社1999年版。

③　胡适选注：《词选》，石家庄：河北人民出版社1999年版，第161页。

④　见郝世峰、安易：《词选·出版前言》，胡适选注：《词选》，石家庄：河北人民出版社1999年版。

'洞天自乐'，亦无聊之意也。细玩，应自得其用意所在。"① 不管其中是否确有此等深沉情思，单从表面上看，要说它"不过是纪一件实事"② 当然也未尝不可，于是得以入选。其次，相对而言，所选各词在章法结构方面较为简单。即如此阕，全为顺叙笔法，在叙事末了以感叹收尾，是清晰的直线式结构。而《瑞龙吟·章台路》《大酺·对宿烟收》《浪淘沙慢·昼阴重》《兰陵王·柳荫直》等未能入选的名篇却是用笔纡徐往复、变化无端，令不能识其妙处者如入迷楼，不知所往。

总结胡适对于清真词的看法，恰是"知其佳，而不知其所以佳"③。且不独评赏清真为然，此选几乎处处可见此类观点，如以为唐五代时期"作者的个性都不充分表现，所以彼此的作品容易混乱"，而名家辈出的有清一代无非是"词的鬼影的时代"④；又以为柳永词风格低劣，唯《蝶恋花·独倚危楼风细细》《少年游·长安古道马迟迟》两阕稍有可取之处，而南宋"咏物诸词至多不过是晦涩的灯谜，没有文学的价值"⑤。种种惊人之言，无非都是为了替白话文学张目，要求"只是用词体作新诗"⑥，实属"强古人以就一己之范围"⑦。可以说，此选固然有另辟蹊径之得，却实在并不适宜初学者研读。倘若对词完全外行者乍获此选，奉为至宝，不免从此一叶障目，再难对词体有深入了解，更遑论领悟清真词的真精神了。

然而，胡适本人对此选抱有非同一般的自信，不仅认为自己"对于词的四百年历史的见地是根本不错的"⑧，并且在自序开头专门提到："近年朱彊村先生选了一部《宋词三百首》，那就代表朱先生个人的见解；我这三百多首的五代宋词，就代表我个人的见解。"隐然有与朱氏一较雌雄的

---

① 黄苏：《蓼园词评》，唐圭璋编：《词话丛编》，北京：中华书局1996年版，第3082页。

② 胡适选注：《词选》，石家庄：河北人民出版社1999年版，第151页。

③ 陈廷焯著，杜维沫校点：《白雨斋词话》，北京：人民文学出版社1959年版，第16页。

④ 胡适选注：《词选·序》，石家庄：河北人民出版社1999年版。

⑤ 胡适选注：《词选》，石家庄：河北人民出版社1999年版，第308页。

⑥ 胡适选注：《词选·序》，石家庄：河北人民出版社1999年版。

⑦ 龙榆生：《选词标准论》，龙榆生：《龙榆生词学论文集》，上海：上海古籍出版社1997年版，第59页。

⑧ 胡适选注：《词选·自序》，石家庄：河北人民出版社1999年版。

意味。不幸的是，他的自信确实有社会基础。龙榆生云："自胡适之先生
《词选》出，而中等学校学生始稍稍注意于词，学校中之教授词学者，亦
几全奉此书为圭臬；其权威之大，殆驾任何词选而上之。"① 更令人扼腕的
是，尽管其时词学名家如夏承焘、王国维、龙榆生等均对胡适的词学理论
表示了异议，但近代思想先锋兼学界闻人的显赫身份，还是令他的词学观
不仅在当时从者如云，更左右了后世的词界风潮。影响尤为深远的，便是
他所开创的抛弃词体艺术特质、单凭表相定夺主从的批评标准：就词学大
局而言，新中国成立后相当一段时期词学批评界无不为此风笼罩，这其中
虽然受到了另一段"易代之际"特殊政治因素的客观影响，但胡适此选恐
怕也难脱干系。就清真词这一个案而言，尽管胡适对其基本持肯定态度，
却毕竟因为不理解词体的独特言说方式而进入了理解的误区。现代词学界
部分学者对清真词认识上的严重偏差，譬如"艺术技巧上的成就决不能掩
盖他的作品内容的空虚、贫弱"② 之类的评价，多少也可在胡适此选中寻
得根源。正是"胡适自己并无金针，却喜欢教人绣鸳鸯，后继者取法其
中，则难免一片涂鸦了"③。

　　胡适《词选》是以词学为手段，欲为新兴思潮寻找历史依据，而陈匪
石《宋词举》示人津梁以明学词之法的立意则与此不可同日而语。陈选原
为其于北京中国大学中文系讲授词学时所撰讲稿，共举南北宋十二家词为
"示宋词之径路"，并且每首均附以解说，"详述其作法家数与夫命意用笔
之方、造境行气之概、运典铸词之略"，以便学者"并知其所以然"。④ 其
论词大旨承周济而来，对于清真词的评价亦然，认为"周邦彦集词学之大
成，前无古人，后无来者，凡两宋之千门万户，《清真》一集几擅其全，
世间早有定论矣"。甚至在选择南宋六家时，为了探寻清真之门径而特地

① 龙榆生：《论贺方回词质胡适之先生》，龙榆生：《龙榆生词学论文集》，上海：
上海古籍出版社 1997 年版，第 304 页。
② 胡云翼：《宋词选·前言》，胡云翼选注：《宋词选》，上海：上海古籍出版社
1997 年版，第 11 页。
③ 桑兵：《晚清民国的国学研究·绪论》，上海：上海古籍出版社 2001 年版，第
9 页。
④ 陈匪石：《宋词举·凡例》，陈匪石编著，钟振振校点：《宋词举》，南京：江
苏古籍出版社 2002 年版。

举出了"步趋清真，几于笑颦悉合"的史达祖，其教导学词者的方向显而易见。论者向以清季四家为清代词学之结穴，陈匪石虽是为民国时期的大学生讲授词学，其词学理论却与清季诸家全然相合，遂令传统词学得以在新时代薪火相传。

叶圣陶的《周姜词》又与前二家皆有不同。既然同是新文学的身体力行者，叶氏此选毕竟受了胡适的影响，不仅引用了胡适关于姜夔生卒年的考证结果，也接受了南宋吴、史、王、张诸家为词没有真感情、新意境的观点。① 不过，他对周、姜二家的评价比胡适客观公正得多，其《周姜词·绪言》论清真云：

> 我们现在对于周邦彦的词，当然只能与诗一样看待，体会他的意境，玩味他的风格；至于他的谐美的音律，我们的听官没福享受了。他的词，大部分是写儿女之情，离别之感。这是最普通的题材，给一般人写滥了的。但是他有诗人的天才，所以能写得细腻，写得深至。

这是总评，具体到作品，如《蝶恋花·月皎惊乌栖不定》一阕，叶氏认为："像这细腻深至的一篇东西，实是一件纯粹的艺术品，有永久的生命。我们读邦彦的词，应该留着心发见这样的艺术品。"又如《红窗迥·几日来真个醉》，虽特别提出了其"说话一般写下来"的近于白话文学的特点，却也同时强调"工夫依然很细密，钩勒成一种异样的精神"。诸如此类评价，尽管也并不将词体与诗体的特质区分看待，至少还明确指出了清真词是因为在"意境的深远"方面过人，"故成这样很高的格调"（均见《周姜词·绪言》）。而不若胡适，但言"周词的风格高，远非柳词所能比"②，又无以佐证。对姜夔的评价，胡、叶二选更是判若云泥。总体上来看，叶圣陶的《周姜词》似乎有意在胡适的激进词学革命与朱祖谋《宋词三百首》所代表的正统词学观之间寻找一个平衡点。除了对周姜二人的推崇之外，他对待词体的态度也与胡适有别，即只是建议读者将词作为纯粹的艺术加以欣赏，而并不试图证明白话词应为词史主脉，更不曾要求将词

---

① 　见叶圣陶：《周姜词·绪言》，上海：商务印书馆 1930 年版。
② 　胡适选注：《词选》，石家庄：河北人民出版社 1999 年版，第 138 页。

体也拿来当作白话文学革命的"标枪匕首"。当然，其所提倡的欣赏方式，还是更多地倾向于白话文学一派。

三部词选代表了三种不同的探索方向，其影响对象也各不相同：胡适《词选》的读者群以中等学校学生为主，陈匪石的《宋词举》流传于大学讲坛，叶圣陶《周姜词》则跻身《万有文库》的"学生国学丛书"之中。就三选的传播状况来看，当时词界可谓欣欣向荣。然而，与陈匪石、叶圣陶二选同年初版的王易《词曲史》已然指出，在"报章则别辟专栏以选录，书坊则传刊旧集以待沽，大学尤复列为专门以讲肆"的兴盛表象之下，词学学科的发展隐伏着"盛衰不同之二象"：一方面是郑文焯、况周颐、朱祖谋、陈匪石、王国维等"方闻博雅之名家"以各种方式"昭示学者之途径"，另一方面却也有"好怪之士"标立新说，"斥优美为贵族，则揭举平凡；目声韵为羁靮，则破除格律。贱其所无有，而屏其所不知；讳其所自经，而张其所臆造"①。以上这番忧愤之言，显然是专为胡适及其从者而发。毋论此论是否有过激之处，因术途分歧、各执一端的状况，而导致来者临歧徘徊、不知所从，却是无须为前贤讳言的事实。

或者不妨推测，由梁启超父女精心铺设的词学改良途径本来有可能衔接新旧、互为补充，从而实现由古典词学向现代词学的"和平交接"，即龙榆生所云："晚近二十年来，士不悦学，中华旧籍多遭摒弃，而诗歌、词曲，幸因比附于西洋之纯文艺，得列上庠，为必修之科，苟能因势利导，借以继往开来，未尝不可以发扬国光，陶冶民性，进而翊赞中兴大业。"② 然而，自胡适将文学革命的办法施之于词学领域之后，这一经和平过渡而日就康庄的希望被粗暴地遏制了。周邦彦犹不过是被改换面目，盛名终究难掩；宋季诸家却自此与"形式主义"四字"结下难舍之缘"，真正成了献祭于"革命"的牺牲。

总体来说，在晚清民国这一易代之际，词选这一形式所显示的清真词批评呈现二水分流的局面：由陈廷焯而至朱祖谋，自是传承之迹判然可见；而从梁启超到胡适，则明显是政治关怀高于学术追求，乃至改良演为

---

① 王易：《词曲史》，南京：江苏教育出版社 2005 年版，第 318 页。

② 龙榆生：《晚近词风之转变》，龙榆生：《龙榆生词学论文集》，上海：上海古籍出版社 1997 年版，第 386 页。

革命，引路者本身反倒先入了歧途。王国维曾于 1904 年断言，若要发达中国学术，则"必视学术为目的而不视为手段而后可"①。回顾晚清民国以来的词选史，信哉斯言。

附：

晚清民国时期主要词选甄选清真词简表

词选名称	编撰者	词数	编撰或初版时间	所据版本
《云韶集》	陈廷焯	31	同治十三年（1874）	南通王氏晴蔼庐抄本
《宋六十一家词选》	冯煦	61	光绪十三年（1887）	1887 年冶城山馆刊本②
《宋词十九首》	端木埰	1	1885—1888 年	陈匪石《宋词赏心录·跋》③
《词则》	陈廷焯	28	光绪十六年（1890）	上海古籍出版社 1984 年版
《湘绮楼词选》	王闿运	3	光绪二十三年（1897）	上海古籍出版社 1989 年版
《艺蘅馆词选》	梁令娴	24	光绪三十四年（1908）	广东人民出版社 1981 年版
《词学初桄》	吴莽汉	34	民国九年（1920）	上海朝记书庄 1920 年版
《词式》	林大椿	63	民国十一年（1922）	商务印书馆 1934 年版
《宋词三百首》	朱祖谋	22	民国十三年（1924）	上海古籍出版社 1979 年版
《词选》	胡适	19	民国十五年（1926）	河北人民出版社 1999 年版

---

①　王国维：《论近年之学术界》，《王国维遗书》第 7 册，上海：上海古籍书店 1983 年版，第 524 页。

②　上海图书馆藏。

③　陈匪石：《旧时月色斋论词杂著》，陈匪石编著，钟振振校点：《宋词举》，南京：江苏古籍出版社 2002 年版，第 226 页。

（续上表）

词选名称	编撰者	词数	编撰或初版时间	所据版本
《周姜词》	叶圣陶	76	民国十六年（1927）	商务印书馆 1929 年版
《宋词举》	陈匪石	8	民国十六年	江苏古籍出版社 2002 年版
《词洁》	刘麟生	22	民国十九年（1930）	世界书局 1930 年版
《诗词治要》	张文治	13	民国十九年（1930）	上海文明书局 1930 年版
《唐宋名家词选》	龙榆生	31	民国二十三年（1934）	上海古籍出版社 1980 年版
《宋词选注》	吴遁生	16	民国二十四年（1935）	商务印书馆 1935 年版

清真词笺注订补

　　新中国成立后，唯罗忼烈《周邦彦清真集笺》与孙虹《清真集校注》在陈元龙《详注周美成词片玉集》的基础上全笺清真一集，为阅读清真词提供了极大的方便，然其中仍有可以商榷及补充之处，兹举要如下：

一、名物类

　　（1）屏风：《隔浦莲》："屏里吴山梦自到。惊觉。依然身在江表。"两本均引温庭筠《春日》"屏上吴山远"，注为"泛指吴地之山"。按唐宋时有专设于床头枕畔为头部挡风的枕屏，即白居易《卯饮》诗写到的"短屏风掩卧床头"。屏上多绘江南山水作为装饰，见载如冯延巳《更漏子》"床上画屏山绿"，张先《于飞乐令》"小屏风、巧画江南"。周词、温诗中的吴山即指画上山水。《虞美人》"拟倩今宵归梦、到云屏"同此。
　　又，《月中行》："团围四壁小屏风。啼尽梦魂中。"陈本引《拾遗记》所载孙亮作绿琉璃屏风四座事，孙本同。然《全宋词》及罗本作"团团"，罗本以为孙亮事与周词无关，不能由此证实作"团围"。按孙亮的屏风是落地大屏风，而周词写的是与"梦魂"相关的床上屏风，固非一物。但床上屏风也有单屏与多扇屏之分，李商隐《屏风》诗："六曲连环接翠帷，高楼半夜酒醒时。掩灯遮雾密如此，雨落月明俱不知"，王琚《美女篇》"屈曲屏风绕象床"，花蕊夫人《宫词》"床上翠屏开六扇"，写的显然都是能将整个床围住的联扇屏风。周词所写既是这种四壁小屏风，自当用"团围"形容为宜。此外，《玉团儿》"炉烟淡淡云屏曲"和《霜叶飞》"屏掩孤鸾，泪流多少"中的屏，应当也是多扇屏。
　　（2）风信：《伤情怨》"枝头风信渐小"，罗本不注，孙本注为"随季节变化应时吹来的风，此指秋季的风"，这或许是因末句"霜寒催睡早"导致的误读。按此指"花信风"，宋陈元靓《岁时广记》引《东皋杂录》云："江南自初春至初夏五日一番风候，谓之'花信风'。梅花风最先，楝花风最后，凡二十四番，以为寒绝也。……徐师川诗云：'一百五日寒食雨，二十四番花信风。'"末句"催睡早"之"寒"，即春寒而非秋寒。《丑奴儿》"香梅开后风传信"同此。
　　（3）妆饰：《三部乐》"袄知染红著手，胶梳粘发"，罗本认为染红、粘发俱是暗示相思不舍；孙本注"染红"为以凤仙花染红指甲，又引《汉武故事》，认为卫子夫以发美受宠，故发落粘梳乃暗示红颜老去。按古时女子使用胭脂，须先于手中化开再点敷口面，故化妆时手指必随之染红，明陶宗仪《说郛》卷七十七说"古妆"云："美人妆，面既傅粉，复以胭脂调匀掌中，施之两颊。"而女子发上插梳乃唐宋时尚，如元稹《恨妆成》："轻红拂花脸，满头行小梳。"王建《宫词》："舞处春风吹落地，归来别赐一头梳。"欧阳修《南歌子》："凤髻金泥带，龙纹玉掌梳。"可知装点美化头发是梳子在当时的一个主要功能。切合全篇相思怀远的主题，将两句通解，即女主人公因无心梳妆打扮，胭脂只染在手中，却不向面上施去，而发髻和上边插着的小梳更已乱糟糟地纠缠一气、胶结粘连矣，正是"自伯之东，首如飞蓬。岂无膏沐，谁适为容"。《过秦楼》"空见说、鬓怯琼梳，容销金镜，渐懒趁时匀染"大意同此，"鬓怯琼梳"本李贺《浩歌》"卫娘发薄不胜梳"，不能胜任"一头梳"的盛装打扮。罗本不注此句，孙本注因发渐稀疏而心惊年华老去。又，《秋蕊香》"午妆粉指印窗眼"，正因"染红著手"方能印于窗眼，宋陈景沂《全芳备祖》引《青琐高议》云："明皇时有献牡丹者，谓之'杨家红'，乃杨勉家花。时贵妃匀面，口脂在手，印于花上。诏于先春馆栽，来岁花开，上有指印红迹，帝名为'一捻红'。"宋丘崈《祝英台·成都牡丹会》："燕脂微点，宛然印、昭阳玉指。"同用此典。罗、孙两本仅引述了王楙《野客丛书》对此句的解释，未足翔实。

又，《品令》"黛眉曾把春衫印"，罗本不注，孙本只注"黛眉"。按唐宋时流行以黛眉朱唇印于绢帛或信笺上，作为信物赠给情人。韩偓高中探花，其相好妓女送的贺礼即印有自己唇眉痕迹的手帕，《余作探使，以缭绫手帛子寄贺，因而有诗》："黛眉印在微微绿，檀口消来薄薄红。"欧阳修《玉楼春》："半幅霜绡亲手剪。香染青娥和泪卷。画时横接媚霞长，印处双沾愁黛浅。"

（4）酥：《玉烛新·双调梅花》："晕酥砌玉芳英嫩，故把春心轻漏。"罗本不注，孙本注"晕酥"为形容红梅如敷上了均匀的红色。按酥为以牛羊乳制成的甜食，有红白两种，因常被制成梅花形状，诗词中常以两者互拟，如苏轼《蜡梅一首赠赵景贶》"天公点酥作梅花"，黄庭坚《木兰花令》"酥花入座颇欺梅"。此谓梅花似酥、玉制成般晶莹皎洁。又，《玉团儿》"搦粉搓酥，剪云裁雾，比并不足"，以"酥"喻女子肌肤之莹洁细腻，白居易《同诸客嘲雪中马上妓》："腰为逆风成弱柳，面因冲冷作凝酥。"苏轼《薄命佳人》："双颊凝酥发抹漆。"

二、典故类

（1）《水龙吟·梨花》："传火楼台，妒花风雨，长门深闭。""传火楼台"，二本均引《梦粱录》注寒食传火之俗而未及梨花。按此本白居易《陵园妾》："眼看菊蕊重阳泪，手把梨花寒食心。"不唯点明梨花乃寒食节物，并暗喻"忆昔宫中被妒猜，因谗得罪配陵来"的陵园妾，以此与下句"妒花风雨"巧妙相承，且符合通篇将梨花拟作美人，处处用典的艺术手法。

又，"恨玉容不见，琼英谩好，与何人比"。"玉容"，罗本注为前文所喻诸美人之合称，孙本不注；"琼英谩好"，罗本引《诗经·齐风》之毛传："琼英，美石似玉者。"孙本注为以薛琼英肌香比梨花之香。按此两句实与上阕"一枝在手，偏勾引、黄昏泪"三句相呼应，皆本白居易《长恨歌》"玉容寂寞泪阑干，梨花一枝春带雨"而来。

（2）《玉楼春》："满头聊插片时狂，顿减十年尘土貌。"罗本不注，孙本注苏轼诗："江山清空我尘土，虽有去路寻无缘。"不确。"尘土貌"本杜荀鹤《怀庐岳书斋》："长忆在庐岳，免低尘土颜。"此处形容满面风霜，容颜沧桑。

（3）《鹊桥仙》："浮花浪蕊，人间无数，开遍朱朱白白。"罗本不注，孙本只注"朱朱白白"，按"浮花浪蕊"，韩愈《杏花》诗："浮花浪蕊镇长有，才开还落瘴雾中。"

（4）《丑奴儿·咏梅》："肌肤绰约真仙子"，二本均引庄子《逍遥游》，注"肌肤绰约"，并释明此喻白梅，但并未注出以梅喻姑射仙子的成句。按王周《大石岭驿梅花》："仙中姑射接瑶姬，成阵清香拥路歧。"李觏《雪中见梅花》："宁知姑射冰肌侣，也学松筠耐岁寒。"又，王安石《次韵徐仲元咏梅》："肌冰绰约如姑射，肤雪参差是太真。"周词或本此。

其二："今夜凭阑，不似钗头子细看。"二本均不注。按"钗头"谓以梅花一枝代发钗插鬓，本韩偓《梅花诗》："龙笛远吹胡地月，燕钗初试汉宫妆。"

　　（5）《西河·金陵怀古》"佳丽地"，二本均引谢朓《入朝曲》："江南佳丽地，金陵帝王州。"孙本又别加说明曰"佳丽地"即"美女如云的地方，此特指金陵"，大误。按谢朓诗实本曹植《又赠丁仪王粲》："壮哉帝王居，佳丽殊百城。"李善《文选注》引《战国策注》释此曰："佳，大也。丽，美也。"谢灵运《会吟行》"两京愧佳丽，三都岂能似"即用此意。是知"佳丽地"即壮丽之地，多用于指南京，非独周词为然，徽宗内府所藏《宣和画谱》云："金陵号佳丽地。"李白《赠升州王使君忠臣》："六代帝王国，三吴佳丽城。"刘长卿《送姚八归江南》："折芳佳丽地，望月西南楼。"皆是其例。

周邦彦学术史主要研究论文索引
（1930—2016）

1930

1. 唐溪：《清真词的艺术概观》，《南音》1930 年第 3 期。

2. 龙榆生：《周清真评传》，《南音》1930 年第 3 期。

1931

3. 俞平伯：《论清真〈荔枝香近〉第二有无脱误》，《清华中国文学会月刊》1931 年第 3 期。

1934

4. 俞平伯：《读词偶得——周邦彦词一首》，《人间世》1934 年第 10 期。

5. 俞平伯：《读词偶得》，《人间世》1934 年第 11 期。

1935

6. 俞平伯：《读词偶得（上之五）》（按：周邦彦词四首），《中学生月刊》1935 年第 46 期。

7. 俞平伯：《读词偶得（上之七）》（按：周邦彦词一首），《中学生月刊》1935 年第 50 期。

8. 李文郁：《大晟府考略》，《词学季刊》1935 年第 2 期。

9. 龙榆生：《清真词叙论》，《词学季刊》1935 年第 2 期。

1936

10. 吴鹤琴：《周邦彦及其词》，《复旦学报》1936 年第 3 期。

11. 张骏骥：《读清真词》，《细流》1936 年第 7 期。

12. 碧山：《谈谈周美成的词（上）》，《中央日报》，1936 年 7 月 27 日。

13. 碧山：《谈谈周美成的词（中）》，《中央日报》，1936 年 7 月 28 日。

14. 碧山：《谈谈周美成的词（下）》，《中央日报》，1936 年 7 月 29 日。

1937

15. 俞平伯：《周词订律（书评）》，《清华学报》1937 年第 3 期。

16. 赵万里：《清真集校辑》，《国立北平图书馆馆刊》1937 年第 1 期。

1940

17. 凌景埏：《宋魏汉津乐与大晟府》，《燕京学报》1940 年第 28 期。

1942

18. 俞陛云：《宋词选释（周邦彦）》，《同声》1942 年第 8 期。

1943

19. 俞平伯：《说清真〈醉桃源〉词》，《艺文杂志》1943 年第 5 期。

1946

20. 俞平伯：《古槐书屋清真词浅释》，《论语》1946 年第 119 期。

21. 俞平伯：《周美成词释（上）》，《新思潮月刊》1946 年第 5 期。

1947

22. 俞平伯：《周美成词释（下）》，《新思潮月刊》1947 年第 6 期。

23. 俞平伯：《清真词浅释》，《国文月刊》1947 年第 52 期。

24. 俞平伯：《周美成词浅释》，《国文月刊》1947 年第 56 期。

1948

25. 李敦勤：《王静安论周美成词》，《中央日报》，1948 年 6 月 5 日。

26. 李敦勤：《清真词集版本小考》，《中央日报》，1948 年 6 月 19 日。

27. 李敦勤：《清真词集版本续考》，《中央日报》，1948 年 7 月 3 日。

28. 李敦勤：《清真词评》，《中央日报》，1948 年 8 月 24 日。

1954

29. 佘雪曼：《周邦彦词心解》，《佘雪曼词学演讲录》，香港：雪曼艺文院 1954 年版。

1956

30. 罗忼烈：《周清真〈兰陵王〉小笺》，《关于中国现代文学》，上海：新文艺出版社 1956 年版。

1957

31. 吴则虞：《清真词版本考辨——附版本源流表及清真集考异》，《西南师范学院学报》1957 年第 1 期。

32. 王兰馨：《清真词的艺术》，《人文科学杂志》1957 年第 3 期。

33. 林文月：《读周邦彦词》，《文学杂志》1957 年第 2 期。

1958

34. 闵宗述：《谈清真词》，《畅流》1958 年第 6 期。

35. 俞平伯：《读周美成词札记——〈风流子〉（新绿小池塘)》，《羊城晚报》，1958 年 1 月 13 日。

36. 俞平伯：《读周邦彦词札记》，《文学研究》1958 年第 2 期。

1959

37. 俞平伯：《周邦彦词〈红林檎近〉》，《光明日报》，1959 年 7 月 29 日。

38. 黄乾、沈英名：《宋词宗匠周清真和辛稼轩》，黄乾、沈英名：《中国文学史话》，台北：侨民教育函授学校 1959 年版。

39. 黄乾：《两宋二大词家周邦彦辛弃疾》，黄乾、沈英名：《中国文学史话》，台北：侨民教育函授学校 1959 年版。

1961

40. 俞平伯：《辨旧说周邦彦〈兰陵王〉词的一些曲解》，《文学评论》1961 年第 1 期。

1962

41. 徐亮之：《周邦彦和他的词》，《文学世界》1962 年第 35 期。

42. 钱仲联：《唐宋词谭——〈苏幕遮〉（周邦彦)》，《新民晚报》，1962 年 5 月 27 日。

43. 芝园：《情酣意足气氛出》（周邦彦《瑞鹤仙》），《宋词选讲》，香港：上海书局 1962 年版。

44. 芝园：《词到无题意更深》（周邦彦《兰陵王》），《宋词选讲》，香港：上海书局 1962 年版。

45. 芝园：《最分明处不分明》（周邦彦《拜星月慢》），《宋词选讲》，香港：上海书局 1962 年版。

46. 夏承焘：《西溪词话之十二（上）——周邦彦的〈满江红〉》，《浙江日报》，1962 年 7 月 4 日。

47. 夏承焘：《西溪词话之十二（下）——周邦彦的〈满庭芳〉》，《浙江日报》，1962 年 7 月 25 日。

1963

48. 何宇光：《周邦彦其人其词》，《文讯》1963 年第 5 期。

1965

49. 傅试中：《周姜词异同之研究（上）》，《大陆杂志》1965 年第 3 期。

50. 傅试中：《周姜词异同之研究（中）》，《大陆杂志》1965 年第 4 期。

51. 傅试中：《周姜词异同之研究（下）》，《大陆杂志》1965 年第 5 期。

1967

52. 金钟培：《清真词订释》，台湾政治大学硕士学位论文，1967 年。

53. 韦金满：《清真词浅论》，《新亚书院中国文学系年刊》1967 年第 5 期。

1968

54. 吴长和：《从词"以清切婉丽为主"及"词欲雅而正"之角度分析周美成吴梦窗词之风格》，《新亚书院中国文学系年刊》1968 年第 6 期。

55. 洪惟助：《浅释清真词九阕》，《建设》1968 年第 12 期。

56. 钟应梅：《周邦彦清真词》，钟应梅：《蘂园说词》，香港：中文大学崇基学院华国学会 1968 年版。

1969

57. 张梦机：《周邦彦词欣赏》，《自由青年》1969 年第 4 期。

1970

58. 林振莹：《周邦彦词韵考》，私立辅仁大学中文研究所硕士学位论文，1970 年。

1972

59. 韦金满：《论清真词——词学浅论之二十》，《新亚生活》1972 年第 14 期。

60. 韦金满：《论清真词——词学浅论之二十一》，《新亚生活》1972 年第 15 期。

61. 韦金满：《周邦彦（美成）词研究》，香港珠海书院中国文史研究所硕士学位论文，1972 年。

1973

62. 菊韵：《周邦彦——格律派大师》，《今日中国》1973 年第 26 期。

63. 林宗霖：《一代词宗周邦彦》，《励进》1973 年第 329 期。

64. 黄敬斋：《风流词家周美成》，《自立晚报》，1973 年 10 月 12 日、19 日。

65. 唐润钿：《词坛宗主——周美成》，《文坛》1973 年第 162 期。

66. 张玲蕙：《周邦彦其人其词》，《浙江月刊》1973 年第 8 期。

1974

67. 青木：《周邦彦的三段情》，《中外文学》1974 年第 5 期。

1975

68. 周宗盛：《文人学士偏爱清真词》，《大华晚报》，1975 年 1 月 26 日。

1976

69. 村上哲见：《周美成词论》，村上哲见：《宋词研究——唐五代北宋篇》，东京：株式会社创文社 1976 年版。

70. 谭瑞英：《清真词艺术风格的新探索》，《新亚书院中国文学系年刊》1976 年第 10 期。

1977

71. 罗忼烈：《谈李师师》，《海洋文苑》1977 年第 9 期。

72. JAMES R H. The songs of Chou Pang-yen. Harvard journal of Asiatic studies，1977.

1978

73. 罗忼烈：《周清真词时地考略》，《大公报在港复刊三十周年纪念文集》，香港：大公报 1978 年版。

1979

74. 林祖亮：《周邦彦及其作品（上）》，《自立晚报》，1979 年 3 月 28 日。

75. 林祖亮：《周邦彦及其作品（下）》，《自立晚报》，1979 年 3 月 30 日。

76. 陈美云：《一代词宗——周邦彦》，《台南师专学刊》1979 年第 1 期。

77. 蒋礼鸿：《大鹤山人校本清真词笺记》，《杭州大学庆祝建国三十周年科学报告会论文集·中国语文分册》，杭州：杭州大学科研处 1979 年版。

78. 车柱环：《周邦彦词研究》，《学术院论文集（人文社会科学版）》1979 年第 18 辑。

79. 李达良：《读周邦彦词〈瑞龙吟〉》，《语文杂志》1979 年第 1 期。

80. 刘逸生：《宋词小札（4）——周邦彦〈过秦楼〉》，《广州文艺》1979 年第 5 期。

81. JULIE L. Nine tz'u by Chou Pang-yen. Renditions，1979.

1980

82. 金钟培：《周邦彦之词研究》，《中国文学报》1980 年第 4 期。

83. 金钟培：《周邦彦之词研究，以其作品特色为主》，《1980 年度定期刊行物记事索引》，釜山：大韩民国国会图书馆 1980 年版。

84. 刘斯奋：《周邦彦曾至长安二证》，《学术研究》1980 年第 3 期。

85. 金启华：《周邦彦词的艺术技巧》，《光明日报》，1980 年 3 月 12 日。

86. 萧艾：《词曲大家周邦彦》，《词刊》1980 年第 5 期。

87. 宋谋瑒：《谈周邦彦的〈兰陵王·柳〉》，《名作欣赏》1980 年第 1 期。

88. 弘：《北宋词人——周邦彦》，《浙江月刊》1980 年第 8 期。

89. 刘逸生：《宋词小礼（18）——周邦彦〈应天长〉》，《广州文艺》1980 年第 7 期。

90. 韦金满：《论周邦彦词之声律》，《香港浸会学院学报》1980 年第 7 期。

91. 柳文耀：《早行·秋思·意识流——清真词拾零》，《学术月刊》1980 年第 10 期。

<u>1981</u>

92. 唐圭璋、潘君昭：《有关周邦彦词的几个问题》，《词学》编辑委员会编辑：《词学·第 1 辑》，上海：华东师范大学出版社 1981 年版。

93. 宗伦：《写景抒情，清新含蓄——读周邦彦词〈苏幕遮〉》，《春城晚报》，1981 年 8 月 22 日。

94. 吴熊和：《水面清圆，一一风荷举》，《文化娱乐》1981 年第 10 期。

95. 刘扬忠：《论周邦彦及其清真词》，中国社会科学院硕士学位论文，1981 年。

96. 万云骏：《清真词的艺术特征》，《词学》编辑委员会编辑：《词学·第 1 辑》，上海：华东师范大学出版社 1981 年版。

97. 钟尚钧：《深曲工细，沉郁婉转——周邦彦〈兰陵王·柳〉浅析》，《语文教学》1981 年第 8 期。

98. 朱湘：《周邦彦的〈大酺〉》，郑振铎编：《中国文学研究》，上海：上海书店出版社 1981 年版。

99. 采泉：《清真词语》，《词学》编辑委员会编辑：《词学·第 1 辑》，上海：华东师范大学出版社 1981 年版。

1982

100. 褚柏思：《周邦彦——词中老杜》，褚柏思：《中国文学史话》，台北：黎明文化事业股份有限公司 1982 年版。

101. 赵明琇：《周邦彦其人其词》，《浙江月刊》1982 年第 1 期。

102. 白敦仁：《周邦彦及其清真词（上）》，《成都大学学报》1982 年第 2 期。

103. 刘永济：《读〈清真集〉札记》，《湖南师范大学社会科学学报》1982 年第 2 期。

104. 马建华：《清真词长调结构管窥》，《福清师专学报》1982 年第 2 期。

105. 金启华：《论周邦彦的词》，《文学遗产》编辑部编：《文学遗产增刊十四辑》，北京：中华书局 1982 年版。

106. 沈家庄：《清真词风格论》，湘潭大学硕士学位论文，1982 年。

107. 刘扬忠：《清真词的艺术成就及其特征》，《文学遗产》1982 年第 3 期。

108. 俞平伯：《谈周美成〈齐天乐〉的评语》，《名作欣赏》1982 年第 5 期。

109. 万云骏：《义兼比兴，即花即人——周邦彦〈六丑·蔷薇谢后作〉赏析》，《文史知识》1982 年第 11 期。

110. 程千帆：《说"斜阳冉冉春无极"的旧评——清人词论小记之二》，《光明日报》，1982 年 11 月 9 日。

111. 吴建群：《赤栏桥故址今何在》，《江淮论坛》1982 年第 3 期。

112. 柯昌贵：《妙笔纵横写上元——周邦彦〈解语花〉》，《长江日报》，1982 年 2 月 6 日。

113. 徐声越：《读书识小录——平阳客》，《华东师范大学学报（哲学社会科学版）》1982 年第 2 期。

114. 傅试中：《两宋承先启后之二词人——清真、白石词之比较与分析》，《辅仁学志》1982 年第 11 期。

1983

115. 万云骏：《清真词的比兴与寄托》，《词学》编辑委员会编辑：

《词学·第 2 辑》，上海：华东师范大学出版社 1983 年版。

116. 白敦仁：《周邦彦及其清真词（下）》，《成都大学学报》1983 年第 1 期。

117. 刘乾：《王鹏运手校四印斋精抄本〈清真集〉》，《文物》1983 年第 1 期。

118. 罗忼烈：《漫谈北宋词人周邦彦》，《文学遗产》1983 年第 2 期。

119. 罗忼烈：《周邦彦清真集笺卷首语》，《徐州师范学院学报（哲学社会科学版）》1983 年第 4 期。

120. 郑福田：《〈玉楼春〉艺术特色刍议》，《语言文学》1983 年第 5 期。

121. 常宗豪：《〈六丑〉校笺》，第五届古典文学研讨会论文，1983 年。

122. 唐圭璋：《炼字琢句，运化无痕——读周邦彦词〈满庭芳·夏日〉》，《文史知识》1983 年第 11 期。

123. 万云骏：《周邦彦〈兰陵王·柳〉浅析》，人民文学出版社编辑部编：《唐宋词鉴赏集》，北京：人民文学出版社 1983 年版。

124. 袁行霈：《拂水飘绵送行色——周邦彦的〈兰陵王·柳〉》，《文史知识》1983 年第 9 期。

125. 吴调公：《一阕别具匠心的怀古词——读周邦彦的〈西河·金陵〉》，人民文学出版社编辑部编：《唐宋词鉴赏集》，北京：人民文学出版社 1983 年版。

126. 陈迩冬、陈初：《试说周邦彦的〈夜飞鹊·别情〉》，人民文学出版社编辑部编：《唐宋词鉴赏集》，北京：人民文学出版社 1983 年版。

127. 吴小如：《读周邦彦〈解语花·上元〉》，人民文学出版社编辑部编：《唐宋词鉴赏集》，北京：人民文学出版社 1983 年版。

128. 韦金满：《评历代词话论周美成词之得失》，第五届古典文学研讨会论文，1983 年。

1984

129. 黄清士：《评周邦彦词》，《上海教育学院学报》1984 年第 1 期。

130. 程杰：《试论清真词的浑厚意境》，《南京师范大学学报（哲学社会科学版）》1984 年第 2 期。

131. 唐霁：《略论周邦彦词》，《湖南教育学院学报（哲学社会科学版）》1984 年第 3 期。

132. 韩经太：《"清真风骨"刍论》，《安徽师范大学学报（人文社会科学版）》1984 年第 4 期。

133. 韩经太：《极顿挫之致，穷勾勒之妙——论清真词的章法结构》，《学术月刊》1984 年第 9 期。

134. 梁鉴江：《一曲伤离的咏叹调——周邦彦〈瑞龙吟〉浅析》，《广州文艺》1984 年第 11 期。

135. 王汝涛：《周词〈兰陵王〉为谁而作》，《临沂师专学报（社会科学版）》1984 年第 3 期。

136. 华正茂：《诉羁旅行役之思，极反复吞吐之妙——读周邦彦〈兰陵王·柳〉》，《语文学习》1984 年第 9 期。

137. 李勤印：《札记二则——"江陵旧事，何曾再问杨琼"补注》，《北京师范学院学报（社会科学版）》1984 年第 2 期。

138. 吉人：《拗怒激越之音——谈〈兰陵王·柳〉的音律美》，《语文学习》1984 年第 9 期。

139. 胡雪冈：《言情体物，穷极工巧——读周邦彦〈六丑〉》，《语言文学》1984 年第 2 期。

1985

140. 方智范：《周济词论发微》，《词学》编辑委员会编辑：《词学·第 3 辑》，上海：华东师范大学出版社 1985 年版。

141. 萧涤非：《片玉词集注补正》，萧涤非：《乐府诗词论薮》，济南：齐鲁书社 1985 年版。

142. 李争光：《云浓雨骤，柳欹花韡——论周邦彦的情词》，《吉安师专学报（哲学社会科学版）》1985 年第 4 期。

143. 蒋哲伦：《论周邦彦的羁旅行役词》，《上海师范大学学报》1985 年第 2 期。

144. 刘扬忠：《论清真词的风格演变及其思想内容》，中国社会科学院文学研究所古代文学研究室编辑：《中国文学史研究集》，上海：上海古籍出版社 1985 年版。

145. 沈家庄：《清真词艺术论》，《湘潭大学学报（哲学社会科学版）》1985 年第 A2 期。

146. 袁行霈：《以赋为词——试论清真词的艺术特色》，《北京大学学报（哲学社会科学版）》1985 年第 5 期。

147. 叶庆炳：《桃溪不作从容住——周邦彦〈玉楼春〉》，叶庆炳：《晚鸣轩爱读词》，台北：九歌出版社 1985 年版。

148. 黄秋芳：《〈玉楼春〉——旧欢》，《国文天地》1985 年第 3 期。

149. 蒋凡：《谁识京华倦客——周邦彦〈兰陵王·柳〉赏析》，《中文自修》1985 年第 2 期。

150. 金志仁：《沉郁顿挫，神余言外——周邦彦〈兰陵王·柳〉辨析》，《名作欣赏》1985 年第 6 期。

151. 罗忼烈：《周词新声鲜取大晟乐》，《明报月刊》1985 年第 4 期。

<u>1986</u>

152. 罗忼烈：《孰为词中老杜》，《明报月刊》1986 年第 1 期。

153. 罗忼烈：《清真词与少陵诗》，《词学》编辑委员会编辑：《词学·第 4 辑》，上海：华东师范大学出版社 1986 年版。

154. 刘扬忠：《北宋晚期的词坛领袖周邦彦》，《文史知识》1986 年第 3 期。

155. 吴世昌：《周邦彦和他被错解的词》，《文史知识》1986 年第 11 期。

156. 叶嘉莹：《论周邦彦词》，人民文学出版社古典文学编辑室编：《中国古典文学论丛·第 4 辑》，北京：人民文学出版社 1986 年版。

157. 万云骏：《清真词的比兴与寄托》，华东师范大学中文系中国古典文学研究室编：《词学论稿》，上海：华东师范大学出版社 1986 年版。

158. 万云骏：《清真词的艺术特征》，华东师范大学中文系中国古典文学研究室编：《词学论稿》，上海：华东师范大学出版社 1986 年版。

159. 王煦：《周邦彦词的情绪和精神》，《复旦学报（社会科学版）》1986 年第 5 期。

160. 谢桃坊：《北宋文化低潮时期的周邦彦词》，《光明日报》，1986 年 6 月 3 日。

161. 沈家庄：《论清真词沉郁词风的形成与演变》，《湘潭大学学报（社会科学版）》1986 年第 1 期。

162. 彭凡明：《周邦彦对"以赋为词"的发展和创新》，《文学遗产》1986 年第 3 期。

163. 马建华：《折遍柔枝，满手真珠露——周邦彦艳情词审美价值散论》，《福建师大福清分校学报（综合版）》1986 年第 1 期。

164. 韩经太：《清真、白石词的异同与两宋词风的递变》，《文学遗产》1986 年第 3 期。

165. 金启华：《周邦彦的小令赏析》，《名作欣赏》1986 年第 3 期。

166. 金启华：《周邦彦慢词赏析》，《名作欣赏》1986 年第 5 期。

167. 张秀容：《周姜词比较研究》，私立东海大学硕士学位论文，1986 年。

168. 马宝丰：《就〈满庭芳〉略谈周邦彦词的艺术特色》，《伊犁师范学院学报（社会科学版）》1986 年第 2、3 期。

<u>1987</u>

169. 李争光：《论周邦彦的艺术才气》，《吉安师专学报》1987 年第 2 期。

170. 谢思炜：《〈周邦彦集〉点校失误举例》，《古籍整理出版情况简报》1987 年第 185 期。

171. 黄文吉：《精雕细琢——清真集》，《中华日报》，1987 年 4 月 15 日。

172. 华风：《略谈周邦彦檃括唐诗化作新词的艺术技巧》，《中文自修》1987 年第 1 期。

173. 刘坎龙：《谈周邦彦词抒情手法的特色及形成的原因》，《新疆教育学院学报》1987 年第 1 期。

174. 顾伟列：《论清真词的抒情结构》，《文学遗产》1987 年第 1 期。

175. 叶嘉莹：《论周邦彦词之政治托喻——兼说〈渡江云〉（晴岚低楚甸）》，《河北大学学报（哲学社会科学版）》1987 年第 3 期。

176. 谢桃坊：《周邦彦词的政治寓意辨析》，《天府新论》1987 年第 6 期。

177. 陈邦炎：《说周邦彦〈花犯·梅花〉词》，《大公报·艺林》，1987 年 9 月 21 日。

178. 刘瑞莲：《周邦彦〈浣溪沙〉二首赏析》，《成都大学学报（社会科学版）》1987 年第 3 期。

179. 周汝昌：《桂华流瓦——周邦彦〈解话花·上元〉》，周汝昌：《诗词赏会》，广州：广东人民出版社 1987 年版。

180. 陈如江：《周邦彦的〈解连环〉词》，《大公报》，1987 年 5 月 19 日。

181. ROBERT H S. The lyrics of Zhou Bangyan（1056 – 1121）. Palo Alto：Stanford University，1987.

1988

182. 王恩宗：《〈清真词〉评四题》，《徐州师范大学学报（哲学社会科学版)》1988 年第 1 期。

183. 钱鸿瑛：《一代词宗周邦彦》，上海社会科学院文学研究所编：《文学研究丛刊·第 5 辑》，上海：上海社会科学院出版社 1988 年版。

184. 金钟培：《周邦彦词研究》，《（明知大学）人文科学论丛》1988 年第 5 期

185. 夏承焘：《天风阁读词札记二——片玉集、梅溪词、后村长短句、竹山词》，《河北大学学报（哲学社会科学版)》1988 年第 3 期。

186. 金启华：《周邦彦恋情词赏析》，《名作欣赏》1988 年第 3 期。

187. 黄炳辉、刘奇彬：《论周邦彦对柳永词的继承和发展》，《河北大学学报（哲学社会科学版)》1988 年第 3 期。

188. 林玫仪：《谈周邦彦的〈玉楼春〉》，《大华晚报·古典文学》，1988 年 6 月 12 日。

189. 张高评：《体物华妙见清真——周邦彦〈六丑〉词欣赏》，《国文天地》1988 年第 1 期。

190. 吴尚：《风老莺雏，雨肥梅子》，《古典文学知识》1988 年第 2 期。

191. 汝东：《悲莫悲兮生离别——周邦彦〈蝶恋花〉》，《大公报》，1988 年 7 月 12 日。

192. 袁行霈：《说周邦彦〈瑞龙吟·春词〉》，《古典文学知识》1988 年第 3 期。

193. 蒋哲伦：《借柳言别，寄托遥深——周邦彦〈兰陵王〉》，上海古籍出版社编：《古代文学作品鉴赏》，上海：上海古籍出版社 1988 年版。

194. 李勤印：《客中送客，慨叹联翩——介绍周邦彦〈兰陵王〉（柳)》，中央人民广播电台文艺部编：《阅读和欣赏——古典文学部分（十二)》，北京：中国广播电视出版社 1988 年版。

195. 吴小如：《读俞平伯先生清真词释》，吴小如：《诗词札丛》，北

京：北京出版社 1988 年版。

<u>1989</u>

196. 林玫仪：《论清真词中之寄托》，宋代文学与思想会议论文，1989 年。

197. 张金同：《周姜词风格差异性及成因浅探》，《固原师专学报》1989 年第 1 期。

198. 金启华：《周邦彦词二首赏析》，《名作欣赏》1989 年第 1 期。

199. 尹文：《清真词的成就及其特色》，《古典文学知识》1989 年第 4 期。

200. 钟尚钧：《略谈周邦彦的词》，《语文学刊》1989 年第 5 期。

201. 蒋哲伦：《清真、淮海词风之异同》，《词学》编辑委员会编辑：《词学·第 7 辑》，上海：华东师范大学出版社 1989 年版。

202. 汝东：《无情不似多情苦——周邦彦〈解连环〉赏析》，上海社会科学院出版社编：《古典爱情诗词欣赏》，上海：上海社会科学院出版社 1989 年版。

203. 顾一樵：《清真词梦窗词相同调名》，《和梦窗词及其他·附录甲》，1989 年自印本。

<u>1990</u>

204. 林风：《周邦彦是继往开来的词人》，《文学遗产》1990 年第 2 期。

205. 傅友魁：《"周邦彦词名晚起"质疑》，《佳木斯教育学院学报》1990 年第 4 期。

206. 梁令惠：《集大成的词家——周邦彦》，《书和人》1990 年第 650 期。

207. 毕威宁：《浅探清真词》，《联合学报》1990 年第 7 期。

208. 唐圭璋、潘君昭：《有关周邦彦词的几个问题》，《词学》编辑委员会编辑：《词学·第 8 辑》，上海：华东师范大学出版社 1990 年版。

209. 岳珍：《论周邦彦词的创作倾向》，《中国文学研究》1990 年第 4 期。

210. 王汝涛：《桃花人面，旧曲翻新——说几首周美成的情词》，《临沂师范学院学报》1990 年第 1 期。

211. 钟夏：《周邦彦〈风流子〉词新解——兼议周词的寄托》，《宁波大学学报（人文科学版）》1990 年第 2 期。

212. 施议对：《清真词的勾勒手法——词法释例（三）》，《大公报·艺林》，1990 年 10 月 19 日。

213. 陈如江：《从〈六丑〉看清真词的勾勒》，《大公报》，1990 年 7 月 7 日。

214. 方大丰：《试论周邦彦词的意识流特色》，湘潭大学硕士学位论文，1990 年。

1991

215. 施议对：《一部禁实的学术论著——读钱鸿瑛的〈周邦彦研究〉》，《大公报·读书与出版》，1991 年 1 月 7 日。

216. 马成生、赵治中：《周邦彦年谱（上）》，《丽水师范专科学校学报》1991 年第 2 期。

217. 马成生、赵治中：《周邦彦年谱（下）》，《丽水师范专科学校学报》1991 年第 3 期。

218. 陶尔夫：《简评周邦彦研究》，《人民日报》，1991 年 8 月 9 日。

219. 岳珍：《论周邦彦的创作道路》，《暨南学报》1991 年第 4 期。

220. 陈邦炎：《黄叶路上，断梦难寻——说周邦彦〈玉楼春〉词》，《大公报·艺林》，1991 年 2 月 8 日。

221. 沈家庄：《朦胧迷离，一往情深——周邦彦〈蝶恋花〉赏析》，《名作欣赏》1991 年第 2 期。

222. 富寿荪：《说周邦彦〈长相思慢〉兼论与李师师之关系》，《大公报·艺林》，1991 年 1 月 4 日。

223. 富寿荪：《说周邦彦〈瑞龙吟〉词》，《大公报·艺林》，1991 年 2 月 1 日。

224. 富寿荪：《说周邦彦〈风流子〉词》，《大公报·艺林》，1991 年 6 月 7 日。

225. 富寿荪：《说周邦彦〈还京乐〉词》，《大公报·艺林》，1991 年 5 月 17 日。

226. 陈邦炎：《一支凄凉的离别交响曲——说周邦彦〈蝶恋花〉词》，《大公报·艺林》，1991 年 5 月 10 日。

227. 蒋哲伦：《顺逆离合，复沓回环——周邦彦〈兰陵王〉艺术谈》，《中文自修》1991 年第 10 期。

228. 叶嘉莹：《烟里丝丝弄碧——从周邦彦的长调〈兰陵王〉谈词的另一条欣赏途径》，叶嘉莹：《诗馨篇（下）》，北京：中国青年出版社1991 年版。

229. 吴世昌：《〈片玉集〉中误字校记》，吴世昌：《罗音室学术论著（第二卷）·词学论丛》，北京：中国文联出版公司 1991 年版。

230. 程千帆、吴新雷：《周邦彦词的艺术成就》，程千帆、吴新雷：《两宋文学史》，上海：上海古籍出版社 1991 年版。

231. 村上哲见著、邵毅平译：《周美成的词》，《日本学者中国词学论文集》，上海：上海古籍出版社 1991 年版。

1992

232. 张进、张惠民：《论清真词的"浑厚"之美》，《汕头大学学报（人文科学版）》1992 年第 1 期。

233. 蛰庵：《强焕》，《词学》编辑委员会编辑：《词学·第 9 辑》，上海：华东师范大学出版社 1992 年版。

234. 方牧：《清真词略论》，《淮北煤师院学报（社会科学版）》1992年第 2 期。

235. 谷风：《墙外见花寻路转》，《读书》1992 年第 8 期。

236. 何冠彪：《说周邦彦〈浣溪沙〉（楼上晴天)》，《俞平伯先生从事文学活动六十五周年纪念文集》，成都：巴蜀书社 1992 年版。

237. 陈如江：《周邦彦词论》，《唐宋五十名家词论》，上海：华东师范大学出版社 1992 年版。

238. 何尊沛：《论清真词风格的辩证艺术》，《西华师范大学学报（哲学社会科学版)》1992 年第 1 期。

239. 村越贵代美：《提举大晟府周邦彦》，日本中国学会第 44 届大会会议论文，1992 年。

1994

240. 赵治中：《"经岁羁旅"天涯的心路历程——周邦彦羁旅行役词述评》，《丽水师范专科学校学报》1994 年第 3 期。

241. 马成生：《风月相思亦自可观——略说周邦彦的风月相思之词》，

《电大教学》1994 年第 3 期。

242. 陶然：《简论周邦彦词的章法》，《杭州大学学报（哲学社会科学版）》1994 年第 2 期。

243. 易勤华：《线型美与环型美——柳永、周邦彦词结构形态比较》，《怀化师专学报》1994 年第 3 期。

244. 赵治中：《周邦彦咏物词浅论——读清真词札记之五》，《丽水师范专科学校学报》1994 年第 4 期。

<u>1995</u>

245. 刘晓梅：《论"美成思力"》，《南京晓庄学院学报》1995 年第 1 期。

246. 张富华：《浅论周邦彦词评价中的几个问题》，《新疆大学学报（哲学社会科学版）》1995 年第 2 期。

247. 沈荣森：《柳永周邦彦词迭字比较》，《成都大学学报（社会科学版）》1995 年第 3 期。

248. 陈水云：《清人对清真词的解读》，《湖北民族学院学报（哲学社会科学版）》1995 年第 4 期。

249. 马成生：《关怀国计民生——周邦彦作品的一个侧面》，《杭州师范学院学报》1995 年第 5 期。

250. 罗方龙：《论周邦彦沉郁顿挫词风对张元幹的影响》，《广西师范大学学报（哲学社会科学版）》1995 年第 A2 期。

<u>1996</u>

251. 王达津：《论周邦彦词》，《渤海学刊》1996 年第 1 期。

252. 赵治中：《周邦彦咏物词浅论》，《绥化师专学报》1996 年第 1 期。

253. 周嘉惠：《对清真词的再认识》，《青岛教育学院学报》1996 年第 2 期。

254. 张姝、杨丽：《论姜白石对周邦彦苏轼词的继承》，《新疆大学学报（哲学社会科学版）》1996 年第 2 期。

255. 戴建业：《清真词概论》，《高等函授学报（哲学社会科学版）》1996 年第 5 期。

256. 李扬：《清真词集大成说初探》，《辽宁大学学报（哲学社会科学版)》1996 年第 6 期。

257. 崔海正、阎立亮：《近年周邦彦词研究述略》，《聊城大学学报（哲学社会科学版）》1996 年第 3 期。

1997

258. 杨万里：《论清真词在宋代的文学效应》，《上海师范大学学报（哲学社会科学版）》1997 年第 1 期。

259. 孙家政：《勾勒·暗转·蓄势——周邦彦词艺术三题》，《安庆师范学院学报（社会科学版）》1997 年第 1 期。

260. 王林书、张晓青：《论周邦彦词的独创性》，《十堰职业技术学院学报》1997 年第 4 期。

261. 徐定辉：《周邦彦"结北开南"的词艺成就》，《湖北民族学院学报（哲学社会科学版）》1997 年第 1 期。

262. 诸葛忆兵：《周邦彦提举大晟府考》，《文学遗产》1997 年第 5 期。

1998

263. 王林书、张晓青：《论周邦彦词的独创性（下）》，《十堰职业技术学院学报》1998 年第 3 期。

264. 溧阳村人：《周邦彦溧水度新词》，《南京史志》1998 年第 2 期。

265. 罗章：《从柳、周、姜词结构看宋婉约词的雅化过程》，《西南师范大学学报（人文社会科学版）》1998 年第 6 期。

266. 陈磊：《从清真、白氏词看宋代咏物词的嬗变》，《复旦学报（社会科学版）》1998 年第 6 期。

267. 伍联群：《浅斟低唱总关情——周邦彦情词漫谈》，《川东学刊（社会科学版）》1998 年第 3 期。

268. 张进：《李清照〈词论〉写作时间再议——兼及〈词论〉中未提周邦彦的问题》，《唐都学刊》1998 年第 4 期。

1999

269. 王勇：《周邦彦与婉约词》，《山东电大学报》1999 年第 2 期。

2000

270. 彭国忠：《大晟词派质疑》，《上海大学学报（社会科学版）》2000 年第 3 期。

271. 马健：《试论周邦彦咏物词的艺术风格》，《丹东纺专学报》2000年第2期。

272. 张承凤：《周邦彦词主旨探析》，《重庆教育学院学报》2000年第3期。

273. 杨芳芳：《三首羁旅诗之比较——浅谈片玉词、白石词、梦窗词的风格特色》，《高等函授学报（哲学社会科学版）》2000年第6期。

2001

274. 高建中：《清真词詹言》，《鄂州大学学报》2001年第1期。

275. 王宝琴：《通俗·典丽·醇雅——柳永、周邦彦、姜夔与宋词词风变化》，《青海师专学报（教育科学版）》2001年第2期。

276. 小林春代：《清真慢词的网状框架及其解读》，《天津师范大学学报（社会科学版）》2001年第6期。

277. 村越贵代美：《周邦彦和大晟乐》，王水照等编：《首届宋代文学国际研讨会论文集》，上海：复旦大学出版社2001年版。

2002

278. 王建设、田维瑞：《谈周邦彦的词》，《三峡大学学报（人文社会科学版）》2002年第3期。

279. 金志仁：《两宋词创调四大家论略》，《南通师范学院学报（哲学社会科学版）》2002年第3期。

280. 黄桂凤：《新批评与清真词的含混美》，《钦州师范高等专科学校学报》2002年第3期。

281. 许兴宝：《春宵一刻值千金——柳永、周邦彦、苏轼、吴文英词夜意象分析》，《广播电视大学学报（哲学社会科学版）》2002年第3期。

282. 田全金、时东明：《李清照与周邦彦：一个话题》，《泰安师专学报》2002年第5期。

283. 薛瑞生：《周邦彦两入长安考》，《文学遗产》2002年第3期。

2003

284. 罗丽娅：《周邦彦研究述评（1991—2001年）》，《株洲师范高等专科学校学报》2003年第1期。

285. 孙虹、石英、王丽梅：《周邦彦词新论》，《江南大学学报（人文社会科学版）》2003年第2期。

286. 景建军：《试论清真词艺术形式追求的意义》，《陕西教育学院学报》2003 年第 2 期。

287. 刘尊明、田智会：《试论周邦彦词的传播及其词史地位》，《文学遗产》2003 年第 3 期。

288. 蒋英豪：《论王国维对周邦彦词评价的转变》，《中华文史论丛》2003 年第 74 期。

289. 鲁竹：《从历鹗对周邦彦的接受看其词的创作》，《中国诗歌研究》2003 年第 1 期。

290. 孙华娟：《二十世纪关于周邦彦词的论争》，《中国诗歌研究》2003 年第 00 期。

2004

291. 孙虹：《陈思〈清真居士年谱〉庐州、溧水系年词补考》，《文史》2004 年第 4 期。

292. 路成文：《论周邦彦的咏物词》，《文学遗产》2004 年第 2 期。

2005

293. 薛瑞生：《周邦彦并未"流落十年"考辨》，《文学遗产》2005 年第 3 期。

2006

294. 王辉斌：《周邦彦"清真雅词"论》，《宁夏大学学报》2006 年第 3 期。

295. 房日晰：《周邦彦词校议二则》，《古典文学知识》2006 年第 2 期。

2007

296. 孙虹：《周邦彦与他的三任妻子》，《文史知识》2007 年第 12 期。

297. 孙虹：《周邦彦四过扬州词以及扬州歌妓即岳楚云考证》，《江南大学学报》2007 年第 4 期。

298. 马莎：《周邦彦献诗蔡京辨正》，《学术研究》2007 年第 5 期。

2008

299. 孙克强：《周济论清真词"钩勒"析疑》，《中州学刊》2008 年第 1 期。

300. 刘崇德：《词学的宝藏：郑文焯批校本〈清真集〉再现人间》，《河北大学学报》2008 年第 6 期。

301. 房日晰：《周邦彦与姜夔词比较论》，《文艺研究》2008 年第 6 期。

302. 唐浩：《北宋词人周邦彦〈清真集〉用韵考》，《文教资料》2008 年第 28 期。

2009

303. 任竞泽：《论"江西派"文学思想对周邦彦词创作的影响》，《江西师范大学学报》2009 年第 1 期。

304. 孙虹：《周邦彦在长安的游学与游宦》，《文史知识》2009 年第 2 期。

305. 李青唐：《周邦彦人品词品再认识》，《学术界》2009 年第 2 期。

306. 周燕玲、吴华峰：《论周邦彦诗的艺术风格》，《社会科学论坛（学术研究卷）》2009 年第 2 期。

307. 李世忠、段琼慧：《党争视域下的周邦彦及其词之政治抒情》，《北京工业大学学报（社会科学版）》2009 年第 3 期。

308. 马莎：《论南宋三家和清真词》，《江西社会科学》2009 年第 1 期。

309. 王萍：《周邦彦词在清代的接受：以词人和词论家的接受为考察对象》，《郑州航空工业管理学院学报（社会科学版）》2009 年第 1 期。

310. 刘润芳、程瑜：《体貌绘神各尽其妙——论周词之"黏"与姜词之"隔"》，《中国海洋大学学报（社会科学版）》2009 年第 2 期。

311. 程瑜：《周邦彦与姜夔词比较研究》，中国海洋大学硕士学位论文，2009 年。

2010

312. 张振谦：《周邦彦与道家道教》，《西华师范大学学报（哲学社会科学版）》2010 年第 2 期。

313. 马莎：《刘昺举周邦彦自代考》，《文学遗产》2010 年第 1 期。

314. 马莎：《北宋党争与周邦彦外放关系考》，《暨南学报（哲学社会科学版）》2010 年第 6 期。

315. 路成文：《周邦彦出任庐州教授考》，《兰州大学学报（社会科学版）》2010 年第 2 期。

316. 路成文：《周邦彦几首寻常妓情词的编年问题》，《聊城大学学报

（社会科学版）》2010 年第 4 期。

317. 路成文：《清真三首"萧娘词"创作时地及相关情事考辨》，《中国韵文学刊》2010 年第 2 期。

318. 路成文：《清真还京乐"禁烟近"作年新考》，《词学》2010 年第 1 期。

319. 周燕玲：《论周邦彦的道教情结及其影响下的文学创作》，《学术交流》2010 年第 5 期。

320. 符继成、赵晓岚：《"小李杜"与"贺周"：诗词发展中的"异代同构"及其文化动因》，《文艺研究》2010 年第 4 期。

321. 邓乔彬：《宋徽宗朝的大晟词与谐谑词》，《词学》2010 年第 1 期。

322. 龙建国：《大晟府创制新调考论》，《词学》2010 年第 1 期。

323. 王腾飞、邓乔彬：《四库馆臣之词学观》，《词学》2010 年第 2 期。

324. 施议对、肖士娟：《新宋四家词说》，《词学》2010 年第 1 期。

325. 符继成：《走向南宋："贺周"词与北宋后期文化》，湖南师范大学博士学位论文，2010 年。

326. 刘尊明：《历代词人次韵周邦彦词的定量分析》，词学国际学术研讨会论文，2010 年。

2011

327. 马莎：《新法行废与周邦彦仕途浮沉》，《河南大学学报（社会科学版）》2011 年第 4 期。

328. 王湘华：《周邦彦词辨正二则》，《大连大学学报》2011 年第 4 期。

329. 许菊芳：《从宋代水路交通看柳永、周邦彦的羁旅词》，《长春大学学报》2011 年第 7 期。

330. 云志君：《周邦彦词集题跋序文论略》，《语文学刊》2011 年第 7 期。

331. 路成文：《人生的炼狱：周邦彦"羁游荆襄"时期经历、创作、心态综考》，《词学》2011 年第 2 期。

332. 徐玮：《关于王国维论清真词争议的再评价》，《词学》2011 年第

2 期。

333. 刘效礼：《清真词的檃括艺术》，《词学》2011 年第 1 期。

334. 王亮：《大鹤山人校本〈清真集〉刊年订误》，《词学》2011 年第 1 期。

335. 闵丰：《词中少陵：一种关于常州词学的经典诠释》，《文艺理论研究》2011 年第 3 期。

336. 王艳：《周邦彦词两宋接受史研究》，西北师范大学硕士学位论文，2011 年。

337. 王玮玲：《周清真咏物词》，台湾中山大学硕士学位论文，2011 年。

<u>2012</u>

338. 余意：《周邦彦之"词中老杜"与常州词学》，《词学》2012 年第 2 期。

339. 杜丽萍：《论南宋"和清真词"现象：以方千里、杨泽民、陈允平为核心》，《兰州学刊》2012 年第 1 期。

340. 汪鑫：《秦观与周邦彦恋情词比较研究》，信阳师范学院硕士学位论文，2012 年。

<u>2013</u>

341. 曹旭、陆路：《王国维视域中的周邦彦词》，《上海师范大学学报（哲学社会科学版）》2013 年第 5 期。

342. 杨传庆：《大鹤山人校本〈清真集〉刊年辨误》，《文献》2013 年第 1 期。

343. 李荣贵：《周邦彦词在近代的接受：以近代词论家和词话为考察对象》，《西江月》2013 年第 2 期。

<u>2014</u>

344. 杨世宇：《周邦彦"清真体"美学风貌探析》，《中州学刊》2014 年第 8 期。

345. 黄桂凤：《论周邦彦对杜诗的接受》，《汕头大学学报（人文社会科学版）》2014 年第 3 期。

346. 胡洋：《周邦彦羁旅词对倦客心态的诗化书写》，《文艺评论》2014 年第 10 期。

347. 杨静：《清真词传播与接受研究》，苏州大学硕士学位论文，

2014 年。

<u>2015</u>

348. 梅向东：《一个经典的词学批评个案——王国维评周邦彦词之复杂变化及其意义》，《词学》2015 年第 2 期。

349. 李芸华：《周邦彦词接受史新论》，《厦门大学中文学报》2015 年第 1 期。

350. 朱长英：《文学地理学视域下的〈清真词〉解读》，《齐鲁学刊》2015 年第 3 期。

351. 孙克强、张海涛：《清真词在词学史上的影响和意义》，《文艺研究》2015 年第 4 期。

352. 黄林蒙：《清真词女性书写研究》，福建师范大学硕士学位论文，2015 年。

<u>2016</u>

353. 梅向东：《犹疑与错乱：王国维清真词评的复杂文化心态》，《文学遗产》2016 年第 2 期。

354. 高莹：《元代吉州窑瓷枕所书周邦彦词考释》，《石家庄学院学报》2016 年第 4 期。

355. 陆松：《柳永、周邦彦词异同论》，苏州大学硕士学位论文，2016 年。

356. 陈梦珺：《周邦彦歌妓词研究》，广西师范大学硕士学位论文，2016 年。

本书各章发表情况一览

1. 《周邦彦献诗蔡京辨正》，《学术研究》2007 年第 5 期。

2. 《论南宋三家和清真词》，《江西社会科学》2009 年第 1 期。

3. 《陈元龙〈详注周美成词片玉集〉考论》，《词学》2009 年第 2 期。

4. 《刘昺举周邦彦自代考》，《文学遗产》2010 年第 1 期。

5. 《清真词笺注订补》，《南京师范大学文学院学报》2010 年第 1 期。

6. 《北宋党争与周邦彦外放关系考》，《暨南学报（哲学社会科学版）》2010 年第 6 期。

7. 《新法行废与周邦彦仕途浮沉》，《河南大学学报（社会科学版）》2011 年第 4 期。

8. 《杨铁夫〈清真词选笺释〉论探》，《文学遗产》2011 年第 6 期。

9. 《南宋三家和清真词版本考述》，张伯伟、蒋寅主编：《中国诗学·第 19 辑》，北京：人民文学出版社 2015 年版。

参考文献

一、古籍类

经部：

《十三经注疏》整理委员会整理：《尚书正义》，北京：北京大学出版社 1999 年版。

史部：

1. 陈寿撰，裴松之注：《三国志》，北京：中华书局 1959 年版。

2. 李焘：《续资治通鉴长编》，北京：中华书局 2004 年版。

3. 徐自明：《宋宰辅编年录》，《文渊阁四库全书》本。

4. 叶适：《习学记言序目》，北京：中华书局 1977 年版。

5. 陈振孙撰：《直斋书录解题》，北京：中华书局 1985 年版。

6. 脱脱等撰：《宋史》，北京：中华书局 1985 年版。

7. 潜说友：《咸淳临安志》，台北：成文出版社 1970 年版。

8. 马泽修，袁桷纂：《延祐四明志》，中华书局编辑部编：《宋元方志丛刊》，北京：中华书局 1990 年版。

9. 马端临著，上海师范大学古籍研究所、华东师范大学古籍研究所点校：《文献通考》，北京：中华书局 2011 年版。

10. 杨士奇：《文渊阁书目》，北京：中华书局 1985 年版。

11. 刘琳、刁忠民、舒大刚等校点：《宋会要辑稿》，上海：上海古籍出版社 2014 年版。

12. 汪源泽修，闻性道纂：《康熙鄞县志》，《中国地方志集成》，上海：上海书店出版社 1993 年版。

13. 黄宗羲原著，全祖望补修，陈金生、梁运华点校：《宋元学案》，北京：中华书局 1986 年版。

14. 黄虞稷撰：《千顷堂书目》，上海：上海古籍出版社 2001 年版。

15. 永瑢等撰：《四库全书总目》卷 198《和清真词》，北京：中华书局 1965 年版。

16. 劳经原、劳权、劳格撰，吴昌绶辑：《劳氏碎金》，国家图书馆编：《国家图书馆藏古籍题跋丛刊》第 10 册，北京：北京图书馆出版社 2002 年版。

17. 陆漻：《佳趣堂书目》，李万健：《清代私家藏书目录题跋丛刊》第 1 册，北京：国家图书馆出版社 2010 年版。

18. 丁丙藏，丁仁编：《八千卷楼书目》，林夕主编，煮雨山房辑：《中国著名藏书家书目汇刊·近代卷》第 20 册，北京：商务印书馆 2005 年版。

19. 丁丙：《善本书室藏书志》卷 40，《续修四库全书》编纂委员会编：《续修四库全书》第 927 册，上海：上海古籍出版社 2002 年版。

20. 赵昱藏并编：《小山堂藏书目录备览》，林夕主编，煮雨山房辑：《中国著名藏书家书目汇刊·明清卷》第 21 册，北京：商务印书馆 2005 年版。

21. 阮元等撰：《揅经室外集》卷 3（《丛书集成初编》本），北京：中华书局 1991 年版。

22. 钱曾：《也是园藏书目》，中国书店编：《海王邨古籍书目题跋丛刊》第 1 册，北京：中国书店出版社 2008 年版。

23. 王闻远：《孝慈堂书目》，《丛书集成续编》第 68 册，上海：上海书店出版社 1994 年版。

24. 朱彝尊：《潜采堂书目四种·竹垞行笈书目》，《丛书集成续编》第 168 册，上海：上海书店出版社 1994 年版。

25. 彭元瑞：《知圣道斋书目》卷 2《宋未刻词》（《丛书集成初编》本），北京：中华书局 1985 年版。

26. 汪宪藏并编：《振绮堂书目》，林夕主编，煮雨山房辑：《中国著名藏书家书目汇刊·明清卷》第 21 册，北京：商务印书馆 2005 年版。

27. 曹寅：《曹栋亭藏书目》，林夕主编，煮雨山房辑：《中国著名藏书家书目汇刊·明清卷》第 15 册，北京：商务印书馆 2005 年版。

28. 朱学勤：《结一庐书目》卷 4，林夕主编，煮雨山房辑：《中国著名藏书家书目汇刊·明清卷》第 3 册，北京：商务印书馆 2005 年版。

29. 胡玉缙撰，吴格整理：《续四库提要三种》，上海：上海书店出版社 2002 年版。

30. 李盛铎藏并编：《木犀轩收藏旧本书目》，林夕主编，煮雨山房辑：《中国著名藏书家书目汇刊·近代卷》第 20 册，北京：商务印书馆 2005 年版。

31. 傅增湘：《双鉴楼善本书目》，林夕主编，煮雨山房辑：《中国著名藏书家书目汇刊·近代卷》第 28 册，北京：商务印书馆 2005 年版。

32. 河田罴：《静嘉堂秘籍志》，贾贵荣辑：《日本藏汉籍善本书志书目集成》第 8 册，北京：北京图书馆出版社 2003 年版。

33. 陈思撰：《清真居士年谱》，《北京图书馆藏珍本年谱丛刊》，北京：书目文献出版社 1999 年版。

子部：

1. 李心传撰，徐规点校：《建炎以来朝野杂记》，北京：中华书局 2000 年版。

2. 李心传撰：《建炎以来系年要录》，北京：中华书局 1988 年版。

3. 赵升编，王瑞来点校：《朝野类要》，北京：中华书局 2007 年版。

4. 罗大经撰，王瑞来点校：《鹤林玉露》，北京：中华书局 1983 年版。

5. 王应麟：《玉海》，《文渊阁四库全书》本。

6. 周密撰，吴企明点校：《癸辛杂识》，北京：中华书局 1988 年版。

7. 谢维新：《古今合璧事类》，《文渊阁四库全书》本。

8. 胡仔纂集，廖德明校点：《苕溪渔隐丛话》，北京：人民文学出版社 1962 年版。

9. 王明清：《挥麈录》，上海：上海书店出版社 2001 年版。

10. 庄绰撰，萧鲁阳点校：《鸡肋编》，北京：中华书局 1983 年版。

11. 王得臣撰：《麈史》，上海：上海古籍出版社 1986 年版。

12. 庄绰、张端义撰、李保民校点：《鸡肋编　贵耳集》，上海：上海古籍出版社 2012 年版。

13. 周密撰，邓子勉校点：《浩然斋雅谈》，沈阳：辽宁教育出版社 2000 年版。

14. 楼钥：《清真先生文集序》，楼钥撰：《攻媿集》卷51（《丛书集成初编》本），北京：中华书局1985年版。

15. 周辉撰，刘永翔校注：《清波杂志校注》，北京：中华书局1994年版。

16. 全国公共图书馆古籍文献编委会编：《历代词人考略》，北京：全国图书馆文献缩微复制中心2003年版。

集部：

1. 杜甫著，仇兆鳌注：《杜诗详注》，北京：中华书局1979年版。

2. 吕陶撰：《净德集》，北京：中华书局1985年版。

3. 张栻：《寄周子充尚书》，张栻撰：《张南轩先生文集》卷1（《丛书集成初编》本），北京：中华书局1985年版。

4. 司马光：《司马文正公传家集》，上海：商务印书馆1937年版。

5. 俞文豹撰，张宗祥校订：《吹剑录全编》，上海：古典文学出版社1958年版。

6. 陈思编，陈世隆补：《两宋名贤小集》卷315，《文渊阁四库全书》本。

7. 周密撰，江昱疏证：《蘋州渔笛谱》，《高阳台·送陈君衡被召》，《续修四库全书》编纂委员会编：《续修四库全书》，上海：上海古籍出版社2002年版。

8. 钱起辑：《江湖小集》，《文渊阁四库全书》本。

9. 袁桷：《清容居士集》卷33《先大夫行述》（《丛书集成初编》本），北京：中华书局1985年版。

10. 曹庭栋：《宋百家诗存》，《文渊阁四库全书》本。

11. 厉鹗辑撰：《宋诗纪事》，上海：上海古籍出版社1983年版。

12. 郑文焯：《瘦碧词》，《大鹤山房全书》，光绪三十年（1904）苏州周氏藏刊本。

13. 王闿运：《王闿运手批唐诗选》，上海：上海古籍出版社1989年版。

14. 王闿运著，马积高主编：《湘绮楼诗文集》，长沙：岳麓书社1996年版。

15. 刘熙载著，薛正兴点校：《刘熙载文集》，南京：江苏古籍出版社2001年版。

词曲类：

1. 刘肃：《详注周美成词片玉集十卷序》，阮元辑：《宛委别藏》117册，南京：江苏古籍出版社1988年版。

2. 方千里：《和清真词》，《文渊阁四库全书》本。

3. 张炎撰，江昱疏证：《山中白云词疏证》，《续修四库全书》编纂委员会编：《续修四库全书》，上海：上海古籍出版社2002年版。

4. 张炎著，夏承焘校注：《词源注》，北京：人民文学出版社1981年版。

5. 王沂孙撰：《花外集》，《续修四库全书》，上海：上海古籍出版社2002年版。

6. 王灼：《碧鸡漫志》，唐圭璋编：《词话丛编》，北京：中华书局1996年版。

7. 黄昇：《唐宋诸贤绝妙词选》卷7，上海古籍出版社编，唐圭璋等校点：《唐宋人选唐宋词》，上海：上海古籍出版社2004年版。

8. 杨缵：《杨守斋作词五要》，唐圭璋编：《词话丛编》，北京：中华书局1996年版。

9. 沈义父：《乐府指迷》，唐圭璋编：《词话丛编》，北京：中华书局1996年版。

10. 贺铸撰，钟振振校点：《东山词》，上海：上海古籍出版社1989年版。

11. 陆辅之：《词旨》，唐圭璋编：《词话丛编》，北京：中华书局1996年版。

12. 周邦彦：《片玉词》，毛晋刻：《宋六十名家词》，《续修四库全书》编纂委员会编：《续修四库全书》，上海：上海古籍出版社2002年版。

13. 王世贞：《艺苑卮言》，唐圭璋编：《词话丛编》，北京：中华书局1996年版。

14. 朱彝尊撰：《曝书亭词》，广州：广东人民出版社1987年版。

15. 朱彝尊、汪森编：《词综》，上海：上海古籍出版社1978年版。

16. 张惠言：《词选·序》，北京：中华书局1957年版。

17. 《宋四家词选目录序论》，周济等著：《介存斋论词杂著》，北京：人民文学出版社1959年版。

18. 周济：《宋四家词选眉批》，唐圭璋编：《词话丛编》，北京：中华书局 1996 年版。

19. 周济：《词辨》，唐圭璋编：《词话丛编》，北京：中华书局 1996 年版。

20. 陈廷焯著，杜维沫校点：《白雨斋词话》，北京：人民文学出版社 1959 年版。

21. 陈廷焯：《云韶集》卷 4，南京图书馆藏国学图书馆传抄本。

22. 陈廷焯：《词则》，上海：上海古籍出版社 1984 年版。

23. 谭献：《复堂词话》，北京：人民文学出版社 1959 年版。

24. 冯煦著，顾学颉校点：《蒿庵论词》，北京：人民文学出版社 1959 年版。

25. 况周颐：《蕙风词话》，北京：人民文学出版社 1960 年版。

26. 沈雄：《古今词话》，唐圭璋编：《词话丛编》，北京：中华书局 1996 年版。

27. 刘体仁：《七颂堂词绎》，唐圭璋编：《词话丛编》，北京：中华书局 1996 年版。

28. 陈锐：《袌碧斋词话》，唐圭璋编：《词话丛编》，北京：中华书局 1996 年版。

29. 李佳：《左庵词话》卷上，唐圭璋编：《词话丛编》，北京：中华书局 1996 年版。

30. 谢章铤：《赌棋山庄词话》，唐圭璋编：《词话丛编》，北京：中华书局 1996 年版。

31. 吴衡照：《莲子居词话》卷 1，唐圭璋编：《词话丛编》，北京：中华书局 1996 年版。

32. 邹祗谟：《远志斋词衷》，唐圭璋编：《词话丛编》，北京：中华书局 1996 年版。

33. 丁绍仪：《听秋声馆词话》，唐圭璋编：《词话丛编》，北京：中华书局 1996 年版。

34. 贺裳：《皱水轩词筌》，唐圭璋编：《词话丛编》，北京：中华书局 1996 年版。

35. 王又华：《古今词论》录仲雪亭词论，唐圭璋编：《词话丛编》，北京：中华书局 1996 年版。

36. 陈允平：《日湖渔唱》，朱孝臧辑校：《彊村丛书》，上海：上海书店、江苏广陵古籍刻印社 1989 年版。

37. 吴梅：《宋词三百首笺注·序》，唐圭璋笺注：《宋词三百首笺注》，上海：上海古籍出版社 1979 年版。

38. 王鹏运：《半塘僧鹜自序》，《续修四库全书》编纂委员会编：《续修四库全书》，上海：上海古籍出版社 2002 年版。

39. 蔡嵩云：《柯亭词论》，唐圭璋编：《词话丛编》，北京：中华书局 1996 年版。

40. 陈洵：《海绡翁说词》，唐圭璋编：《词话丛编》，北京：中华书局 1996 年版。

41. 叶圣陶：《周姜词》，上海：商务印书馆 1930 年版。

42. 杨易霖：《周词订律》，上海：上海开明书店 1931 年版。

43. 杨铁夫：《清真词选笺释》，香港：海旁岐山公司 1932 年版。

44. 林大椿编：《词式》，北京：商务印书馆 1934 年版。

45. 梁令娴编，刘逸生校点：《艺蘅馆词选》，广州：广东人民出版社 1981 年版。

46. 胡适选注：《词选》，石家庄：河北人民出版社 1999 年版。

47. 陈匪石编著，钟振振校点：《宋词举》，南京：江苏古籍出版社 2002 年版。

二、现当代学术著作

1. 任二北：《词学研究法》，北京：商务印书馆 1935 年版。

2. 朱居易：《宋六十名家词勘误》，上海：中华书局 1936 年版。

3. 唐圭璋编：《全宋词》，北京：中华书局 1965 年版。

4. 叶咏璃：《清真词韵考》，台北：文史哲出版社 1972 年版。

5. 罗忼烈：《词曲论稿》，香港：中华书局 1977 年版。

6. 王支洪：《清真词研究》，台北：东大图书公司 1978 年版。

7. 洪惟助：《词曲四论》，台北：华正书局 1979 年版。

8. 唐圭璋编：《全金元词》，北京：中华书局 1979 年版。

9. 夏承焘编著，吴无闻注：《瞿髯论词绝句》，北京：中华书局 1979 年版。

10. 韦金满：《周邦彦词研究》，香港：学津书店 1980 年版。

11. 罗忼烈：《周邦彦诗文辑存》，香港：一山书屋 1980 年版。

12. 丁福保：《宋人轶事汇编》，北京：中华书局 1981 年版。

13. 周邦彦撰，吴则虞校点：《清真集》，北京：中华书局 1981 年版。

14. 梁启超：《饮冰室诗话》，北京：人民文学出版社 1982 年版。

15. 唐圭璋：《宋词纪事》，上海：上海古籍出版社 1982 年版。

16. 罗忼烈：《两小山斋论文集》，北京：中华书局 1982 年版。

17. 蒋哲伦：《周邦彦词选注》，上海：上海古籍出版社 1982 年版。

18. 俞平伯：《论诗词曲杂著》，上海：上海古籍出版社 1983 年版。

19. 蒋哲伦校编：《周邦彦集》，南昌：江西人民出版社 1983 年版。

20. 王国维：《王国维遗书》，上海：上海古籍书店 1983 年版。

21. 罗忼烈：《周邦彦清真集笺》，香港：三联书店香港分店 1985 年版。

22. 乔大壮：《乔大壮手批周邦彦片玉集》，济南：齐鲁书社 1985 年版。

23. 刘毓盘：《词史》，上海：上海书店出版社 1985 年版。

24. 唐圭璋：《宋词四考》，南京：江苏古籍出版社 1985 年版。

25. 吴熊和：《唐宋词通论》，杭州：浙江古籍出版社 1989 年版。

26. 薛砺若：《宋词通论》，上海：上海书店出版社 1985 年版。

27. 唐圭璋编：《词话丛编》，北京：中华书局 1996 年版。

28. 村上哲见著，杨铁婴译：《唐五代北宋词研究》，西安：陕西人民出版社 1987 年版。

29. 黄拔刑：《词史》，福州：福建人民出版社 1989 年版。

30. 胡云翼：《宋词研究》，成都：巴蜀书社 1989 年版。

31. 梁启超：《饮冰室合集》，北京：中华书局 1989 年版。

32. 叶嘉莹：《中国词学的现代观》，长沙：岳麓书社 1990 年版。

33. 罗忼烈：《词学杂俎》，成都：巴蜀书社 1990 年版。

34. 钱鸿瑛：《周邦彦研究》，广州：广东人民出版社 1990 年版。

35. 刘扬忠：《周邦彦传论》，西安：陕西人民出版社 1991 年版。

36. 饶宗颐：《词集考》，北京：中华书局 1992 年版。

37. 张惠民编：《宋代词学资料汇编》，汕头：汕头大学出版社 1993 年版。

38. 黄文吉主编：《词学研究书目（1912—1992）》，台北：台北文津出版社1993年版。

39. 谢桃坊：《中国词学史》，成都：巴蜀书社1993年版。

40. 邓小南：《宋代文官选任制度诸层面》，石家庄：河北教育出版社1993年版。

41. 方智范等著：《中国词学批评史》，北京：中国社会科学出版社1994年版。

42. 林玫仪主编：《词学研究论著总目（1901—1992）》，台北：台湾"中央研究院"1995年版。

43. 吴梅：《词学通论》，上海：华东师范大学出版社1996年版。

44. 龚延明编著：《宋代官制辞典》，北京：中华书局1997年版。

45. 龙榆生：《龙榆生词学论文集》，上海：上海古籍出版社1997年版。

46. 叶嘉莹：《王国维及其文学批评》，石家庄：河北教育出版社1997年版。

47. 陈文忠：《中国古典诗歌接受史研究》，合肥：安徽大学出版社1998年版。

48. 沈松勤：《北宋文人与党争》，北京：人民出版社1998年版。

49. 张宏生：《清代词学的建构》，南京：江苏古籍出版社1998年版。

50. 刘扬忠：《唐宋词流派史》，福州：福建人民出版社1999年版。

51. 严迪昌：《清词史》，南京：江苏古籍出版社1999年版。

52. 陆侃如、冯沅君：《中国诗史》，天津：百花文艺出版社1999年版。

53. 桑兵：《国学与汉学——近代中外学界交往录》，杭州：浙江人民出版社1999年版。

54. 梁启超：《中国历史研究法：外二种》，石家庄：河北教育出版社2000年版。

55. 彭玉平：《中国古典诗学研究》，北京：中国文联出版社2000年版。

56. 俞平伯：《读词偶得·清真词释》，北京：人民文学出版社2000年版。

57. 吴世昌：《诗词论丛》，北京：北京出版社2000年版。

58. 沈松勤：《唐宋词社会文化学研究》，杭州：浙江大学出版社2000年版。

59. 李之亮：《宋代郡守通考》，成都：巴蜀书社2001年版。

60. 张毅主编：《宋代文学研究》，北京：北京出版社 2001 年版。

61. 萧庆伟：《北宋新旧党争与文学》，北京：人民文学出版社 2001 年版。

62. 桑兵：《晚清民国的国学研究》，上海：上海古籍出版社 2001 年版。

63. 周邦彦著，孙虹校注，薛瑞生订补：《清真集校注》，北京：中华书局 2002 年版。

64. 余英时：《朱熹的历史世界——宋代士大夫政治文化的研究》，北京：生活·读书·新知三联书店 2004 年版。

65. 王兆鹏：《词学史料学》，北京：中华书局 2004 年版。

66. 王易：《词曲史》，南京：江苏教育出版社 2005 年版。

67. 钱穆：《中国历代政治得失》，北京：生活·读书·新知三联书店 2006 年版。

68. 方建新编：《二十世纪宋史研究论著目录》，北京：北京图书馆出版社 2006 年版。

69. 王兆鹏、王可喜、方星移：《两宋词人丛考》，南京：凤凰出版社 2007 年版。

70. 刘永济：《唐五代两宋词简析：微睇室说词》，北京：中华书局 2007 年版。

71. 刘扬忠：《唐宋词流派史》，北京：中国社会科学出版社 2007 年版。

72. 施议对：《词与音乐关系研究》，北京：中华书局 2008 年版。

73. 彭玉平：《中国分体文学学史·词学卷》，太原：山西教育出版社 2013 年版。

74. 吴世昌：《唐宋词概说》，北京：北京出版社 2015 年版。

后　记

　　"后记"二字，通常意味着作别一段悠长的时光。第一次后记写于博士学位论文初成之时，彼时，虽自知不足，却不乏信心和希冀；倏瞬十年，再一次写下后记，面对修订过后的书稿，却只有满满的惶恐与惭愧——那些十年之间断续摘录的材料、耽思积久的问题、有待弥补的遗憾、想要增添的篇章，恐怕都只能随着此稿的付梓而暂且搁置，不能如当年遥想的那样完满告终了。若要寻找理由，固然可以托词教学耗时、精力不足乃至研究兴趣的转移，但究其根本，还是因为自己的怠惰和愚钝，无可推诿。事实上，从康乐园、随园到暨南园，一直极为幸运地拥有师长亲友的无限关爱和足够优越的科研条件，想要致敬致谢的人与事，实在太多太多。

　　首先要感激的，自然是我的导师彭玉平先生、吴承学先生和钟振振先生。从本科到博士，彭老师引领我初窥学术殿堂，他的儒雅气度、晏晏言笑与过人的敏锐令无数学生景慕，也是我在中山大学就读的九年里至为珍贵的回忆。硕士阶段，吴老师与彭老师联合指导我的学习，老师们日日端坐在图书馆里的清峻身影，"望之俨然，即之也温"的大家风范和仰之弥高的学问成就，令门下诸生在敬畏之余自惕再三。博士毕业之后，我有幸跟从钟老师在南京师范大学继续从事博士后研究工作。钟老师有着真正老一辈学人的宽容和笃厚，对学生眷顾深远，一言一行都令人如坐春风。三位恩师为人之温润如玉，为学之夙夜匪懈，都是最好的言传身教，使侥幸忝列门墙的学生终不可谖。

　　本书第三章的写作深深受益于中山大学古文献研究所陈永正先生讲授的诗歌注释学课程，第一章关于宋代制度的研究则得益于跟从中山大学历史系曹家齐先生学习宋史一年之后的收获。正因两位老师精彩的讲授和无私的指导，我才能在沉浸于求学之乐的同时，斗胆作出探索新领域的尝试。中山大学文献所的黄仕忠先生，不仅在十年前于百忙之中为我审阅论文，令我对某些重要问题的思考得以豁然贯通，更在十年后继续在新的学术领域不厌其烦地予我以点拨与帮助，我对先生的有教无类永怀感佩。还有中山大学中文系的张海鸥老师、孙立老师和华南师范大学中文系的左鹏军老师在博士答辩时的指正教导，不唯有益于论文本身，也是我在问学之路上应当长久谨记的金玉之言。

从 2007 年至今，本书中的部分篇章得以陆续发表，要感谢各位编辑老师的帮助。《学术研究》的王法敏老师给了我第一次发表论文的机会，令我初尝成长的欣悦。《文学遗产》张剑老师的鼓励和指点，在论文修改过程中展现的严谨、细致和公正，坚定了我的信念和勇气。陶文鹏先生对晚辈的教诲、关怀和肯定，更让我在感动之余时时自省，不敢轻率为文。还有《中国诗学》的蒋寅老师、《词学》的彭国忠老师、《暨南学报》的王桃老师……诚然，对于各位编辑老师而言，我只是无数作者中毫不起眼的一个，但他们的提携和助益，我将深铭心间。

还应感恩的是，我的幸运不仅体现在求学上，也体现在就业上。离开随园之后，我来到暨南大学中文系，圆了自幼不曾动摇过的教师梦。工作几年来，系里师友对我诸多照拂，令人温暖的瞬间不可胜数，在此一并致以最深挚的谢意。

最后，感谢赵维江老师将拙稿纳入丛书，并以极大的耐心包容我的拖延；感谢暨南大学出版社前总编史小军老师和本书编辑李艺、王雅琪老师对出版具体事宜的辛劳付出；更要感谢恩师拨冗赐序，原宥弟子多年来的愚顽不肖。

于我而言，这本书稿并非值得自豪的成就，但它就如过往的生命本身，充满缺憾，却也真实而无可替代。它烛照那些记忆的角落，康园九载，金陵四季，埋首坟典的沉静，深夜疾书的怡悦，苦思难解的愀然，诗朋酒侣的笑语……它也是一份不算美好，但交织着百感的礼物，愿我腹中即将出生的宝宝，能在多年之后，借此遥见他平凡的母亲曾经年少的心迹。

马　莎

2017 年夏于暨南园